DER NACHTRABE

CROW INVESTIGATIONS BAND 1

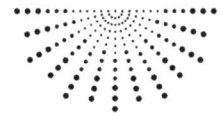

SARAH PAINTER

Übersetzt von
DANIELA M. HARTINGER

Siskin
Press

Der Nachtrabe

Sarah Painter

Aus dem Englischen übersetzt von
Daniela M. Hartinger

Veröffentlicht von Siskin Press Limited,
Unit G6, The Granary Business Centre, KY15 5YQ
Scotland
© Copyright 2022 Sarah Painter
Coverdesign: Stuart Bache

Herstellung und Druck über tolino media GmbH & Co. KG,
Albrechtstr. 14, 80636 München. Printed in Germany.
Fragen zu Produktsicherheit an: gpsr@tolino.media.

BÜCHER VON SARAH PAINTER

Wohlauf, es brüllt um Rache das Gekrächz des Raben

— HAMLET, WILLIAM SHAKESPEARE

KAPITEL EINS

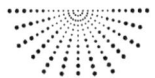

Lydia Crow stand auf einem feuchten Bürgersteig in London und spähte durch die beschmierte Fensterfront des Cafés *The Fork*. Um etwas zu erkennen, musste sie sich gefährlich nah an die schmutzige, mit Plakaten vollgeklebte Scheibe wagen. Im Café war es dunkel – wie sollte es auch anders sein –, dennoch machte sie die Umrisse von Tischen und Stühlen aus. Weiter hinten stand eine Theke.

Als Onkel Charlie ihr per Post einen Schlüsselbund geschickt und ihr mitgeteilt hatte, dass es an der Zeit für sie war, ins Familienunternehmen einzusteigen, hatte Lydia ihm klipp und klar gesagt, dass sie das auf keinen Fall tun würde. Doch drei Monate und einen Observierungsauftrag mit unerwartetem Ausgang später hatte sie ihre Meinung geändert. Ihre Chefin Karen hatte ihr gerade erst angeraten, für ein paar Wochen aus Aberdeen zu verschwinden, da hatte auch schon Onkel Charlie mit seinem verblüffenden Talent für gutes Timing angerufen und ihr eine Bleibe in London angeboten. Dabei hatte er es so klingen lassen, als würde sie ihm einen Gefallen tun. Anscheinend benötigte er ihre Hilfe. Genauer gesagt die Familie. Er hatte ihr am Telefon keine Details verraten wollen und mit Sicherheit geflunkert, aber in diesem Moment war es Lydia egal gewesen. Sie hatte aus der Stadt verschwinden müssen und mangels Geld war ihr keine Alternative geblieben. Jetzt sog sie das vertraute Geruchgemisch aus Abgasen, Abwasser sowie Blut – das war dem Camberwell Market geschuldet – ein und fragte sich, ob sie das Angebot nicht voreilig angenommen hatte.

Lydia war erst für den nächsten Tag mit Charlie verabredet und konnte in Ruhe ankommen. Sie trat von der Scheibe zurück, blickte zur Tür, die ins Café führte, und suchte dann nach einem anderen Eingang. Es gab keinen. Aber die Hausnummer stimmte mit der überein, die an ihrem Schlüsselbund stand. Hier war sie richtig.

„Eine Bleibe. Ein kleiner Gefallen." Onkel Charlie hatte nicht gelogen. Er hatte ihr nur nicht die ganze Wahrheit gesagt. Lydia hatte fälschlicherweise angenommen, es handle sich um eine Wohnung, kein leerstehendes Café. Das Gebäude verfügte allerdings über vier Stockwerke. Vielleicht befand sich oben ein schickes Apartment samt Dachterrasse? Vielleicht.

Lydia starrte an dem Haus nach oben und zog ihr Handy aus der Tasche. „Ich habe keine Ahnung, wie man ein Café führt", sagte Lydia, als Charlie ranging.

„Lydia, Liebes." Beim sanften Klang von Onkel Charlies Stimme musste Lydia unweigerlich lächeln.

„Wenn das die Sache ist, bei der du meine Hilfe brauchst, muss ich dich enttäuschen", fuhr sie fort. „Die Rede war von einem kleinen Gefallen, keinem dauerhaften Aufenthalt. Ein Kurzbesuch …"

„Aber du brauchst einen Platz zum Schlafen, richtig?"

„Ja, aber ..."

„Also nimm das Café. Es ist seit Monaten geschlossen und darüber liegt eine Wohnung. Du kannst es eröffnen oder auch nicht, das ist mir egal."

Lydia wollte ihn nach der Miete fragen, aber Charlie redete unaufhörlich weiter. Seine Stimme hatte dabei diesen überzeugenden Tonfall angenommen, der ihn zu einem erfolgreichen Geschäftsmann gemacht hatte. Dieser Tonfall, der einige in der Familie hinter vorgehaltener Hand lästern ließ, er könnte fast als Silver durchgehen. Auch wenn es nie jemand wagen würde, ihm das ins Gesicht zu sagen.

„Aber du würdest mir einen Gefallen damit tun. Eine echte Mieterin, die sich ein kleines Geschäft aufbauen will, macht sich gut in den Büchern."

„Ich dachte, ich tue dir bereits einen Gefallen. Dieses geheimnisvolle Problem, bei dem du meine Hilfe brauchst ..."

Charlie unterbrach sie. „Nicht am Telefon." Dann legte er auf.

Das war nicht gut. In ihrer Familie gab es nichts umsonst. Am Ende würde sich Lydia auf irgendeine, womöglich illegale Weise revanchieren müssen, auch wenn alle wussten, dass sie offiziell ausgestiegen war – aber was konnte sie schon tun? Sie hatte die Wahl zwischen Onkel Charlies vermeintlichem Giftbecher oder dem Zimmer bei ihren Eltern. Letzteres wäre natürlich die vernünftigere Option. Doch ihr Auszug damals war schwierig gewesen und Lydia wusste nicht, ob es ihr ein zweites Mal gelingen würde. Außerdem fürchtete sie, dass der wohlige Komfort in ihrem Elternhaus ihr schon nach ein paar Wochen jegliche Motivation rauben würde. Statt nach Aberdeen zu ihrem Job zurückzukehren, würde sie ihre Mutter zu Bridgepartien begleiten und nie wieder davon loskommen. Ganz zu schweigen davon, dass es bereits schlimm genug war, aus Schottland fliehen zu müssen. Sie konnte nicht auch noch die Schmach ertragen, in ihr altes Kinderzimmer zu ziehen. Also musste sie mit dem Café vorliebnehmen und Charlies vorgeschobenes Problem lösen, bis sie wieder sicher nach Schottland zurückkehren konnte.

Die schwarze Farbe an der Eingangstür bröckelte ab, das Schloss aber glänzte und funkelte. Charlie musste es gerade erst ausgetauscht haben. Lydia war gerührt, dass er sich um ihre Sicherheit sorgte.

Doch das Gefühl der Fürsorge hielt nicht lange an. Das Café war das reinste Loch. Sie betätigte den Lichtschalter und die grellen Leuchtkörper gaben den Blick frei auf nikotinvergilbte Wände, alte Plastiktische und einen Fußboden, auf dem sich allem Anschein nach ein Eigenleben entwickelt hatte.

Hinter der Theke war eine Tür, die vermutlich in die Küche führte. Eigentlich sollte Lydia nachsehen, ob sie noch funktionierte und ob sie sich dort versorgen konnte, aber dazu sah sie sich im Moment nicht imstande. Der Zustand des Ladens ließ erahnen, wie es hinter der Tür aussehen würde. Und schmutzige Küchen lockten Ungeziefer an. Es hieß, in London sei die nächste Ratte nie weit entfernt, und Lydia hatte keine Lust, diese These auf ihren Wahrheitsgehalt zu überprüfen.

Eine Tür links neben der Theke war mit einem männlichen und weiblichen Symbol gekennzeichnet, darunter prangte ein laminiertes Blatt Papier: *Nur für Gäste.*

Leider fand Lydia keine weitere Tür, keinen privaten

Zugang zur Wohnung, mit dem sie das verdreckte Café hätte umgehen können. Aber es war ja nur für ein paar Wochen. So lange könnte sie mit diesem gruseligen Eingangsbereich leben. Trotzdem schien sich die stickige Luft in dem leeren Raum zu einer bedrohlichen Gestalt aufzubäumen, die nur darauf wartete, sie anzufallen. Langsam öffnete Lydia die Tür mit dem Toilettenzeichen.

Dahinter fand sie eine schmale Linoleumtreppe. An den Wänden zierten Schwarz-Weiß-Fotografien von Camberwell den Weg hinauf zu einem Korridor mit drei Türen. Zwei davon gehörten eindeutig zu den angekündigten Toiletten, die dritte war als „Privat" gekennzeichnet. Am Ende des Ganges führten weitere Stufen nach oben, jetzt aber wurde das Linoleum von braunem Teppichstoff abgelöst. Lydia öffnete die dritte Tür und fand vor sich einen schmucklosen Büroraum. Auf einem Schreibtisch stand ein wuchtiger Computerbildschirm, der wohl noch aus den Neunzigern stammte. Die Kabel hingen lose herab, eine Tastatur war nicht zu sehen. Eine kaputte und mit einer dicken Staubschicht überzogene Metalljalousie vervollständigte das Bild eines gescheiterten Unternehmens.

Lydia verließ die bedrückende Szenerie und stieg die nächste Treppe hinauf, wobei sie sich bemühte, den Anblick des fürchterlichen Teppichbodens und die modrige Luft zu ignorieren, die in ihrer Nase kitzelte. Karens Büro war hell, sauber und roch nach Neroliöl, in Lydias Wohnung in Aberdeen zierten Bücherregale eine ganze Wand, der Boden war mit Eiche ausgelegt. In ihrem Sessel im Wohnzimmer sitzend und die Regale anstarrend hatte sie das Gefühl gehabt, es endlich geschafft zu haben und in der Welt der erfolgreichen Erwachsenen angekommen zu sein. „Reiß dich zusammen, du Memme", sagte Lydia zu sich selbst und bemühte sich um Optimismus. Dass ihre Stimme in dieser abgestandenen Luft merkwürdig klang, hatte jedoch den gegenteiligen Effekt.

Am Ende der Treppe befand sich eine einzige Tür. Das musste der Eingang zur Wohnung sein. Außer einer elektrischen Klingel an der Wand wies nichts darauf hin, dass es sich um einen Zugang zu einem abgetrennten Bereich handelte. Lydia drückte die Klingel und vernahm von drinnen ein Läuten. Dann drückte sie die Klinke nach unten und die Tür schwang auf. Kein Schloss. Na bravo. Lydia nahm sich vor, Charlie auf das Thema Sicherheit anzusprechen.

In der Wohnung befand sich ein kleiner Flur, an dessen Ende eine weitere Treppe lag. Eine Tür führte zu einem winzigen Badezimmer mit Duschkabine und weißen Armaturen, eine zweite zu einem Wohnzimmer mit großem Schiebefenster und einem alten Kamin, der dringend gereinigt werden musste. Außerdem stand darin ein einzelnes Sofa, an einer Wand lehnte ein Klappstuhl von IKEA. Das war's. Wie gemütlich! Lydia konzentrierte sich auf das Fenster, das bei weitem das Schönste in diesem Zimmer war, und versuchte, sich nicht allzu große Gedanken über die Flecken auf dem alten grünen Teppich zu machen. Nachdem sie lange hinausgestarrt und sich daran erinnert hatte, dass es noch eine Welt außerhalb dieses vermoderten Loches gab, fühlte sie sich stark genug für eine weitere Erkundungstour.

Vom Wohnzimmer aus erreichte sie eine kleine Kitchenette. Lydia rechnete mit dem Schlimmsten, stellte jedoch angenehm überrascht fest, dass die Oberflächen nur staubig waren. Die Schränke waren in einfachem Weiß gehalten, ein Spülbecken aus Edelstahl war in eine grau gesprenkelte Arbeitsplatte aus Laminat eingelassen.

Die letzte Tür führte zu einem Schlafzimmer in der Größe eines Kleiderschranks, in dem sich nicht mehr als ein Einzelbett und eine Kommode befanden. Mit einem Schlag machte sich die Müdigkeit nach der zehnstündigen Fahrt bemerkbar und ihre Entschlossenheit verschwand. Die stickige Luft lag schwer auf ihren Schultern und sie hatte das Bedürfnis, eine menschliche Stimme zu hören.

Ihre Mutter hob sofort ab. „Lydia, ist alles in Ordnung?"

„Alles bestens", sagte Lydia und ging währenddessen die nächste Treppe nach oben. „Ich wollte dir nur Bescheid geben, dass ich wieder im Lande bin."

„Kommst du nach Hause?" Lydia vernahm die Mischung aus Hoffnung und Sorge in der Stimme ihrer Mutter. Das erinnerte sie daran, warum sie in dieser reizlosen Wohnung blieb, statt nach Hause zu gehen.

„So in der Art", antwortete sie. „Ich bleibe ein Weilchen in der Stadt."

„Für wie lange?"

„Das weiß ich noch nicht. Hör mal, Mum, ich möchte nicht, dass du es von jemand anderem erfährst, also …"

„Du bist schwanger?"

„Nein! Mum!"

„Tut mir leid. Aber weißt du, es wäre nicht so überraschend."

„Ich wohne über einem alten Café. Das Gebäude steht leer." Sie erreichte den Absatz, jetzt war keine weitere Treppe mehr zu sehen. Sie war im obersten Stockwerk angekommen, hier hing die Decke niedriger. Vermutlich hatte sich hier früher ein Dachboden oder Dienstboten-zimmer befunden.

„Du hast ein Haus besetzt?" Ihre Mum klang vielmehr belustigt als entsetzt, was Lydia äußerst charmant fand. Sie hörte eine weitere Stimme im Hintergrund und ihre Mutter drehte sich vom Telefon weg, um zu sagen: „Es ist Lydia."

„Nein, keine Sorge, ich mache nichts Illegales", erklärte Lydia. „Onkel Charlie …"

„Bitte sag mir nicht, dass du bei Charles bist." Die gewöhnlich sanfte, warme Stimme ihrer Mutter erhielt plötzlich einen angsterfüllten, harschen Unterton.

„Ich bin nicht bei Onkel Charlie", sagte Lydia und öffnete eine Tür. Das große Schlafzimmer lag genau über dem Wohnzimmer. Das Fenster war dasselbe wie in dem Raum darunter, nur etwas kleiner; auf dem Doppelbett lag frische Bettwäsche samt Kissen und Decke, noch in Plastik eingehüllt. Es war keine Lüge. Sie war in diesem Moment nicht bei Onkel Charlie.

„Gott sei Dank." Sie vernahm, wie ihre Mutter sich umdrehte und die Worte für ihren Vater wiederholte. „Sie ist nicht bei ihm!"

„Tut mir leid, Liebling", sagte ihre Mutter dann. „Ich weiß ja, dass du so etwas nie tun würdest."

„Ich brauche eine Unterkunft und er überlässt mir eine Wohnung, bis ich weiß, wie es weitergeht."

„Das ist doch lächerlich", entgegnete ihre Mum. „Du kannst bei uns wohnen. Du solltest dich nicht in Camber-well aufhalten, dort ist es nicht sicher."

„Es ist aber praktisch, in der Stadt zu sein", sagte Lydia und wurde unruhig.

„Praktisch wofür? Du hast doch gerade gesagt, du wüss-test noch nicht, was du machen wirst."

„Schon gut", sagte Lydia, die genau wusste, weshalb ihre Mum sich Sorgen machte. „Es gibt keinen Haken. Ich muss im Gegenzug nichts für ihn tun. Ich tue vielmehr ihm einen Gefallen, weil ich auf das Haus aufpasse."

„Der Tag, an dem dein Onkel etwas aus gutem Willen tut, ist erst gekommen, wenn die Hölle zufriert, Schweine fliegen können und die Toten wiederauferstehen."

„Ich weiß", entgegnete Lydia zornig. „Ich bin kein Dummkopf."

„Das wissen wir, Schatz. Aber du darfst dich nicht auf seine Spielchen einlassen. Er wiegt dich in Sicherheit und am Ende zieht er dich über den Tisch."

„Onkel Charlie mag mich", sagte Lydia und war sich fast sicher, dass es so war.

„Natürlich tut er das!" Ihre Mum klang eingeschnappt. „Alle in der Familie mögen dich."

„Na dann", begann Lydia, doch ihre Mum unterbrach sie: „Das wird ihn aber nicht abhalten."

Lydia war außerhalb der Familie aufgezogen worden. Ihre Eltern hatten nur zu gut gewusst, dass ihre vielen Verwandten jede Art von Fähigkeit wahrnehmen würden, selbst eine solch schwach ausgeprägte wie Lydias, und wollten verhindern, dass sie sich ihrer bedienten. Immer wenn Lydia sie gefragt hatte, was sie damit meinten, hatten die beiden eisern geschwiegen.

„Aber sie gehören zur Familie. Onkel Charlie ist dein Bruder", hatte Lydia in ihrer pampigen Teenagerzeit gemeint.

Da hatte ihr Dad nur traurig gelächelt. „Ich liebe meine Brüder und Charlie ist vermutlich noch der Beste von ihnen, aber in erster Linie zählt für ihn das Familienunternehmen. Das war schon immer so. Er würde dich ohne mit der Wimper zu zucken ausnutzen, so wie die anderen." Ihr ansonsten so gutmütiger Dad hatte plötzlich ungewöhnlich eindringlich gesprochen. „Du darfst ihm niemals verraten, was du kannst, verstehst du? Er liebt dich, aber er würde einen Weg finden, dich für seine Zwecke zu missbrauchen, und ich will nicht, dass du in all das hineingezogen wirst."

Das war kein Problem gewesen. Trotz ihrer Neugier hatte Lydia sich vom Familiengeschäft der Crows immer fernhalten wollen. Dort hatte man es nur mit furchteinflößend dreinblickenden Männern zu tun. Oder Frauen. Den ganzen Tanten und Cousinen, die entweder ausgezehrt oder noch angsteinflößender aussahen als ihre muskelbepackten Ehemänner. Aber jetzt war sie kein Kind und auch kein rebellischer Teenager mehr. Sie war eine erwachsene Frau mit bescheidenen Fähigkeiten, Geldproblemen und dem starken Drang, ihr Leben zu verändern.

Sie sah sich ein letztes Mal im Zimmer um und entschied, dass sie hier schlafen würde. Sie stellte ihren Rucksack auf dem Bett ab und öffnete das Fenster, um frische Luft hereinzulassen. Das Zimmer hatte definitiv Potential und zum Glück Holzdielen statt eines muffigen Teppichs. Mit neuer Zuversicht trat Lydia an die Tür auf der gegenüberliegenden Seite und hielt inne. Der beißende Duft nach Zitrusfrüchten in dem dritten Schlafzimmer kam ihr ungewöhnlich bekannt vor. Auch hier stand ein Doppelbett, bezogen mit dunkelblauer Bettwäsche, an der Wand hingen gerahmte Filmposter. Ihr gegenüber befand sich eine Glastür, die Gardine war halb zugezogen. Lydia trat in das Zimmer und hatte unwillkürlich das Gefühl, private Räumlichkeiten zu betreten. Was Unsinn war. Niemand lebte in dieser Wohnung. Das Café musste seit mindestens sechs Monaten leer stehen. Außer, es gab hier tatsächlich

Hausbesetzer. Lydia griff nach ihrem Handy. Sie wollte nicht wegen jeder Kleinigkeit zu Charlie rennen, aber vielleicht ließ er noch einen Verwandten hier wohnen und hatte vergessen, es ihr zu sagen. Das sollte sie überprüfen, bevor sie die Polizei rief. Da stellten sich ihr plötzlich die Nackenhaare auf. Jemand stand hinter ihr, sie spürte einen Blick auf sich ruhen. Sie drehte sich um und wollte schon losschreien. Doch das Zimmer war leer. Niemand war hier. Die Tür war halb geöffnet, auch im Korridor war niemand zu sehen.

Sie war wohl ein wenig schreckhaft. Allein in London und in diesem Loch, das hatte offensichtlich ihre Fantasie angekurbelt. Ja, das war es. Sie drehte sich um und stieß einen überraschten Schrei aus. Am Kleiderschrank neben dem Bett stand ein Mann. Er trug ein sackartiges hellgraues Jackett mit hochgerollten Ärmeln. Seine Unterarme waren leicht gebräunt, er hatte blaue Augen und das goldblonde Haar schimmerte im Licht, das durch das Fenster drang.

„Verdammt, hast du mich erschreckt", rief Lydia und sogleich wich die Angst der Wut. Er musste sich bislang unter dem Bett versteckt haben. „Was machst du hier?"

Der Mann schien sich genauso erschrocken zu haben wie sie, er hatte den Mund aufgerissen und starrte sie verwirrt an. Dann sagte er: „Ich wohne hier. Wer bist du?"

In seiner Stimme schwang ein merkwürdiger Tonfall mit, aber Lydia hatte keine Zeit, darüber nachzudenken. Der Duft nach Zitrusfrüchten wurde plötzlich stärker und sie wusste, dass das etwas zu bedeuten hatte.

„Lydia Crow. Meinem Onkel gehört das Haus. Er hat mir nichts von dir gesagt."

„Ich verstehe", sagte der Mann. Er war etwa in ihrem Alter, dachte Lydia. Vielleicht sogar jünger. Zunächst hatte sie ihn wegen des altertümlichen Jacketts für älter gehalten. Er trug dazu eine passende graue Hose und glänzende Schuhe, nicht wie die meisten Männer heutzutage T-Shirt, Jeans und Sneakers.

Lydia verschränkte die Arme und warf ihm einen unterkühlten Blick zu. Sie erwartete, dass er ihr gleich eine Geschichte auftischte, von wegen er sei der Freund eines Freundes oder dass Charlie ihn hier wohnen ließ. Doch der Jackett-Mann sagte nichts. Er starrte sie nur mit angsterfüllten Augen an, so als ob sie es wäre, die sich in angeblich leerstehende Gebäude schlich, um andere zu Tode zu erschrecken.

Zitrusfrüchte. Das sagte ihr etwas. Dieser beißende Duft nach Zitrone, gepaart mit etwas anderem. Vielleicht Rauch. Kein Zigarettenrauch, kein Holzfeuer, aber definitiv schwang der Geruch nach Verbranntem mit. Seit Jahren hatte sie das nicht mehr gerochen. Nicht mehr, seit sie Grandma Crow auf deren eigener Beerdigung begegnet war.

Lydia wollte gerade fragen: „Bist du echt?", als ein Geräusch hinter ihr sie zusammenzucken ließ. In der Tür stand ein weiterer Mann. Er trug ein schwarzes T-Shirt, das seine Muskeln betonte. Sein Haar war kurzgeschoren und seine Nase sah aus, als wäre sie mehr als einmal gebrochen worden. In der Hand hielt er eine Pistole und richtete sie geradewegs auf Lydia.

KAPITEL ZWEI

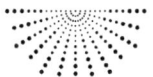

Lydia hatte noch nie in ihrem Leben eine richtige Pistole gesehen. Schon gar keine, die auf sie gerichtet war. Ein unangenehmes Kribbeln breitete sich in ihrem Magen aus, das sogleich weiter nach unten wanderte. Die Angst, sich im wahrsten Sinne des Wortes in die Hosen zu machen, ließ sie ihre Muskeln anspannen. Eine leise Stimme flüsterte ihr zu, dass der Mann mit der Waffe eine größere Sorge war als ein feuchter Fleck auf der Hose, aber die ignorierte sie, um sich nicht völlig der Angst hingeben zu müssen.

„Setz dich." Der Mann deutete mit dem Kinn in Richtung des Bettes. „Wir müssen reden."

Schlafzimmer. Bewaffneter Typ. Bett. Das klang gar nicht gut. Das klang wie der Polizeibericht zu einer Gewalttat. Der Kerl schien es jedenfalls nicht eilig zu haben. Er wirkte auch nicht nervös. Zwar nicht gerade gelangweilt, doch es war offensichtlich nicht sein erster Tag in der Verbrecherwelt. Lydia war zwar weitestgehend von den

Geschäften der Familie ferngehalten worden, aber bei Taufen oder Hochzeiten hatte sie einige ihrer Mitarbeiter gesehen. Ihr Blick war genauso ausdruckslos gewesen.

„Na los", sagte der Mann, verhältnismäßig sanft, und da verstand Lydia: Er wollte sie umbringen. Sie fragte sich, ob der Typ mit dem grauen Jackett den Kerl kannte. Warum hatte er nichts gesagt? Sie blickte sich um und hoffte auf ein wenig Solidarität, vielleicht sogar Hilfe, stattdessen sah sie nur den Kleiderschrank. Der Jackett-Mann war weg. Hatte er sich aus Angst unter dem Bett verkrochen? Sie könnte es ihm nicht verübeln, allerdings hoffte sie inständig, dass er von dort aus den Notruf wählte.

Lydia versuchte, ihre Beine zu bewegen. Sie wollte dem Mann Folge leisten und ihm keinen Grund bieten, ihr wehzutun, aber ihre Füße schienen am Boden festzukleben.

Der Typ sah sich um und entdeckte etwas hinter Lydia. „Öffne die Tür!", wies er sie an.

Einen Moment lang wusste Lydia nicht, wovon er sprach. Er stand doch in der Tür. Dann erinnerte sie sich an die Glastür und drehte sich um. Auf dem Weg dorthin würden sie auf die andere Seite des Bettes gelangen. Falls der Jackett-Mann sich dort versteckte, blieb er nicht mehr lange unentdeckt. Trotzdem bewegte sich Lydia in Richtung der Glastür, sie sah keinen anderen Ausweg. Als sie um das Bett herumkam, blickte sie absichtlich nicht auf den Boden, in der leisen Hoffnung, damit das Versteck des unbekannten Mannes nicht preiszugeben. Vielleicht blieb der Pistolen-Mann doch dort stehen, wo er war.

„Langsam aufmachen", sagte er. Seine Stimme war tief und ausdruckslos, sein Akzent merkwürdig neutral. Lydia wusste, dass sie sich jedes noch so kleine Detail einprägen sollte. Karen hatte sie die hohe Kunst der Beobachtung gelehrt, aber in diesem Moment konnte sie keinen klaren Gedanken fassen. Ein Bild ihrer Mutter ploppte vor ihrem geistigen Auge auf, wie sie hochkonzentriert mit einer Buttercreme die Torte zu Lydias zehntem Geburtstag beschriftete. Darauf folgte der Gedanke, dass die pfirsichfarbene Gardine wirklich fürchterlich aussah und die Tür vermutlich verschlossen war. Doch das war sie nicht. Die doppeltverglaste Tür ließ sich nach außen hin öffnen und die hereindringende kühle Luft half Lydia ein wenig, ihre Gedanken zu sortieren. Sie blickte auf eine kleine Dachterrasse, die von einem schwarzen Eisengeländer umrahmt wurde.

Der Mann stand genau hinter ihr, sie konnte sein Deodorant riechen. Er drückte ihr den Lauf seiner Waffe in den unteren Rücken. „Wir gehen nach draußen. Keinen Mucks."

Lydia trat über die Schwelle und über eine einzelne Stufe auf die gepflasterte Terrasse. Über sich bemerkte sie den grauen Himmel, links von ihr ein Dächermeer, rechts einen Wald aus Kaminen und die roten Ziegelfassaden. Das Dach des Nachbarhauses war größer und steiler, einige Mansardenfenster waren zu sehen. Doch die lagen höher als die Terrasse und so konnte niemand von den Fenstern aus auf die Stelle blicken, an der Lydia stand. Sie fragte sich, ob jemand zuhause war und ob sie versuchen sollte zu schreien. Würde man sie hören? Und falls ja, würde auch jemand die Polizei rufen?

Ihre Beine zitterten, das konnte sie überhaupt nicht gebrauchen. Denk nach, Lydia. Zittre nicht, denk nach!

„Weiter", sagte der Kerl. „Sechs Schritte."

Auf gewisse Weise schätzte Lydia diese Genauigkeit. Sie verlieh ihr das Gefühl, als könne alles noch gut werden, wenn sie sich nur präzise an seine Anweisungen hielt. Gleich darauf erkannte sie, dass das vermutlich nur eine Taktik war, um sie in falscher Sicherheit zu wiegen. Eine, die man in der Ausbildung zum Profikiller lernte.

„Sie müssen das nicht tun. Ich kann Ihnen Geld geben." Lydia ärgerte sich über den bettelnden Klang ihrer Stimme. Crows bettelten nicht.

Er intensivierte den Druck seiner Waffe und Lydia trat an das Geländer. Darunter lag ein Innenhof, sie sah die Deckel der Müllcontainer und eine Mauer mit einem Zugangstor. Eine enge Gasse verlief hinter dem Haus, dahinter lagen die Rückseiten von Wohnhäusern. Ohne Balkone oder Dachterrassen und die Fenster waren entweder verdunkelt oder die Jalousien waren heruntergelassen. Niemand war zu sehen. Niemand, der die Polizei hätte rufen können. Oder Charlie.

„Meine Familie", begann Lydia. Die Angst hatte sie vollständig im Griff. Er war nicht hier, um etwas zu stehlen. Er war nicht hinter Geld oder Informationen her. Er war hier, um sie umzubringen.

Nun drückte er die Waffe nicht länger gegen ihren Rücken, aber das tröstete sie kaum, denn das hieß ja nicht, dass die Pistole plötzlich verschwunden war. Ein einfaches Metallding, das in nur einer Sekunde das Herz, das wie wild in ihrer Brust hämmerte, zum Stillstand bringen konnte.

„Über das Geländer", sagte er.

„Was?" Lydia war verwirrt.

„Du wirst springen. Selbstmord."

„Das denke ich nicht", sagte Lydia. Sie drehte sich um. Er stand ein paar Schritte von ihr entfernt, die Waffe hatte er noch immer auf sie gerichtet.

„Doch", sagte er. „Na los. Mal sehen, ob du fliegen kannst."

In diesem Moment dachte Lydia an ihre Eltern. Und an Charlie und an jede Anekdote, die ihr jemals erzählt worden war. Sie mochte eine Crow ohne nennenswerte Kräfte sein, aber sie würde dem Familiennamen keine Schande bereiten. Crows traten nicht einfach so ab. Sie kämpften bis zum Schluss.

„Nein."

Er zuckte mit den Schultern. „Dreh dich um."

„Nein." Dieses Mal kam ihr das Wort noch einfacher über die Lippen. Sie wollte ihren Mörder ansehen. Ihm in die Augen sehen und ihn dazu zwingen, das ebenso zu tun, wenn er sie tötete.

In diesem Moment tauchte der Mann im grauen Jackett direkt hinter dem Kerl auf. Im wahrsten Sinne des Wortes: Er tauchte einfach auf. Noch bevor Lydia sich darüber wundern konnte, zog er dem Killer einen riesigen terracottafarbenen Blumentopf über den Schädel.

Der Angreifer fiel nach vorne und seine Beine gaben nach, sodass seine Knie und sein Gesicht im gleichen Moment auf dem Boden aufschlugen. Ein Knacksen ertönte, dann breitete sich langsam Blut aus.

Der Jackett-Mann ließ seine Waffe fallen, die dadurch entzweibrach. Trockene Erde lag zwischen den Scherben. Lydia starrte auf das Blut und die Pistole, die sich noch immer in der Hand des Mannes befand. Sie wusste, dass das ihr Moment war. Sie sollte ihm auf den Rücken springen und ihm die Waffe entreißen. Aber der Gedanke, sich dem Hünen zu nähern und dieses teuflische Ding aus Metall zu berühren … Es erschien ihr unmöglich.

Ebenso unmöglich erschien ihr allerdings auch, wie

schnell sich der Typ von dem Angriff erholte. Schon war er wieder auf allen vieren, Blut lief ihm über das Gesicht und schmerzverzerrt kämpfte er sich hoch. Er richtete seine Waffe auf und Lydia duckte sich zur Seite. Hoffentlich konnte sie die Tür rechtzeitig erreichen und davonlaufen.

Der Jackett-Mann versetzte ihm von hinten einen Stoß und der Killer geriet ins Taumeln, erst nach ein paar Schritten fand er sein Gleichgewicht wieder. Noch ein Schubsen, auf dem Gesicht des Jackett-Mannes spiegelten sich Angst, Konzentration und eine gewisse Genugtuung wider. Der Ausdruck jagte Lydia einen kalten Schauer über den Rücken. Im nächsten Moment traf der Killer auf das Geländer und in seinem Taumel fiel er mit dem Oberkörper darüber und blieb hängen. Lydia eilte zu ihm. Ob sie ihn schubsen oder einen Sturz verhindern wollte, war ihr noch nicht klar. Sie wusste nur, dass das ihre Chance war.

Der Jackett-Mann erreichte ihn vor ihr. Er hob den bulligen Kerl mit einer überraschenden Leichtigkeit hoch, dessen Schwerpunkt verlagerte sich und er rutschte über das Geländer. Innerhalb eines Augenblickes war er fort. Der Laut, den er während des Sturzes ausstieß, lag zwischen einem Fluch und einem Schrei, dann ertönte ein Aufprall, gefolgt von einem weiteren.

Lydia sah entsetzt zu dem Jackett-Mann.

„Ich hab's getan", sagte er und seine Worte hallten in einem merkwürdigen Echo wider, so als befände er sich in einem winzigen Zimmer. Dann verschwand er.

Lydia sah über das Geländer, mied es jedoch, das Metall zu berühren. Der Mann lag mit ausgestreckten Gliedern auf der Straße, eine Blutlache breitete sich unter ihm aus. Ein grüner Müllcontainer war umgekippt, auf dem Boden lagen Plastikflaschen, Deckel und rostige Dosen.

Sie zog ihr Handy aus der Gesäßtasche und wählte die 999. Polizei. Notarzt. Alle Einsatzkräfte. Bitte kommen Sie schnell!

Ihr Verstand setzte ein, auch wenn ihre Gedanken zwischendurch immer wieder abrissen. Plötzlich wurde ihr kalt, ihr Magen verkrampfte sich. Sie beugte sich vornüber. Es kam hauptsächlich Flüssigkeit und Lydia erinnerte sich daran, dass sie den ganzen Tag über kaum etwas gegessen hatte. Sie war zu angespannt gewesen, die Rückkehr nach London hatte sich merkwürdig gefährlich angefühlt. Offensichtlich hatte ihr Instinkt sie nicht getäuscht.

Sie musste von dieser Terrasse fort. Lydia trat durch die Tür zurück ins Schlafzimmer. Sie setzte sich auf das Bett und schlang die Arme um ihren Körper. Wie lange dauerte es wohl, bis die Polizei und der Notarzt eintrafen? War er tot? Erneut überkam sie die Angst. Was, wenn er nicht mehr blutend und regungslos auf der Straße lag, wenn er es irgendwie geschafft hatte, sich aufzurappeln, und er wieder auf dem Weg nach oben war? Um sie zu töten. Wie der Terminator.

Gepackt von einem Adrenalinrausch sprang Lydia auf. Sie lief hinaus auf die Terrasse und beugte sich über das Geländer. Der Mann lag noch immer in derselben Position auf der Straße. Bewusstlos. Oder tot. Lydia ließ sich auf den Boden sinken und klammerte sich an das schwarze Eisen des Geländers. Eine Taube landete auf der Terrasse und sie beobachtete, wie der graue Vogel mit seiner ulkigen Halsbewegung herumstolzierte. Nur damit sie an nichts anderes denken musste.

Sirenen erklangen. Lydia richtete sich mit Mühe auf. Die Taube flog davon und Lydias Blick fiel auf etwas anderes. Der zerbrochene Blumentopf lag inmitten der Erde. Da waren zwei Männer gewesen, einer mit einem Jackett, ein anderer mit einer Pistole. Der mit dem Jackett war aufgetaucht und wieder verschwunden. Vor ihren Augen. Er hatte ihr das Leben gerettet.

Lydia machte sich auf den Weg nach unten, um mit der Polizei zu sprechen. Das Blaulicht der Rettungswägen drang nach oben, Metall klirrte auf dem Asphalt, sie hörte Stimmen, Funkgeräte und Sirenen.

Lydia hielt sich am Treppengeländer fest, um einen Sturz zu vermeiden. Gleichzeitig versuchte sie, nicht an den Pistolen-Mann zu denken, der in seinem eigenen Blut auf der Straße lag. Auch nicht daran, wie knapp sie dem Tod entronnen war. Stattdessen dachte sie an den Mann, der ihr das Leben gerettet hatte. Seine Stimme hatte ungewöhnlich geklungen. Ungewöhnlich vertraut. Und sie wusste, warum. Er war ein Geist.

SPÄTER SASS SIE IN EINEM VON ZWEI Rettungswagen, eine Decke um ihre Schultern gelegt, ein Sanitäter fühlte ihren Puls. Lydia überlegte, wie sie den Jackett-Mann ins Spiel bringen sollte. Sie konnte ja schwer erklären, dass ihr ein Poltergeist das Leben gerettet hatte.

„Alles in Ordnung", sagte der Sanitäter zu einem herannahenden Polizeibeamten, der nickte jemandem außerhalb Lydias Blickfeld zu.

Der Mann, der daraufhin auf sie zutrat, trug keine Uniform. Er war wohl ein höheres Tier. Außerdem war er sehr groß.

„Wie geht es Ihnen?"

„Ist er tot?"

Der Pistolen-Mann war in den ersten Rettungswagen

verfrachtet worden, der sich daraufhin mit Sirene und Blaulicht in Bewegung gesetzt hatte. Die Chance bestand also,
dass er noch lebte.

Der Mann schüttelte den Kopf. „Ich bin DCI Fleet, ich
leite die Untersuchung. Und Sie sind …"

„Lydia." Sie hatte ihren Namen bereits einer Beamtin
genannt. Constable Moorhouse. Die hatte ihr den Arm
getätschelt und gesagt, dass sie befragt werden würde,
sobald die Sanitäter sie durchgecheckt hatten.

„Lydia Crow", sagte DCI Fleet. „Ist das richtig?"

„Ja."

„Können Sie mir berichten, was passiert ist?"

„Er hatte eine Pistole", antwortete Lydia. „Er führte
mich auf die Terrasse und wollte mich über das Geländer
werfen. Ich habe mich gewehrt, dann ist er gestürzt."

Fleets Miene war nicht zu lesen. „Ist die Waffe
losgegangen?"

„Nein", antwortete Lydia.

„Können Sie mir zeigen, wo es passiert ist?"

Lydia hielt es auf der Terrasse kaum aus.
Während sie Fleet und Constable Moorhouse das Geländer
zeigte, kam ihr der Gedanke absurd vor, dass sie nun eine
Dachterrasse ihr Eigen nennen durfte, die sie aber niemals
benutzen würde.

„Ist das im Kampf geschehen?" Moorhouse deutete auf
den zerbrochenen Blumentopf.

Lydia zögerte. Die Ärzte bemerkten bestimmt den
schweren Schlag auf den Hinterkopf. Aber ihre Fingerabdrücke befanden sich nicht auf dem Topf. Würden sie ihre
Fingerabdrücke überhaupt nehmen? War sie nicht das

Opfer in dieser Sache? Sie schüttelte den Kopf. „Ich sollte mich hierhin stellen." Sie deutete auf die Stelle.

Der großgewachsene Polizist zeigte sich nicht besonders interessiert an dem Geländer, er sah sich auf der Terrasse um. Nach einer gründlichen Suche wandte er seinen Blick wieder Lydia zu. Er hatte braune Augen, die von einem rein ästhetischen Gesichtspunkt aus als wunderschön zu bezeichnen waren, aber auch berechnend wirkten. Lydia trat von einem Bein aufs andere und fragte sich im nächsten Moment, ob sie das verdächtig aussehen ließ.

„Möchten Sie sich setzen?"

Das hatte sie nicht erwartet und kaum hatten ihre Beine die Erlaubnis erhalten, wurden sie butterweich.

Die Polizistin kam nach vorne. „Miss Crow, warum gehen wir nicht wieder hinein? Trinken wir eine Tasse Tee und unterhalten uns."

Wenige Minuten später saß Lydia auf einer klebrigen Lederbank in einer der Nischen des Cafés. Vor ihr stand ein großer Pappbecher, durch die Öffnung im Deckel drang Dampf heraus. Jemand, vermutlich die Polizeibeamtin, war in das nächstgelegene – geöffnete – Café gelaufen und hatte ihr Tee geholt. Lydia stiegen angesichts der aufmerksamen Geste Tränen in die Augen.

„Ich brauche nur eine Aussage", sagte Constable Moorhouse entschuldigend. „Dann lassen wir Sie in Ruhe. Nach so einem Erlebnis ist Schlaf die beste Medizin."

Lydia fragte sich, ob sie aus Erfahrung sprach. „Schon gut." Lydia legte ihre Hände um den Pappbecher und genoss die wohlige Wärme.

Die Beamtin bat sie, ihr die ganze Geschichte zu erzählen, und stellte zwischendurch Fragen. „Haben Sie gehört, wie der Mann das Gebäude betreten hat?"

„Nein." Lydia schüttelte den Kopf. „Ich sah mich gerade um und wollte mir einen Überblick verschaffen. Ich war im Schlafzimmer und …" Lydia brach ab. Sie war im Schlafzimmer gewesen und hatte dort einen Geist gesehen. „Ich drehte mich um und da stand er. In der Tür. Mit einer Pistole in der Hand."

Moorhouse notierte sich die Antwort. „Hat er gesagt, was er wollte?"

Lydia schluckte und schüttelte den Kopf.

„Kannten Sie ihn?"

Wieder Kopfschütteln. Lydia trank von ihrem Tee und dachte eine Weile nach. Was seinen eindringlichen Blick und sein Auftreten anging, könnte er zur Familie gehören. Sie glaubte aber nicht, ihn schon einmal gesehen zu haben.

Die Tür von oben herab ging auf und Fleet kam herein. Sofort erfüllte er den ganzen Raum mit seiner Präsenz. Er griff nach einem der Becher, die in einem Tragekarton bereitstanden, und nickte Moorhouse zu.

Die erhob sich sofort. „Das reicht für heute. Wir brauchen noch eine offizielle Aussage von Ihnen, aber das kann warten. Ich sehe, dass Sie sehr aufgewühlt sind."

Lydia stand ebenfalls auf. Sie streckte eine Hand aus und war erleichtert, dass die Unterhaltung vorüber war. Allein im Haus sein wollte sie allerdings auch noch nicht.

„Ich komme gleich nach", sagte Fleet, als Moorhouse sich auf den Weg machte.

Lydia sah auf die Uhr und war überrascht, wie wenig Zeit vergangen war. Erst vor einer Stunde hatte sie die Tür zu ihrem vorübergehenden Heim geöffnet. „Ein neuer Rekord", sagte sie.

„Wie bitte?"

„Mich in so kurzer Zeit in Schwierigkeiten zu bringen", erklärte Lydia. „Eine Spezialität von mir."

Er lächelte und die Fältchen, die sich dabei unter seinen Augen bildeten, ließen ihn wie einen anderen Menschen aussehen. „Ich finde, die Sache hier zählt nicht", sagte er. „Das ist ja nicht Ihre Schuld."

Lydia musterte ihn und bemerkte erst jetzt, dass er nicht nur groß gebaut war und sich unter seinem Jackett breite Schultern verbargen, sondern dass von ihm ein gewisses Leuchten ausging. Ein Schimmer.

„Wohnen Sie schon lange hier?" Er zog ein kleines Notizbuch hervor und Lydia seufzte innerlich. Noch mehr Fragen.

„Ich bin erst heute angekommen", antwortete sie. „Ist das Teil der Aussage?"

Er schüttelte den Kopf und lächelte. „Es hat mich nur interessiert, tut mir leid. Ich kam früher oft mit meiner Tante her. Als ich noch klein war."

Lydia konnte sich nicht vorstellen, dass dieser Mann jemals klein gewesen sein sollte.

„Es roch hier immer so gut."

„Wie gesagt, ich bin erst seit heute hier", verteidigte sich Lydia. „Es ist ziemlich heruntergekommen."

„Sie haben sich viel vorgenommen", sagte er und sah auf die herumliegenden Stühle.

„Das habe ich nicht", erklärte sie. „Ich bleibe nur für ein paar Wochen. Dann fahre ich wieder nach Hause."

„Schottland, oder?" Bei ihm klang es so, als sage er „Narnia". So als ob er nicht glauben könnte, dass ein solcher Ort existierte.

Lydia wartete auf die nächste Frage, aber er tippte nur mit seinem Stift gegen das Notizbuch, bevor er es schließlich schloss. „Also gut. Wenn Ihnen noch etwas einfällt …"

„Ich melde mich bei Ihnen", sagte Lydia.

„Tun Sie das."

Er steckte das Notizbuch in die Tasche. „Danke für Ihre Hilfe, Miss Crow."

„Schön, dass Sie gekommen sind", sagte Lydia und wollte sich am liebsten ohrfeigen. Das hier war doch kein Kaffeekränzchen.

„Richten Sie Ihrem Onkel einen Gruß aus", sagte Fleet, als er sich in der Tür umdrehte.

„Meinem Onkel?"

„Charlie Crow. Dem gehört der Laden doch, oder nicht?"

„Woher wissen Sie das?"

„Ich bin von hier", sagte er und sah sie eindringlich an. „Ich wohne schon mein ganzes Leben hier."

Lydia hatte die Warnung verstanden. Er kannte ihre Familie. Konnte es noch schlimmer kommen?

Als sie wieder allein war, verschloss Lydia die Vordertür, schob den Riegel vor und ging nach oben ins Schlafzimmer. Wenn sie nicht sofort hochging, würde sie kneifen und Reißaus nehmen. Dann müsste sie sich in den Zug hinaus in die Vorstadt setzen und wieder in ihr Kinderzimmer ziehen. Bei ihren Eltern wäre sie in Sicherheit. Ihr Dad war der jüngste Bruder der Familie und anders als Michael Corleone war es ihm erlaubt worden, aus dem Familienunternehmen auszusteigen. Er hatte ein nettes Mädchen aus Maidstone geheiratet und sich ein beschauliches Leben in der Vorstadt aufgebaut.

Das Schlafzimmer war leer. Lydia stand in der Tür und kam sich dumm vor, doch dann sagte sie: „Hallo?" Was zu nichts führte, außer, dass sie sich noch dämlicher vorkam. „Danke, dass du ihm eins übergezogen hast", sagte sie trotzdem. „Und für den Rest. Du hast mir das Leben gerettet."

Der Geist erschien nicht und Lydia hörte auch keine Stimme. Es roch wieder normal, der Duft nach Zitrusfrüchten war verschwunden. Aber zur Sicherheit fügte Lydia hinzu: „Ich werde das andere Zimmer nehmen. Bitte tauch nicht aus dem Nichts auf, sonst kriege ich einen Herzinfarkt."

Sie schloss die Tür und ging nach oben in ihr neues Zimmer. Währenddessen rief sie Charlie an. „Jemand ist gerade bei mir eingebrochen und hat mich bedroht."

Charlie verstand sofort. „Brauchst du den Reinigungsdienst?"

„Nein", sagte Lydia und wünschte, sie wüsste nicht, was er damit meinte. Wenn ihr Dad am Samstagnachmittag manchmal zu viele Bier erwischt hatte, hatte er ihr Anekdoten aus der Familiengeschichte der Crows erzählt. Die waren nicht schön gewesen.

„Aber es geht dir gut, oder? Bist du verletzt?"

Lydia blinzelte die plötzlich aufsteigenden Tränen fort. „Nein. Alles in Ordnung."

Charlie atmete hörbar durch. „Gut. Wer war es?"

„Ich habe keine Ahnung", sagte Lydia. „Wer weiß, dass ich hier bin?"

„Hast du den Typen gekannt?"

„Ich kenne doch niemanden hier. Ich bin gerade erst angekommen, wie du weißt." Während sie sprach, blickte Lydia aus dem Schlafzimmerfenster. Auf der Straße war es ruhig, gelbe Lichtpunkte flackerten auf dem Bürgersteig, die Geschäfte gegenüber waren bereits geschlossen und lagen im Dunkeln.

„Keiner von deinen früheren Kunden?"

Lydia zog die Vorhänge zu. Ihr normales Leben war gerade meilenweit weg, so weit, dass sie an diese Möglichkeit nicht einmal gedacht hatte.

„Lydia?"

„Ich denke nicht. Er kam mir nicht bekannt vor." Sie schloss die Augen und ging ihre Erinnerung durch. Der Mann war nicht mehr jung gewesen und sein Haar war entweder abrasiert worden oder war ihm bereits ausgefallen. Er war zwischen vierzig und sechzig Jahre alt und braungebrannt, die Augen waren schmal.

„Ein Familienmitglied?"

Lydia verstand, dass er nicht ihre Familie meinte, sondern eine der anderen drei, die in London aktiv waren. Schon allein die Andeutung, eine andere Familie hätte eine Crow angegriffen, könnte einen Krieg auslösen und Lydia schüttelte den Kopf, bevor sie sagte: „Nein, nein, ich denke nicht." Genau genommen wusste sie ohne jeden Zweifel, dass der Mann kein Crow, Pearl, Silver oder Fox war. Solche Dinge zu spüren, war Teil ihrer Crow-Zauberkraft, aber sie hatte schon vor langer Zeit ihrem Dad versprochen, dass sie das Charlie nie verraten würde. Oder sonst jemandem aus der Familie. Lydia wusste nicht, ob es ihm peinlich oder ihr Dad überfürsorglich war.

„Ich werde es herausfinden", sagte Charlie und klang gereizt. Niemand, der bei klarem Verstand war, würde jemanden aus ihrer Familie bedrohen. Sie gestand es sich nur ungern ein, aber es war tröstlich, Charlies Stimme zu hören und zu wissen, dass sie noch immer den Schutz genoss, den der Familienname Crow mit sich brachte. In Aberdeen war sie auf sich allein gestellt gewesen. Zurück in der Stadt zu sein, bedeutete aber auch, in eine Welt einzutauchen, vor der sie Angst haben sollte. So war es ihr beigebracht worden. Nun fragte sich Lydia, ob ihre Eltern nicht doch recht gehabt hatten.

LYDIA PACKTE DAS BETTZEUG AUS UND ZOG ES über. Dabei dachte sie nach. Wenn der Mann aus keiner der Familien stammte, musste er verdammt gut in seinem Job sein. Ein Krimineller erreichte kein hohes Alter, wenn er nicht äußerst talentiert war oder selbst Schutz genoss. Wieder verspürte Lydia einen Schauder und ihre Hände zitterten, während sie die Laken glatt strich. Als sie fertig war, zog sie ihre Lederjacke und ihre Skinny-Jeans aus und legte sich ins Bett. Gerade als sie glaubte, sie könne vielleicht doch Schlaf finden, fiel ihr ein, dass sie Charlie noch etwas Wichtiges hatte fragen wollen. Lydia lehnte sich aus dem Bett und zog das Handy aus den Jeans, dann tippte sie eine Nachricht ein.

Kennst du einen DCI Fleet?

Einen Augenblick später klingelte das Handy.

„Du hast die Polizei gerufen?" Charlies Stimme war schneidend.

„Offensichtlich", sagte Lydia, hielt sich das Telefon ans Ohr und starrte an die Decke.

„Interessante Wahl", antwortete Charlie. „Du bist wirklich das Kind deines Vaters."

Lydia schwieg. Sie wusste, dass sie stattdessen Charlie hätte anrufen sollen. Dann wäre der zermatschte Mann auf der Straße verschwunden. Der Reinigungsdienst hätte alle

Spuren schnell und gründlich beseitigt und sie müsste morgen keine offizielle Aussage bei der Polizei machen. Doch dann wäre sie in Charlies Schuld gestanden und das hatte sie vermeiden wollen. Er war zwar ihr Onkel, aber für ihn kam die Familie an erster Stelle. Außerdem war der Reinigungsdienst tödlich und das wäre nicht richtig.

Wie immer kam die Moral ganz am Ende ihrer Liste an Bedenken. Das war einer der vielen Gründe, warum sie sich die Mahnungen ihrer Eltern zu Herzen genommen und sich aus dem Familienunternehmen rausgehalten hatte. Sie machte sich manchmal selbst Angst.

„Mach dir keine Sorgen wegen Fleet", sagte Charlie.

„Tue ich nicht", antwortete Lydia. „Weißt du schon etwas über meinen Besucher?"

„Er liegt im Krankenhaus, mit Brüchen an Beinen, Rippen, Armen, Wirbeln und dem Becken. Außerdem in Handschellen, er wird dich definitiv nicht mehr aufsuchen", sagte Charlie und klang zufrieden. „Aber er war nur angeheuert. Ich gebe dir Bescheid, sobald ich den Kopf des Ganzen gefunden habe."

„Musst du nicht", entgegnete Lydia. „Je weniger ich weiß …"

„Natürlich", sagte Charlie gütig. „Du warst schon immer clever."

Nicht ganz so clever, dachte Lydia und legte ihr Handy auf den Boden neben das Bett. Immerhin bin ich nach London zurückgekehrt.

KAPITEL DREI

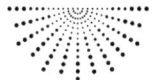

L ydia hätte es nicht für möglich gehalten, aber PC Moorhouse hatte recht gehabt: Zehn Stunden tiefer Schlaf waren genau das gewesen, was sie gebraucht hatte.

Lydia fand in ihrem Rucksack eine Flasche Wasser mit Geschmack und trank davon. Das war selbstverständlich kein Ersatz für den fehlenden Kaffee, aber sie sah sich noch nicht imstande aufzustehen und so musste der Koffein-schub warten.

Lydia schob sich das Kissen hinter den Rücken, über-kreuzte die Beine im Bett und öffnete ihren Laptop. Zuerst ging sie noch einmal die E-Mails ihres letzten Klienten, Mr. Carter, durch. Sie hoffte, dass seine Drohungen nicht so schlimm waren wie gedacht. Vielleicht hatte sie überre-agiert und es wäre gar nicht notwendig gewesen, in den Süden zu fliehen. London hatte sich nicht gerade als sicheres Pflaster herausgestellt. Vielleicht sollte sie ihre Sachen packen und nach Hause zurückkehren ... Immerhin war Mr. Carter ein angesehener Wirtschaftsanalytiker, kein Gangster.

Doch schon ein kurzer Blick auf die E-Mails machte diese Hoffnung zunichte. Lydia brauchte nicht noch einmal den eindringlichen Rat von Karen zu lesen, sie solle sich eine Weile freinehmen, damit sich die Lage wieder beruhigen konnte. Karen war seit dreißig Jahren im Geschäft und nichts konnte sie erschüttern. Als Lydia sie gefragt hatte, ob eine Flucht nicht ein wenig übertrieben war, hatte Karen ihr erklärt, Mr. Carter habe sie höchstpersönlich in ihrem Büro aufgesucht. Sie halte es für klug, wenn Lydia Abstand zwischen sich und ihn brachte. Zu ihrer eigenen Sicherheit. „Du hast seinen Stolz verletzt", hatte sie gesagt. Lydia hatte protestiert. „Er hat es gar nicht gern, wenn die Dinge nicht so laufen, wie er sich das vorstellt. Du hast ihn vorgeführt."

„Ich kann doch nichts für sein Verhalten."

„Das ist egal. Für ihn ist es so, als hätte er ein Spiel verloren, und das ist für ihn inakzeptabel."

„Schlechte Verlierer werfen das Spielbrett auf den Boden", konterte Lydia. „Sie drohen nicht damit, einen Profikiller aus dem Darknet zu engagieren, um ihn auf eine unschuldige Privatermittlerin zu hetzen."

Karen hatte sie mitleidig angesehen, was die ganze Sache hundertmal schlimmer gemacht hatte. „Das Gute ist, dass einer wie er sich schnell langweilt. Er wird sich bald etwas anderem zuwenden, bestimmt zieht schnell ein anderer seine Wut auf sich."

„Na großartig." Lydia konnte es nicht fassen, dass so ein Arsch von einem Kunden über ihr Leben bestimmen konnte.

„Wie wär's mit einer Kreuzfahrt? Fahr nach Paris. Leg dich an den Strand."

„Alles gleichzeitig?"

Karen hatte bereits nach dem Telefon gegriffen und sich der nächsten Sache zugewandt. Sie war nicht herzlos oder unhöflich, sie hatte einfach nur viel zu tun. Es gab vieles, was Lydia an Karen bewunderte. Ihren Erfolg. Ihr Arbeitsethos. Ihre Gewissheit. Eines Tages wollte Lydia auch Chefin sein. Denn eine Chefin konnte niemand rauswerfen.

Zurück in ihrem provisorischen Schlafzimmer in Camberwell strich ein kühler Lufthauch über Lydias Wange, wehte durch ihr Haar und stellte ihr die Nackenhaare auf. Sie sah auf und stieß zu ihrem Unmut ein kurzes „Huh!" aus. Der Jackett-Mann saß neben ihr auf dem Bett.

Mit pochendem Herzen schaffte Lydia es, zwei Worte des Zorns herauszubringen. „Verzieh. Dich."

Der Geist erhob sich aus seiner bequemen Sitzhaltung und stellte sich neben das Bett. Er wirkte beleidigt. „Was für eine nette Begrüßung."

Lydia wusste, dass es zum Teil die Angst war, die sie so zornig hatte werden lassen. Nachdem sie ihr Leben lang die Toten hatte spüren können, hatte sie geglaubt, sie wäre darüber hinweg. Seit sie denken konnte, hatte sie die zurückgebliebenen Gefühle in einem Raum gespürt, Geister aus dem Augenwinkel gesehen und ihre schwachen Stimmen vernommen. Dieser Geist aber war lebensechter und geschwätziger als die anderen. Sie redete sich ein, dass sie seine plötzliche Erscheinung bestimmt vorausgesehen hätte, wäre ihr Verstand nicht mit Gedanken an bewaffnete Typen und wütende Klienten abgelenkt gewesen.

Er schob sich die Ärmel seines fürchterlichen Jacketts bis zu den Ellbogen hoch. Durch das Fenster fiel Licht auf sein Gesicht und betonte seine leicht transluzente Gestalt. Er schien sich noch nicht entschieden zu haben, ob er beleidigt oder sehnsüchtig dreinschauen wollte.

Lydia schluckte. Unter ihrer Angst verbarg sich eine merkwürdige Aufregung. Einen echten Geist wie ihn zu sehen, das war schon etwas. Es war zwar keine wirkliche Kraft, aber ein Zeichen dafür, dass sie doch eine Crow war.

„Hallo. Wieder mal."

„Du kannst mich immer noch sehen?"

„Yep", antwortete Lydia. Ihr wurde ein wenig schwindelig. Die Art und Weise, wie seine Kleider und sein Kopf flimmerten, machte sie ganz benommen.

„Und du kannst mich verstehen?"

„Das sollten wir doch schon geklärt haben."

Er starrte sie an. „Du hast ja keine Ahnung, wie es sich anfühlt …"

Seine Stimme klang jetzt weniger merkwürdig, aber vielleicht hatte sich Lydia auch einfach daran gewöhnt. Sie überlegte, was sie sagen sollte. Welche Frage könnte sie stellen, ohne gefühllos rüberzukommen? Lebst du schon lange hier? Wie bist du gestorben? Warum bist du immer noch hier? Die Geister, die sie in ihrer Jugend gespürt hatte, waren nur Schatten oder Eindrücke gewesen, wie Flüstern im Wind, kaum verständliche Stimmen, ähnlich dem Rauschen eines schlecht eingestellten Funkgerätes. Sie hatte keine Ahnung. „Ich bin Lydia", sagte sie. Erst danach fiel ihr ein, dass sie ihm das bereits gesagt hatte.

„Ich habe so etwas noch nie vorher gemacht", sagte er plötzlich.

„Wie bitte?"

„Das mit dem Schubsen. Und dem Werfen. Bis gestern konnte ich nicht einmal etwas anfassen, geschweige denn

34

es hochheben. Und jetzt ..." Er griff nach dem Vorhang und zog daran. „Sieh nur."

„Ich bin dir auf jeden Fall sehr dankbar", sagte Lydia.

„Warum flippst du nicht aus?", fragte der Geist. „Ich flippe nämlich aus. Warum bist du so ruhig?"

Lydia zuckte mit den Schultern. „Du bist nicht mein erster." Der Typ sah sie nicht an, was ihr Gelegenheit bot, ihn zu mustern. Er sah beinahe echt aus, außer wenn er sich bewegte. Dann flimmerte er, es war fürchterlich. Lydias Verstand sagte ihr, dass es nicht sein konnte, doch ihre Augen bewiesen ihr das Gegenteil. „Ich habe keine Angst vor den Toten", fügte sie hinzu. Ihrer Erfahrung nach waren die Lebenden problematischer.

„Das ist merkwürdig", sagte der Geist. „Ich wünschte, ich könnte etwas trinken. Ich könnte einen Drink vertragen."

„Wie heißt du?", fragte Lydia in dem Versuch, ihn abzulenken.

Er bewegte sich ruckartig, das Flimmern sorgte dafür, dass Lydia übel wurde.

„Warum willst du das wissen?"

„Ich will nur freundlich sein", sagte Lydia und schluckte.

„Das bezweifle ich", sagte er. „Niemand kann so ruhig bleiben. Etwas stimmt nicht mit dir."

„Hey!"

„Wie lange bleibst du?"

„Vermutlich ein paar Wochen. Zumindest war das der Plan. Jetzt bin ich mir nicht mehr sicher." Lydia sah sich im Zimmer um und versuchte, das Bild von dem Angreifer in der Tür abzuschütteln. „Vielleicht fahre ich nach Paris."

Der Kerl verschwand und Lydia brach ab. Sie starrte auf

die Stelle, an der sich bis eben noch ein verstörend echt aussehender Geist befunden hatte, und überlegte, ob das unhöflich von ihm gewesen war oder ob Geister das nun einmal so machten. Womöglich hatte er gar keinen Einfluss darauf, wann er verschwand oder auftauchte. Sie verspürte Mitleid mit ihm. Es musste schrecklich sein, ein Leben zwischen den Welten zu führen, weder lebendig noch tot zu sein und nicht in der Lage, etwas zu tun. Aber nein, das stimmte nicht. Er hatte etwas getan. Er hatte ihr das Leben gerettet.

Lydia kramte in ihrem Rucksack nach ihrem Flachmann für Notfälle und trank einen Schluck Whisky, um ihre zitternden Hände zu beruhigen. Der Alkohol brannte in ihrem Hals, während sie auf die leere Stelle starrte und sich fragte, ob der Geist zurückkam. Sie überlegte, einen weiteren Schluck zu nehmen, aber sie brauchte ihn nicht wirklich und so schraubte sie den Deckel wieder zu. Merkwürdig. Sie war ungewöhnlich erfreut. Obwohl sie fernab der Familie großgezogen worden war, hatte sie immer eine Verbindung gespürt. Es gab nur noch vier magische Familien in London und die Crows waren die mächtigste von ihnen. Zumindest war sie in dem Glauben aufgewachsen. Die Familien wachten über ihre Geheimnisse und nachdem ihre Eltern darauf geachtet hatten, ihr geliebtes Kind so weit wie möglich von dieser Schattenwelt fernzuhalten, hatte sie nur wenig Ahnung davon, worum es sich bei diesen Geheimnissen handeln könnte.

Die Pearls hatten ein Händchen für den Verkauf. Sie waren echte Unternehmer und ihre Vorfahren hatten Bäckereien betrieben, Äpfel aus Handkarren verkauft und waren die Ersten gewesen, die in der Viktorianischen Zeit Eiscreme angeboten hatten. Außerdem hatten sie ein

Vermögen gemacht, indem sie ihr Mehl mit Staub gestreckt hatten. Die Pearls konnten nicht nur Eulen nach Athen, sondern auch Sand in die Wüste verkaufen.

Die Stärke der Silvers lag im Flunkern und wenig überraschend führten sie eine große Anwaltskanzlei. Dann gab es noch die Familie Fox. Je weniger man über sie wusste, desto besser.

Lydias Handy klingelte. Es war Emma.

„Wann wolltest du mich anrufen, Dumpfbacke?"

„Was für ein Zufall, gerade eben", antwortete Lydia. „Ich bin in London."

„Ich weiß! Deine Mum hat es meiner gestern Abend beim Bridge erzählt."

Emma war Lydias normale Freundin aus ihrer normalen Welt, die ein normales Leben führte. Schon allein dafür liebte Lydia sie heiß und innig, aber auch für ihren Sinn für Humor, ihre sympathische Art und ihre unbändige Energie.

„Hier ist die Hölle los", erzählte Emma. „Archie hat sich beim Fußball den Arm gebrochen. Die Katze leidet unter einer Schilddrüsenüberfunktion, was teurer ist, als es klingt, und letzte Woche hat Maisie Viren …"

„Oh nein, das tut mir leid", unterbrach Lydia sie. Sie war eine miese, unaufmerksame Freundin, das wusste sie und hatte ein schlechtes Gewissen. „Wie geht es Archie? Alles in Ordnung?"

„Na klar. Der packt das schon."

Lydia hörte das Lächeln in ihrer Stimme und verspürte die übliche Mischung aus Liebe, Bewunderung und Verwirrung darüber, dass ihre beste Freundin, ihre Weggefährtin in jeder Lebenslage, nun Mutter war. Verantwortlich für winzig kleine Menschenleben. Eine, die Turnbeutel packte und Wunden verarztete. All dieses Zeug. Emma war ein bisschen schusselig, äußerst sarkastisch und ein Fan von langen Nächten und Mittagsschläfchen. Als sie sich von Partynächten, ausgedehnten Reisen und ihrer Karriere verabschiedet hatte, um zu heiraten und ihr erstes Kind mit nur zweiundzwanzig zu bekommen, hatte Lydia es nicht fassen können. Aber Emma war so liebevoll gegenüber ihren Kindern, dass es Lydia so vorgekommen war, als habe sie eine bislang unbekannte Facette an ihrer Freundin entdeckt.

Emma unterbrach ihre Erzählungen über die Kinder und holte tief Luft. „Also, was gibt es Neues bei dir?"

„Nicht viel", sagte Lydia. „Ich bin für eine Weile in der Stadt, wenn du willst, können wir uns treffen." Sie hielt ihr Telefon vom Ohr weg, als Emma ihre Zustimmung lautstark in die Leitung dröhnte.

Lydia legte auf und erkannte, dass sie lächelte. Es hatte doch Vorteile, aus Aberdeen und von ihrem sicheren Job davonzulaufen. Immerhin war dieser sichere Job plötzlich nicht mehr furchtbar langweilig, sondern furchtbar gefährlich geworden. Warum hatte sie eigentlich niemand davor gewarnt, dass das Leben als Privatdetektivin überhaupt nicht glamourös war, dafür aber zu einem Großteil aus Langeweile und ab und zu Angst bestand? Okay, ihre Chefin hatte ihr das am ersten Tag gesagt, doch sie hatte nicht auf sie gehört. Lydia hatte ihre ersten Berufsjahre Mitte zwanzig verbummelt und nicht richtig gewusst, was sie mit ihrem Leben anstellen wollte. Aber waren diese Jahre nicht genau dafür da? Abgesehen von wenigen Ausnahmen (wie die mit ihrem Traummann verheiratete und auf Mutterwolke sieben schwebende Emma) war es doch modern, sich umzusetzen, zu scheitern und so weiter. Vor dreißig brauchte sie sich also keine Sorgen zu machen.

Aber jetzt war sie hier, zurück in London, und fühlte sich optimistisch. Merkwürdig optimistisch. Vielleicht hatte die Angst gestern Abend einen leichten Hirnschlag überdeckt?

LYDIA BRAUCHTE KOFFEIN, UND ZWAR SOFORT. Die Küchenschränke waren leer, daher ging sie nach unten, um sich im Café umzusehen. Ihre Hand lag an der Schwingtür zur Küche, als sie ein Geräusch vernahm. Von drinnen. Sie zog ihr Handy heraus und tippte die 99 vor, ihr Finger kreiste über der dritten 9. Vielleicht war es ja der Geist. Vielleicht testete er seine neuentdeckten Hochhebe-fähigkeiten, indem er sich etwas zu essen machte.

Dann erst bemerkte sie, was sie da gerade tat: den Ursprung eines merkwürdigen Geräusches untersuchen und das nur einen Tag, nachdem sie in genau diesem Haus überfallen worden war. Nicht besonders klug, Lydia. Sie wollte sich gerade von der Tür fortschleichen, aus dem Café laufen und von einem sicheren Ort aus die Polizei rufen, als sie etwas Merkwürdiges hörte. Gesang. Nun, vielmehr ein Summen. Eine sanfte, weibliche Stimme, sie klang gut, sogar durch die Tür hindurch.

Lydia zögerte einen Moment. Ihr Instinkt schickte ihr keine Warnung und sie konnte schließlich nicht für den Rest ihres Lebens bei jedem Geräusch zusammenzucken und davonlaufen. Sie richtete sich auf und öffnete die Tür.

An der Arbeitsplatte aus Edelstahl stand eine Frau. Eine Frau mit einer Schürze und einem riesigen Joint im Mund. Sie schob sich gerade Dreadlocks unter ihr Haarnetz. Auf der dunkelblauen Schürze prangte in weißen Lettern: *Papa Joe's Kitchen*.

Lydia wollte schon sagen: „Wer zum Geier bist du?", doch die Frau hatte etwas Respekteinflößendes an sich und so fragte sie nur: „Wer sind Sie?"

„Charlie hat mich angeheuert", antwortete die Frau, weiter auf ihr Haarnetz konzentriert. „Bist du meine Küchenhilfe?"

„Ich wohne hier", entgegnete Lydia. „Für den Moment. Es tut mir leid, aber das muss ein Irrtum sein. Ich brauche keine Köchin. Ich werde das Café nicht eröffnen, ich passe nur für ein paar Wochen auf das Haus auf."

Die Frau zuckte mit den Schultern, drückte ihren Joint in einer Aluminiumtasse aus und schob ihn in die Tasche ihrer Schürze.

Das Schweigen der Frau irritierte Lydia für einen Moment. Dann sagte sie: „Ich werde Charlie anrufen und das klären."

„Tu, was du nicht lassen kannst." Die Frau wandte sich ab und beugte sich zu Boden. Dann hob sie eine Holzkiste auf die Theke und machte sich daran, deren Inhalt auszupacken.

„Hör auf damit", sagte Lydia, so vehement sie konnte. „Das hier ist kein Café und ich werde niemanden anstellen. Wie bist du überhaupt hier reingekommen? Die Tür war verschlossen."

Die Frau packte weiter aus, ganz so, als hätte Lydia nichts gesagt.

Lydia ging hinaus und rief von ihrem Handy aus Charlie an.

„Da ist eine Frau in meiner Küche. Kannst du mir das bitte erklären?"

„Lydia, Liebling. Ich wollte dich schon früher anrufen. Ist alles in Ordnung?"

Die Sorge in seiner Stimme besänftigte sie etwas, auch wenn sie wusste, dass er sie absichtlich einsetzte. Daher versuchte Lydia, weiterhin verärgert zu klingen. „Nein, ist es nicht. Du hast eine Köchin angeheuert. Aber ich brauche keine Köchin, ich werde das Café nicht eröffnen. Du hast gesagt, das ist nicht notwendig. Du hast gesagt …"

„Angel ist keine Köchin, sondern eine Künstlerin. Warte ab, bis du ihr Essen probiert hast."

Lydia verdrehte die Augen. „Ich werde ihr Essen nicht probieren, denn sie wird hier nicht kochen. Ich kann mir keine Angestellten leisten. Das ist der einzige Grund, warum ich hier bin. Ich bin pleite."

„Ich zahle sie", sagte Charlie. „Keine Sorge."

„Aber du hast gesagt, ich muss das Café nicht aufmachen, wenn ich nicht will. Dass ich einfach hier wohnen kann."

„Lydia, Liebling. Du weißt doch, wie es läuft. Es muss so aussehen, als wäre das Haus in Verwendung. Gibt es da eine bessere Möglichkeit als das Café?"

Lydia schloss ihre Augen. Sie hasste es, wenn ihre Mutter recht hatte.

„Also wird das Café eröffnet?"

„Am Samstag", antwortete Charlie. „Keine Sorge. Wir machen keine Werbung, wir bauen nichts um, dann wird ohnehin niemand kommen."

Lydia öffnete ihre Augen und blickte durch die beschlagenen Scheiben hinaus auf die Straße. Er hatte recht. Niemand würde so ein Loch aufsuchen. Außer man wusste, dass der Laden Charlie gehörte und dass sich dahinter etwas viel Interessanteres verbergen musste.

„Für wie lange muss ich das Café öffnen?"

„Ein paar Wochen. Maximal einen Monat."

„So lange bin ich nicht hier. Aber ich meinte Stunden. Wie viele Stunden pro Tag muss das Café geöffnet sein, damit es echt aussieht?"

„Wie du willst." Jetzt klang er ganz sanft, er war wohl zufrieden mit dem Verlauf des Gesprächs. „Außerdem will ich dich nach dem Vorfall nicht allein in dem Haus wissen. Wenn unten jemand ist, und wenn es nur Angel ist, dann wird es dort sicherer für dich."

Das klang vernünftig, musste Lydia zugeben. Sie seufzte. „Wie wär's, wenn ich für zwei Stunden am Tag öffne? Mitten am Nachmittag, da kommt doch ohnehin niemand zum Essen. Dann kannst du in die Buchhaltung schreiben, was du willst."

„Jetzt hast du es verstanden", meinte Charlie anerkennend. „Du sperrst dann auf, wenn dir danach ist."

„Ich weiß deine Sorge zu schätzen, aber da steckt doch mehr dahinter. Du müsstest das Café nicht öffnen, niemand wird dir Ärger machen, du …" Lydia brach ab. Sie wollte die Antwort gar nicht wissen. „Vergiss es."

„Wir können uns persönlich darüber unterhalten. Ich bin bald bei dir."

In der Küche knetete Angel einen Teig. Sie hatte die Ärmel hochgekrempelt.

„Du musst nichts backen", sagte Lydia. „Ich werde heute nicht aufsperren." Leise fügte sie hinzu: „Ich werde gar nie aufsperren." Sie würde nicht lange genug für den Unsinn hier sein und sobald sie fort war, konnte Charlie tun und lassen, was er wollte.

„Der kommt in den Gefrierschrank", antwortete Angel, ohne aufzusehen. „Ich brauche einen Vorrat."

Lydia wollte ihr sagen, dass das nicht nötig war, da sie wohl kaum etwas verkaufen würden, fand dann aber, dass es die Mühe nicht wert war. Also ging sie nach oben, um sich frisch zu machen. Sie wollte Charlie nicht mit diesem blassen, fahlen Gesicht entgegentreten, das sie heute Morgen im Spiegel entdeckt hatte. Sie mochte momentan bei ihrem Arbeitgeber nicht gern gesehen und gestern von einem bewaffneten Typen angegriffen worden sein, aber Lydia Crow war kein Opfer und sie würde einen Teufel tun, wie eines auszusehen. Schon gar nicht, wenn sie auf das Familienoberhaupt der Crows traf.

ONKEL CHARLIE SASS IHR GEGENÜBER AUF EINEM Stuhl, die Hände mit den Innenflächen nach unten auf dem Resopaltisch abgelegt. Die hochgekrempelten Ärmel seines Hemdes gaben den Blick auf behaarte, mit verblassten grünen und schwarzen Tätowierungen übersäte Unterarme frei. Lydia wusste, dass die verschlungenen Weinreben sich über die gesamten Arme und weiter über Brust und Bauch zogen, und dass das Familienwappen, die Silhouette einer fliegenden Krähe, mehrmals auf seinem Körper zu finden war. Als Kind hatte sie auf seinem Schoß gesessen und hatte die Linien der Reben mit den Fingern nachgefahren. „Wie viele Krähen findest du?", hatte Onkel Charlie sie gefragt. Dann hatte er die Oberschenkel immer wieder hoch- und niedergehoben, sodass die Linien sich vor den Augen der kleinen Lydia scheinbar bewegt hatten.

Angel brachte eine Kanne Kaffee und schenkte ihn mit ausdrucksloser Miene ein.

Charlie sagte nichts, auch nicht, als sie wieder in die Küche zurückgegangen war, und Lydia beschloss, das Schweigen auszusitzen. Sie beschäftigte sich mit der Milch und aus einer spontanen Laune heraus leerte sie ein

Tütchen Rohrzucker in ihre Tasse. Dann rührte sie den Kaffee um und zählte dabei die Runden mit. Ihren Onkel sah sie nicht an.

„Ich kann dich nicht lesen", sagte Charlie schließlich.

„Ich bin ein offenes Buch", antwortete Lydia und zwang sich, ihm in die Augen zu sehen.

Er lehnte sich zurück und musterte sie. „Die kleine Lydia ist erwachsen geworden."

„Du hast mich um einen Gefallen gebeten. Ich nehme an, es geht nicht nur um das hier." Lydia machte eine ausladende Handbewegung. „Wirst du auch einen Manager einstellen oder sollen Angel und ich den Laden allein schmeißen?" Innerlich ohrfeigte sie sich. „Angel, meine ich. Ich werde hier gar nichts tun."

„Ich brauche einen Privatermittler", sagte Charlie. Er sah ernst drein und klang auch so.

Machte er sich über sie lustig? In der Stadt gab es doch Hunderte davon. Jeder von ihnen war besser als sie.

„Ich kann mit niemandem sonst zusammenarbeiten", sagte Charlie, als könne er ihre Gedanken lesen. „In diesem Fall ist höchste Diskretion notwendig."

„Das gehört zum Job. Jeder ordentliche Privatermittler ist diskret und verschwiegen." Abgesehen davon, dass niemand es wagen würde, es sich mit den Crows zu verscherzen.

„Ich brauche jemanden, dem ich vertrauen kann", sagte er.

Lydia lehnte sich zurück und widerstand dem Drang, ihm eine Antwort zu geben. Er sagte nichts, was darauf schließen ließ, dass er sie brauchte. Sie, das machtlose Küken der Familie. Er wollte sie in London haben und verriet ihr immer noch nicht warum.

„Ich bezahle dir deinen üblichen Stundensatz."

Lydia nannte ihn ihm. „Plus Auslagen."

Er nickte. „Wenn du die Sache hinkriegst, gibt es einen Bonus. Ich achte auf meine Leute und belohne Ergebnisse."

„Und ich kann hier wohnen, mietfrei und unbehelligt." Sie sprach die Worte betont eindringlich. „So wie es abgemacht war."

Er zögerte für eine Millisekunde, dann nickte er.

„Gut", sagte Lydia. „Also, worum geht es?" Lydia glaubte nicht wirklich, dass es einen Fall gab. Charlie führte etwas anderes im Schilde, aber sie war neugierig und wollte mehr herausfinden.

„Madeleine ist verschwunden."

„Meine Cousine Maddie?" Lydia runzelte die Stirn. Die Familie war heilig. Charles würde nie einen solchen Scherz machen. „Wie lange schon?"

„Fünf Tage", antwortete er. „Ich habe jede erdenkliche Spur verfolgt, habe mich bei ihren Freunden und ihren Arbeitskollegen erkundigt. Ich habe ihre üblichen Aufenthaltsorte überprüft und ihren Exfreund befragt."

Was für den Ex kein Spaß gewesen sein dürfte, dachte Lydia. „Lebt er noch?"

Charlie nickte ausdruckslos. „Er hat nichts damit zu tun."

Die Gewissheit, mit der er sprach, sagte alles. Charlie Crow wusste, wie man eine Befragung führte.

„Gibt es einen aktuellen Freund?"

„Das sollst du herausfinden."

Lydia lehnte sich unentschlossen zurück. Charlie war mächtig, das Oberhaupt der berüchtigten Crows. Jeder, mit dem er sich unterhalten hatte, hatte schon jedes seiner Geheimnisse preisgegeben, jeden verbotenen Gedanken gestanden, den er oder sie je gehabt hatte. Charlie brauchte Lydia nicht. Das wollte sie ihm gerade sagen, als er ihr zuvorkam.

„Ich kann mich nicht darum kümmern", sagte Charlie und hob seine mächtigen Schultern an. „Nicht mehr. Ich bin wie ein Falke unter Spatzen. Ich würde Aufmerksamkeit erregen. Aber niemand darf davon erfahren."

Ihr wurde bewusst, wie recht er damit hatte. Es würde eine Schwachstelle aufdecken. Ein Problem innerhalb der Familie, der leiseste Verdacht, dass jemand einer Crow geschadet haben könnte, würde Konsequenzen nach sich ziehen. Keine der Familien hatte wirkliche Macht, zumindest nicht mehr so viel wie in den guten alten Zeiten. Aber die Crows waren noch die Stärksten und nur das zählte.

„Tristan Fox hat herumgeschnüffelt. Entweder ahnt er, dass etwas im Busch ist und will einen Vorteil aus meiner Schwäche schlagen, oder er hat etwas damit zu tun und freut sich diebisch darüber."

Jetzt war Lydia ernsthaft schockiert. „Bestimmt nicht. Das würde er nie wagen."

„Die Zeiten haben sich geändert", sagte Charlie sanft. „Du warst lange fort."

„Fünf Jahre", antwortete Lydia. Und der Waffenstillstand hielt bereits seit 75 Jahren. Der Gedanke, dass er gebrochen werden könnte, war unvorstellbar. Entsetzlich.

Charlie musste ihr ihre Sorge angesehen haben, denn sein ernster Gesichtsausdruck wurde weicher, ähnlich wie damals in ihrer Kindheit. Er griff mit einer Hand über den Tisch und legte sie über ihre. Sie war um so vieles größer als ihr Händchen. „Nichts wird geschehen. Wir werden das nicht zulassen. Tristan, ich, David und Alejandro. Niemand von uns will das."

Lydia schluckte und nickte. „Ich werde Madeleine finden", sagte sie schließlich. „Bestimmt ist sie nur für ein paar Tage verreist. Ihre Mum ist ein bisschen …" Sie brach ab, als ihr einfiel, dass Madeleines Mum Daisy Charlies Cousine war.

„Das ist sie." Zum ersten Mal lächelte er. „Ein weiterer Grund, warum ich Unterstützung brauche."

KAPITEL VIER

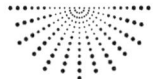

Lydias Mum hatte sehenden Auges in die Familie Crow eingeheiratet. Als sie Lydias Dad kennengelernt hatte, war dieser fünfundzwanzig und ein wichtiger Mann gewesen. Zwar nicht so mächtig wie sein großer Bruder Charlie, aber trotzdem jemand, vor dem man Respekt hatte. Mum war zweiundzwanzig gewesen und hatte an ihrem PhD in Biochemie gearbeitet. Sie wusste um die Kräfte in dieser Welt, die großen Felsbrocken und die kleinen Bruchstücke, die am Ende alle zusammen das Universum bildeten. Sie kam von außerhalb, war in Maidstone aufgewachsen. Sie hatte Gerüchte über die vier Familien gehört, sie allerdings als moderne Mythen abgetan. Nur Kinder glaubten an Magie und ihre geliebte Wissenschaft erklärte die gesamte physische Welt. Dann hatte sie in einer Bar Henry Crow kennengelernt und beobachtet, wie er Münzen scheinbar wie aus dem Nichts auftauchen ließ. Sie hatte ihn für einen besonders talentierten Taschenspieler gehalten.

Lydia gefiel die Geschichte. Die Vorstellung, dass ihre spießigen Eltern in einer Bar Cocktails getrunken und sich durch den Raum hinweg verliebte Blicke zu geworfen hatten, kam ihr so fremd wie ein alter Film vor. Tatsächlich stellte sie sich die Szene in Schwarz-Weiß vor.

„Er schickte mir Blumen ins Labor, obwohl ich ihm nicht einmal gesagt hatte, wo ich arbeitete. Dann hat er stundenlang davor gewartet, weil er nicht wusste, wann ich Feierabend hatte."

„Überhaupt nicht gruselig", fügte Lydia jedes Mal hinzu, aber mit einem Lächeln.

„Da wusste ich es einfach." So endete die Geschichte ihrer Mutter immer. Gepaart mit einem verträumten Gesichtsausdruck, der nur schwer zu lesen war. Es war ein glücklicher, das auf jeden Fall, aber es schwang stets etwas mit, das sich Lydia nicht erklären konnte.

Susan Sykes hatte nur eine Bedingung gehabt, bevor sie Henry das Jawort gegeben hatte: Sollten sie jemals Kinder haben, sollten diese fernab der Familie großgezogen werden und insbesondere so wenig wie möglich mit Magie in Berührung kommen. Henry Crow war ganz ihrer Meinung gewesen. Lydias Eltern passten wunderbar zusammen und als Susans Entbindungstermin näher rückte, packten sie ihre Sachen, verließen Camberwell und Henry reichte seine Kündigung bei Grandpa Crow ein. Als Lydia alt genug war, erzählte ihr Dad ihr, dass es nicht so einfach gewesen war. Als erstgeborener Sohn wäre es gar unmöglich gewesen. Zum Glück war diese Rolle Charlie zugefallen. Der hatte Henrys Wunsch zwar nicht verstanden, aber er war ein guter großer Bruder und hatte seine Entscheidung respektiert. Daher hatte er wohlwollend auf Grandpa eingewirkt.

Vor dem Haus ihrer Eltern, einer Doppelhaushälfte aus den 30er Jahren in einer ruhigen Straße, dem sie damals hatte unbedingt entfliehen wollen, überkam Lydia die übliche Mischung aus Zuneigung, Schuldgefühlen und Panik. Sie wusste nicht warum, aber in ihrem Elternhaus verspürte sie stets ein leichtes Kribbeln auf ihrer Haut. Ganz so als würde sie ein zu enges Kleid tragen. Bei dem Job in Schottland war es um mehr gegangen, als sich beruflich zu finden. Auch darum, den Kontakt mit diesen beiden Menschen zu minimieren, die in diesem Moment die Gardine am Wohnzimmerfenster zurückzogen und fröhlich winkten. Was ihr schlechtes Gewissen weiter steigerte.

Ihre Mutter öffnete bereits die Haustür. „Liebling!" Darauf folgte mit einem Stirnrunzeln: „Du bist viel zu dünn. Isst du denn nichts?"

„Doch, ständig", sagte Lydia, gab ihrer Mum einen Kuss auf die Wange und umarmte sie innig.

„Sieh nur, wer hier ist!" Susan drehte sich um, ihre Stimme klang unnatürlich laut und fröhlich. Es musste ein schlimmer Tag sein. Lydia wappnete sich für die Enttäuschung, aber in diesem Moment kam ihr Vater nach vorne und umarmte sie.

„Lydia", sagte er. „Mein hübsches Mädchen."

Lydia blinzelte die aufsteigenden Tränen fort. „Hi Dad, wie geht es dir?"

„Wir haben im Rugby gewonnen", sagte er, wandte sich ab und ging zurück in Richtung Wohnzimmer.

„Glückwunsch", sagte Lydia und suchte ihn nach Anzeichen für Gewichtsverlust oder Zittern ab.

„Tee?" Ihre Mum klang immer noch so, als hätte sie Helium inhaliert. Ihre Wangen waren gerötet.

„Gern." Lydia ging in Richtung Küche.

„Charlie hat angerufen", sagte ihre Mutter, kaum war sie ihrer Tochter in die Küche gefolgt.

„Ach ja?" Lydia füllte den Wasserkessel, nahm Tassen vom hölzernen Becherständer und holte Milch aus dem Kühlschrank. Je länger sie es vermeiden konnte, ihre Mutter anzusehen, desto mehr Zeit blieb ihr, sich eine beruhigende Antwort einfallen zu lassen. „Er sagt, Madeleine sei verschwunden und dass du nach ihr suchst."

„Mhmm." Lydia versteckte ihre Überraschung hinter einem Brummen. Warum lief Charlie zu ihren Eltern und erzählte ihnen die Neuigkeiten? Sie hielt die Zuckerdose hoch. „Immer noch zwei für Dad? Oder hat die Anti-Zucker-Polizei bereits bei euch an die Tür geklopft?"

„Stimmt es denn?"

„Es ist nur ein Job", sagte Lydia und konzentrierte sich weiter auf den Tee. „Du weißt doch, dass ich Privatermittlerin bin. Charlie wollte meine professionelle Meinung." Sie drückte den Teebeutel an der Innenseite der Tasse aus und gab ihn dann in das Schüsselchen, das ihre Mutter extra für diesen Zweck hatte.

„Ich habe dir ja gesagt, dass die Sache einen Haken hat. Du kennst doch unsere Meinung über ..." Ihre Mutter seufzte und setzte erneut an: „Das ist gefährlich."

„Ich werde vorsichtig sein." Eierschalen stapelten sich in dem dazugehörigen Karton und warteten darauf, mitsamt den benutzten Teebeuteln auf den Kompost zu wandern. Dieser vertraute Anblick versetzte Lydia einen Stich. Kümmerte sich ihr Dad überhaupt noch um seinen geliebten Komposthaufen? „Wie geht es Dad?", fragte sie und sah endlich zu ihrer Mum.

„Es gibt gute und schlechte Tage." Sie griff nach einem Lappen und wischte nichtvorhandene Flecken von einer blitzblanken Arbeitsfläche. „Es ist besser, seit …" Sie brach ab und hängte den Lappen über den Wasserhahn.

„Seit ich fort bin", beendete Lydia den Satz.

„Das ist nur ein Zufall, Liebling." Sie tätschelte Lydias Arm.

Im Wohnzimmer sah sich Henry Crow eine Snooker-partie an. Den Ton hatte er ausgeschaltet. Er nahm die Tasse Tee, die Lydia ihm hinhielt, dann musterte er sie stirnrunzelnd, so als versuche er, sie einzuordnen.

Nein, nein, nein. „Ist das Spiel gut, Dad?" Das war nur ein Vorwand, um ihn mit der Ansprache an ihre Beziehung zueinander zu erinnern. Jedes Mal, wenn er sie vergaß, war es wie ein Schlag in die Magengrube.

„Ja, es ist ok." Er blies in seinen Tee, der Dampf ließ seine Brillengläser anlaufen. „Wie war's im frostigen Norden?"

Eine Woge der Erleichterung durchzog Lydia. „Ganz gut." Sie lächelte. „Ein bisschen kalt."

Ihr Dad nahm seine Brille ab und blinzelte. Seine blauen Augen funkelten wie eh und je, sein Gesicht wirkte immer noch attraktiv. „Ich mag diese Arbeit nicht."

„Ich weiß, Dad", sagte Lydia. „Aber ich schon."

„Zu gefährlich", sagte er.

„Willst du zum Essen bleiben?" Ihre Mum hatte sich auf die Lehne der Couch gesetzt und sah aus, als wäre sie schon wieder auf dem Sprung. Sie konnte nie lange stillsitzen.

„Gern", sagte Lydia. „Danke."

„Das mit der kleinen Madeleine ist wirklich schlimm, aber du solltest dich da nicht hineinziehen lassen."

„Sie ist meine Cousine."

„Großcousine. Und sie gehört zur Familie. Die kümmert sich darum. Charlie wird das schon regeln."

„Er hat mich aber um Hilfe gebeten", sagte Lydia. „Und ich gehöre auch zur Familie."

Ihre Mum zögerte, dann sagte sie: „Ich weiß, Liebes."

„Wer ist verschwunden?" Dad hatte die Brille wieder aufgesetzt, doch er hatte sie offenbar mit seinen Fingern oder einem schmutzigen Taschentuch gereinigt. Die Gläser waren verschmiert.

„Madeleine. Die Tochter von Daisy und John."

Daisy war die Cousine ihres Dads.

„Wer zum Geier ist John?"

Lydia wollte die Augen schließen, um Dads verwirrten Gesichtsausdruck nicht mitansehen zu müssen.

„Daisys Mann", sagte ihre Mum. „Der Buchhalter."

„Verdammter Pearl."

„Liebling." Ihre Mutter warf ihm einen warnenden Blick zu. „Sag das nicht. John ist nett und er ist gut zu Daisy. Du magst ihn. Du hast ihm sogar dieses Ale aus Somerset mitgebracht."

„Wann habt ihr die beiden das letzte Mal gesehen?", fragte Lydia.

„Ach, vor ein paar Monaten. Du weißt ja, wie es ist."

Ihre Eltern mochten die Familie und waren ihr gegenüber loyal, hielten sich aber auch so gut wie möglich von ihr fern.

„Ich glaube, es war im Januar. Es gab ein Essen bei Charlie und nachdem wir das davor schon verpasst hatten, fanden wir …"

„War Madeleine auch dort?"

„Oh ja. Sie sah gut aus. Nicht so dünn, wie die Mädchen von heute es oft sind."

„Und wirkte sie glücklich?"

„Ich weiß es nicht." Ihre Mum überlegte. „Ihr war vermutlich langweilig. Du weißt ja, wie diese Zusammenkünfte sind. Die Alten schwelgen in Erinnerungen."

„Hat sie sich mit ihren Eltern unterhalten? Gab es irgendwelche Probleme?"

„Es tut mir leid, Schatz." Ihre Mutter schüttelte den Kopf. „Ich habe kaum ein Wort mit dem Mädchen gewechselt."

NACHDEM SIE EIN HERRLICHES, selbstgekochtes Essen ihrer Mutter verdrückt hatte, ging Lydia ins Wohnzimmer, um sich von ihrem Vater zu verabschieden. Der Fernseher war ausgeschaltet, er starrte dennoch darauf. Vielleicht betrachte er seine Reflexion darin oder war einfach in Gedanken versunken. An der Tür gab Lydia ihrer Mum einen Kuss. „Ich melde mich, versprochen."

„Komm nächstes Wochenende zum Mittagessen vorbei. Falls du nicht zu viel zu tun hast." Das aschblonde Haar ihrer Mutter war wie immer perfekt frisiert und sie hatte wie üblich den roten Lippenstift aufgelegt. Sie war schön wie eh und je, doch an ihren Augenbrauen und rund um ihre Augen zeichneten sich feine Linien ab. Sie wirkte besorgt.

„Ja, wenn ich kann", sagte Lydia. „Ich schreibe dir."

Ihre Mum verzog das Gesicht. „Ruf lieber an. Ich will deine Stimme hören."

Lydia umarmte sie erneut.

„Du weißt, dass du auch hier wohnen kannst", sagte

ihre Mum und sah Lydia in die Augen. „Dein Dad packt das."

Lydia schluckte. „Schon gut. Das Fork ist in Ordnung. Es ist toll."

Die Furchen um die Augen ihrer Mutter wurden tiefer. „Was ist mit deinem Job in Schottland? Ich will nicht, dass du den auch verlierst."

„Werde ich nicht", sagte Lydia und wollte nur noch weg. Das war das Problem mit ihren Eltern. Ihre Liebe war erdrückend. Sie war aufrichtig, ehrlich und tröstlich, aber eben auch erdrückend.

An diesem Abend sass Lydia allein im Café. Sie hatte den Kühlschrank durchforstet und ein paar von Angels Teilchen in den überdimensionierten Backofen geschoben. Wenn Charlie schon darauf bestand, eine Köchin anzuheuern, würde sie einen Teufel tun, auswärts für Essen zu bezahlen. Mit dem Teller und einer Flasche Bier setzte sie sich an den Tisch, an dem sie vormittags bereits mit Charlie gesessen hatte. Sie konnte noch immer den feinen Geschmack von Crow an seinem Platz spüren. Entweder funktionierten ihre Sinne in London besser oder es war ein Beweis für Charlies Stärke.

Eine dunkle Gestalt tauchte vor der Glastür des Cafés auf und Lydias Herz machte einen Sprung. Für einen Moment sah die Gestalt aus wie ein großer schwarzer Vogel. Sie konnte den spitzen Schnabel ausmachen und sofort fielen ihr die Gruselgeschichten über den Nachtraben ein, die mystische Geißel der Familie Crow. Die Gestalt rührte sich und klopfte geräuschvoll gegen den Holzrahmen der Tür. Die Illusion verschwand.

„Verzeihen Sie die Störung. Ich kam gerade vorbei und sah das Licht."

Detective Chief Inspector Fleet trug einen knielangen grauen Wollmantel über einem dunklen Anzug. Kleine Wassertropfen zierten sein kurzes, schwarzes Haar.

„Was kann ich für Sie tun, Officer?", fragte Lydia und ärgerte sich über ihre Schreckhaftigkeit. Der Besuch bei ihrem Vater hatte all die Erinnerungen an die Geschichten über Zauberei und rachsüchtige Geister in Rabengestalt geweckt. Das hatte wohl ihre Fantasie angefacht. „Um diese Uhrzeit", fügte sie hinzu.

Er lächelte, als hätte sie einen Witz gemacht, den er verstanden hatte.

„Ich wollte mich vergewissern, dass es Ihnen gutgeht. Nach gestern."

Gestern. Als ein bewaffneter Typ ihr Leben bedroht hatte. Lydia suchte nach einer passenden Antwort. Eine, die all ihre Gefühle zusammenfasste. Die Aufregung über eine Nahtoderfahrung, die Einmischung eines vollausgewachsenen Geistes, die Angst des Moments und dann diese merkwürdige Freiheit, nachdem die Angst verflogen war. „Gut", sagte sie.

Fleet sah sie eindringlich an. So als ob er etwas verstehen wollte. Lydia fragte sich, ob das zu moderner Polizeiarbeit gehörte. Die Verdächtigen mit Freundlichkeit und Besuchen spätnachts in Sicherheit zu wiegen und dann, peng, in ein spontanes Verhör zu verwickeln. Aber sie war keine Verdächtige. Sie war ein Opfer. Ganz bestimmt.

„Ein Einzugsgeschenk." Er zog eine Flasche Rotwein aus einer Einkaufstüte.

„Ich dachte, Sie wären zufällig vorbeigekommen."

„Okay", sagte Fleet. „Ich habe den Wein für mein Abendessen gekauft. Deshalb ist er auch so schön einge-packt." Er lächelte erneut, seine Augen funkelten und Lydia fragte sich, was es wohl brauchte, damit sich eine Person derart selbstsicher fühlte. „Sie ist noch im Angebot …"

Lydia zögerte und wog ihre Möglichkeiten und die Wahrscheinlichkeit ab, dass der Detective wieder verschwand. Aber ein Kontakt bei der Polizei sollte gepflegt werden und sie hätte gern gewusst, was er von ihr wollte. Sie ging zur Theke und suchte nach einigermaßen passenden Gläsern. Sie fand ein paar Saftgläser und wischte sie mit einem Küchentuch sauber.

Danach öffnete sie die Flasche, goss den Wein ein, stellte ein Glas vor dem Detective ab und setzte sich ihm gegenüber.

Er erhob sein Glas in ihre Richtung und trank, dabei sah er sich um, als suche er nach etwas. „Es sieht hier immer noch toll aus", sagte er dann. „Nach einer ordentli-chen Putzaktion sieht es aus wie neu."

„Es gehört mir nicht", sagte Lydia und fragte sich, wann er ihr den Grund für seinen Besuch nennen würde. „Und ich bleibe nicht lange." Lydia wusste nicht, warum sie das gesagt hatte. Es war ja nicht so, als ob ihn das etwas anginge.

„Wegen des Einbruchs?"

„Nein", antwortete Lydia. „Weil ich kein Café führen will. Ich bleibe nur ein paar Wochen, bis ich etwas Besseres finde."

„Gehört es immer noch Ihrem Onkel? Charles Crow?"

Lydia nahm einen Schluck Wein und beobachtete DCI Fleet über den Rand ihres Glases hinweg. „Zufällig vorbeigekommen, ja? Gibt es vielleicht etwas, das Sie mich fragen wollen, Officer?"

„Ich will mich nur unterhalten", antwortete er.

„Sie sagten, Sie wären hier aufgewachsen und mit Ihrer Tante hergekommen?"

„Richtig." Dem warmen Klang seiner Stimme nach zu urteilen, musste er wirklich schöne Erinnerungen an den Ort haben.

„Dann wissen Sie ja, dass man nicht einfach so über Charles Crow spricht, nicht wahr?"

Er stellte sein Glas ab. „Es tut mir leid."

Lydia trank ihres leer. „Sie sollten jetzt besser gehen."

„Es ist mein Job, Fragen zu stellen", sagte er und trank ebenfalls aus. „Und es ist mein Job, Menschen zu beschützen." Er lehnte sich plötzlich nach vorne und griff nach Lydias Hand. „Brauchen Sie Schutz?"

Lydia starrte auf seine riesige Hand, die ihre vollständig überdeckte. Sie fühlte sich warm und trocken an, überhaupt nicht unangenehm. Lydia zwang sich, ihre Hand zurückzuziehen, er ließ sofort von ihr ab.

„Es geht mir gut, danke der Nachfrage", sagte sie.

Daraufhin stand er auf und Lydia musste sich daran erinnern, dass sie genau das gewollt hatte. Doch anstatt zur Vordertür zu gehen, drehte er sich um, ging um die Theke herum nach hinten und drückte die Schwingtür zur Küche auf, bevor Lydia reagieren konnte. „Hey!", rief sie und eilte ihm nach. „Sie können da nicht rein."

Er stand mitten in der Küche und sah sich um.

„Sie dürfen hier nicht rein", sagte Lydia. „Nicht ohne Durchsuchungsbefehl."

„Jetzt klingen Sie wie Ihr Onkel", meinte DCI Fleet.

„Ich weiß nicht, was Sie suchen, aber ich kann Ihnen

versichern, dass dieser Ort seit Jahren verlassen ist. Hier gibt es nichts Spannendes zu entdecken."

„Ach, ich weiß nicht." Der Detective warf Lydia einen langen, eindringlichen Blick zu, der ihren Herzschlag beschleunigte. Es war kein professioneller Blick, es war eine Herausforderung. Lydia richtete ihre Schultern auf und hielt ihm stand.

„Ist das die Art, auf die korrupte Polizisten neuerdings Schmiergeld verlangen?"

Er sah sie schockiert, dann verlegen an. „Das war ein privater Besuch, habe ich das nicht deutlich gesagt?" Er hielt abwehrend die Hände hoch. „Ich habe offensichtlich einen Fehler gemacht und entschuldige mich. Ich werde Sie jetzt in Ruhe lassen."

Lydia begleitete ihn zur Tür und bemühte sich, die plötzliche Veränderung vom Wolf zum Schaf zu verstehen.

„Gute Nacht, Miss Crow."

Lydia schloss die Tür hinter ihm und verriegelte sie. Eines war sicher: DCI Fleet war keineswegs gekommen, um sie anzubaggern, und sein plötzlicher Rückzug hatte nichts damit zu tun gehabt, dass sie ihn auf sein merkwürdiges Verhalten hingewiesen hatte. Er hatte etwas gesucht und entweder hatte er bemerkt, dass dieses Etwas nicht hier war, oder er hatte es gefunden. Lydia sah sich in dem leeren Café um und überlegte, was Fleet gesehen haben könnte. Nach einigen Minuten gab sie es auf, die Gedanken eines Polizisten verstehen zu wollen, und ging ins Bett. Sie würde Maddie finden und dann in ihr normales Leben zurückkehren. Es war egal, was DCI Fleet glaubte, über sie zu wissen.

KAPITEL FÜNF

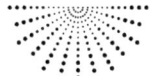

Lydia wusste, dass Onkel Charlie Kontakte zu Privatermittlern, Schlägern und vermutlich auch in der Ausübung ihrer Pflicht flexiblen Gesetzeshütern unterhielt. Er brauchte ihre Dienste nicht. Sie glaubte auch nicht, dass Madeleine wirklich verschwunden war. Dass es da nicht noch etwas gab, was Charlie ihr verheimlichte. Es war undenkbar, dass er sie – im Grunde eine erbärmliche Gestalt – allein mit der Untersuchung betraute. Nicht, wenn Maddie ernsthaft in Gefahr schwebte. Sie musste also davon ausgehen, dass Charlie mindestens ein weiteres Motiv mit seiner Scharade verfolgte, und vermutlich ging es darum, sie ins Familienunternehmen zu holen. Henry Crows Entscheidung, das Erbe von Grandpa Crow nicht anzutreten und sein einziges Kind fernab von Camberwell großzuziehen, war nicht überall mit Verständnis aufgenommen worden.

Andererseits war Lydia gerade unbezahlt beurlaubt, was

sie finanziell vor eine Herausforderung stellte. Jeder Auftrag, selbst einer, den sich ihr zwielichtiger Onkel für sie ausgedacht hatte, war besser als nichts. All das erklärte Lydia Emma, die ihr zuhörte und gleichzeitig Gemüsesticks sowie Käsewürfel schnitt und für ihre Kinder auf Teller legte. „Was ist eigentlich in Aberdeen vorgefallen?"

Lydia sah vielsagend zu den Kindern, die ihre Köpfe über ein hellgrünes Plastikteil samt Bildschirm gebeugt hatten, das sonderbare Geräusche und ab und zu ein schrilles „Gut gemacht!" ausstieß.

„Legt das zur Seite und esst etwas", sagte Emma. „Ihr könnt das Spiel später weiterspielen."

Aus dem Gerät ertönte ein dumpfes Geräusch und schon kletterten sie auf ihre Stühle.

„Das ist kompliziert", sagte Lydia und überlegte, wie offen sie vor den Kindern sprechen konnte.

„Hast du einen Fehler gemacht?" Archie überrumpelte Lydia mit seiner Frage. Sie hätte nicht gedacht, dass er ihnen zugehört hatte. An seinem Kinn klebte ein Klecks Hummus und mit der rechten Faust umklammerte er drei Karottensticks.

„Nein", antwortete Lydia. „Aber ich habe jemanden verärgert."

„Warum?", fragte Archie und schob sich nachdenklich Hummus von seinem Kinn in den Mund.

„Ähm." Lydia suchte nach einer kindertauglichen Version der Geschichte, gab dann aber auf.

„Hast du wem auf die Nase gehauen?", fragte Archie, der das Thema nicht gut sein lassen wollte.

„Warte mal, was ist das denn?", fragte Lydia. Sie beugte sich über den Küchentisch und zog eine Münze hinter Archies Ohr hervor.

Der riss die Augen auf, als sie die Münze in seine Hand fallen ließ, und Maisie schrie so laut, dass sie damit Trommelfelle zum Platzen bringen könnte. „Auch! Auch!"

„Ja", sagte Lydia gespielt streng. „Aber du musst ganz ruhig dasitzen. Und dabei still sein. Ganz still." Maisie hielt mit einem Schlag inne und erstarrte zur Salzsäule. Einer Salzsäule, die nur mühsam ein freudiges Quieken unterdrücken konnte. Lydia streckte die Hand aus und griff suchend hinter Maisies rechtes Ohr. „Hmm, da ist nichts. Merkwürdig …" Maisies Gesicht spiegelte Aufregung und Vorfreude wider und gerade als sie unsicher wurde, wechselte Lydia zu Maisies linkem Ohr. „Ach, hier!" Schon zog sie eine Goldmünze hervor und reichte sie Maisie.

„Eines Tages musst du mir erklären, wie du das machst", sagte Emma.

„Reine Fingerfertigkeit", antwortete Lydia. „Jahrelange Übung."

Später, nachdem die Kinder ihren Snack gegessen hatten und für ihre Fernsehzeit ins Wohnzimmer gelaufen waren, wusch Lydia das Geschirr ab, während Emma den Tisch abwischte. Dann holte sie ihre mitgebrachte Flasche Weißwein aus dem Kühlschrank.

Emmas Miene erhellte sich. „Du hast immer die besten Ideen."

„Zurück zum Thema", sagte Lydia, schenkte beiden ein Glas ein und trank einen großen Schluck. Sie mochte Maisie und Archie sehr, aber drei Stunden in deren Gesellschaft strengten sie an. Sie hatte keine Ahnung, wie Emma das aushielt.

„Also, einer der Typen, die ich beschattet habe, war nicht erfreut über die gefundenen Beweise. Er hat mich bedroht."

„Woher wusste er, dass du dahintersteckst?"

Lydia trank mehr Wein. „Von seiner Frau."

„Aber sie hat dich doch überhaupt erst angeheuert."

Lydia nickte. „Yep."

„Nicht gerade nett von ihr."

„Sie hatte sich bereits auf eine lukrative Scheidung eingestellt, doch er konnte sie noch einmal rumkriegen. Offenbar ist die Liebe neu entfacht. Das kommt vor." Nicht oft, wie Lydia aus ihrer bescheidenen Erfahrung als Privatermittlerin wusste, aber es kam vor.

„Sie wollte von dir Beweise für seine Untreue?"

Lydia nickte. „Sie wusste zwar, was er so trieb, oder ahnte es zumindest, doch sie wollte wasserdichte Beweise haben. Ansonsten hätte er sich nur wieder herausgeredet, meinte sie." Lydia dachte an die Frau, das Haar perfekt frisiert, die Augen trocken. Lydia hatte geglaubt, sie hätte das Schlimmste schon hinter sich, hatte die Situation bereits akzeptiert. Sie hatte nicht wie diese armen Lämmchen ausgesehen, die sie mit verheulten Augen hoffnungsvoll ansahen. Besorgt darüber, dass ihr Mann oder Freund sie anlog, aber trotzdem voller Hoffnung, dass Lydia ihnen berichten würde, dass er heimlich ehrenamtlich im Tierheim aushalf. Mrs. Carter war anders gewesen und Lydia hätte darauf gewettet, dass sie den Abschlussbericht nehmen und ihn für hitzige Scheidungsverhandlungen verwenden würde. Was nur bewies, wie wenig Lydia über die Ehe wusste. Und weshalb sie nie wetten sollte. „Offenbar erneuern sie jetzt ihre Ehegelübde. An einem Strand auf St. Lucia. Ich hielt es für besser, mich für eine Weile zu verziehen. Wenn sie von ihrer Reise zurück sind, schwer verliebt und auf Wolke sieben schwebend, sind seine Rachegelüste hoffentlich verebbt."

„Ich verstehe nicht …", begann Emma. „Na ja, vielleicht waren deine Beweise doch nicht so hieb- und stichfest und er konnte sich aus der Sache herausreden."

„Glaub mir, das waren sie", sagte Lydia und dachte an die eindeutigen Fotos und das 22-sekündige Video. Die längsten 22 Sekunden ihres Lebens.

„Was für ein Schlamassel", sagte Emma. „Da hast du ja einen tollen Job. Schon mal überlegt, dir etwas anderes zu suchen?"

Lydia lächelte, aber die Müdigkeit und der Wein ließen es wohl gequält wirken.

„Tut mir leid, war nur ein Scherz." Emma sah besorgt drein. „Was ist los?"

Lydia atmete tief durch und erzählte Emma von ihrem ungebetenen Gast.

Die war aufrichtig schockiert und Lydia tat es gut, über die Sache zu reden. Sie beendete ihren Bericht mit einer detaillierten Beschreibung des gutaussehenden Cops, aber Emmas Gedanken waren noch bei dem Eindringling.

„Er hatte eine Pistole? Gott im Himmel."

„Ja." Lydia trank ihr Glas aus und schenkte sich und Emma nach.

„Und dann ist er zusammengebrochen und über das Geländer gefallen?"

„Es war wirklich kurios." Lydia wich einer direkten Antwort auf die Frage aus. Sie wollte ihrer besten Freundin möglichst wenig Lügen auftischen müssen, gleichzeitig aber das Thema Poltergeist vermeiden. Emma war ihre normale Freundin. Ihre einzige Chance auf ein normales Leben und die wollte sie nicht zerstören.

„Dein Leben ist echt verrückt." Emma schüttelte den Kopf.

Okay, halbwegs normales Leben.

„Ich fasse es nicht. Ein bewaffneter Überfall an deinem ersten Tag in London. Ich meine, wie unwahrscheinlich ist das denn?"

Lydia führte ihr Glas zum Mund, hielt aber auf halbem Wege inne. Das war ein guter Punkt. Sie hatte niemandem in Aberdeen gesagt, wohin sie fuhr, doch das war natürlich keine Garantie. Handys konnten geortet werden, vielleicht war ihr jemand gefolgt …

„Woran denkst du?" Emma sah besorgt drein.

„Ich habe mich nur gefragt, ob es ein Zufall war. Falls nicht, hat der Typ entweder etwas mit meiner Arbeit in Schottland oder mit meiner Familie zu tun. Ich habe ihn zwar nicht erkannt, aber vielleicht hatte ich so viel Angst, dass mein Verstand nicht richtig funktioniert hat."

„Mir gefällt keine der beiden Optionen", meinte Emma.

„Mir auch nicht."

Lydia setzte sich in den Zug zurück nach Camberwell, der Wein und die Unterhaltung mit Emma hatten sie in eine aufgekratzte Stimmung versetzt. Auf dem Weg vom Bahnhof in Richtung Café analysierte sie ihre Lage. Dass sie über keine magischen Kräfte verfügte, hatte zumindest den Vorteil gehabt, dass Lydia sich immer hatte anstrengen müssen. Sie hatte fleißig für die Schule gelernt und gute Noten bekommen – bis zu dem Punkt, an dem ihr alles sinnlos erschienen war. Sobald sie gewusst hatte, dass sie nicht studieren würde, hatte sie nur noch das Notwendigste gelernt. Dann hatte sie sich mehr auf praktische Fähigkeiten konzentriert. Sie hatte eine Lehre zur Elektrikerin begonnen, mit dem Hintergedanken, mit einer anderen Form von Energie zu arbeiten, doch in der Ausbildung ging es nur um Schaltbilder und Sicherheitsgeschwätz. Da kam sie sich noch unfähiger vor. Nach halbherzigen Gehversuchen als Kellnerin, Buchhalterin und Hundefrisörin hatte sie sich der Karriere als Privatermittlerin eher aus Verzweiflung zugewandt. Ohne Plan, aber mit der Gewissheit, dass sie ihre Bestimmung nicht im Hinterzimmer der „Bezaubernden Pfoten" finden würde, hatte sie zwischen Fernfahrerin und Privatermittlerin geschwankt. Am Ende hatte ein Münzwurf entschieden.

Nach einem Jahr war sie langsam sicherer geworden und hatte nicht mehr das Gefühl gehabt, ständig dumme Fehler zu machen. Dann war dieses kleine Missverständnis mit Mr. und Mrs. Carter passiert. Das war so ungerecht. Wenn es so etwas wie eine gute Arbeitsfee gab, hatte sie Lydia bislang übersehen.

Während sie die Stufen an der Denmark Hill Station hinaufstieg und auf die nebelverhangene Straße trat, beschloss Lydia, ihre Chefin anzurufen. Sie konnte es nicht länger vor sich herschieben und außerdem hatte sie irgendwo gelesen, dass man bei Telefonaten im Stehen selbstsicherer klang. In diesem Moment musste Lydia jeden kleinen Vorteil für sich nutzen. Also suchte sie Schutz an einer Bushaltestelle, richtete sich auf und rief Karen an. Sie ging fast augenblicklich ran. „Hier ist Lydia", sagte sie, da Karen ihre neue Nummer noch nicht haben konnte.

„Bist du auch vorsichtig?", meinte Karen.

„Natürlich", antwortete Lydia beleidigt.

„Hier ist alles ruhig", sagte Karen.

Das war eine Erleichterung. Außer, wenn es bedeutete, dass ihr die Action nach London gefolgt war.

„Wie geht es dir?" Karen war keine für gefühlsduselige

Unterhaltungen und Lydia wusste, dass die Frage geschäftlich gemeint war.

„Zwei Wochen sollten reichen, dann komme ich zurück."

„Gut. Länger kann ich dir die Stelle nicht freihalten."

„Das verstehe ich", sagte Lydia. Es war zu erwarten gewesen, trotzdem verkrampfte sich ihr Magen. Zwei Wochen waren keine lange Zeit. Aber sollte es ihr nicht gelingen, Madeleine lebend zu finden, und das um einiges früher, wäre der Jobverlust wohl ihr geringstes Problem. Denn wenn ihr Verdacht sich als falsch herausstellte und tatsächlich jemand Madeleine Crow entführt hatte, dann stand London mit hoher Wahrscheinlichkeit ein Krieg bevor.

LYDIA KAM DREI STRASSEN VOM CAFÉ ENTFERNT an ihrem langen Volvo vorbei. Das war der einzige Parkplatz, den sie hatte finden können, und sie warf einen flüchtigen Kontrollblick in den Wagen. Selbst wenn sie nichts getrunken hätte, sie hatte keine Lust darauf, herumzufahren und einen besseren Parkplatz zu suchen. Das war den Aufwand nicht wert.

Die Well Street war eine typische Londoner Durchfahrtsstraße. Viktorianische und Georgianische Häuser zierten sie auf beiden Seiten, hinter den großen Glasfronten im Erdgeschoss wechselten sich Geschäfte und Frisöre ab. Es gab einen gemütlich aussehenden und offenbar vor kurzem modernisierten Pub, einen Zeitungskiosk und sogar einen waschechten Gemischtwarenladen, in dem es scheinbar alles zu kaufen gab, von der Schraube bis hin zu Haarextensions. In Camberwell gab es auch eine

Niederlassung der Silvers, aber natürlich befand sich deren Büro in der schicksten Straße des Bezirks, mit Blick auf den Park.

Lydia hatte daran vorbeigehen wollen, aber das Obst vor dem Lebensmittelladen sah so appetitlich aus, dass sie plötzlich Lust auf etwas Süßes, Saftiges und Gesundes verspürte. Ansonsten suchten sie eher Gelüste nach Fettigem oder gedankenauslöschendem Alkohol heim, daher kam das überraschend. Die Regale vor der Glasscheibe des Ladens waren ansehnlich angerichtet, mit Körbchen voller Erdbeeren, Pfirsiche, Trauben und Pflaumen. Die Preise waren auf handbeschrifteten Kreidetäfelchen ausgewiesen. Trotzdem, für gewöhnlich brauchte es mehr als eine instagramtaugliche Aufmachung, um in Lydia das Verlangen nach Vitaminen zu wecken. Doch je länger sie hinsah, desto verführerischer sah das Obst aus. Es war geradezu verlockend.

Der Duft im Geschäft war betörend. Frisch. Süß. Herrlich. Saure Zitrone vermischte sich mit tropischen Düften und einer Apfelnote. Lydia verspürte das überwältigende Verlangen, einen der Körbe am Eingang zu nehmen und ihn bis oben hin zu füllen. Sie wollte sich einen der gigantischen Pfirsiche greifen und sofort hineinbeißen, stellte sich bereits vor, wie der süße Saft ihren Gaumen hinunterfloss. Die Gedanken waren so real, sie spürte es beinahe schon. Erst jetzt erkannte sie, dass sie mit geschlossenen Augen im Laden stand. Mit Mühe konnte sie die Lider wieder öffnen. Sie hielt einen Pfirsich in der Hand, nur Zentimeter von ihrem Mund entfernt. Die pelzige Schale war das Weichste, das sie je berührt hatte, die Farbe die schönste, die sie je gesehen hatte.

Da stimmte doch etwas nicht. Sie zog das Obst mühevoll von ihrem Mund fort und zwang sich mit aller Kraft, es zurückzulegen.

Lydia wurde beobachtet. Es gab keine übliche Ladentheke, nur eine Kasse, die auf einem runden Stehtisch neben einer Waage stand. Daneben saß eine junge Frau auf einem Stuhl, der ebenfalls aussah, als hätte er früher in einem Nachtclub gestanden. Das Mädchen hatte glänzendes schwarzes Haar, das sie auf einer Seite zu einem Pferdeschwanz zusammengebunden hatte. Die dicken dunklen Lidstriche betonten das Weiß ihrer Augen.

„Ein schönes Geschäft haben Sie", meinte Lydia. Das war es nicht, was sie hatte sagen wollen, aber es fiel ihr zunehmend schwer, einen klaren Gedanken zu fassen. Der Drang, in einen Pfirsich, eine Pflaume oder einen saftigen Apfel zu beißen, schien alles andere zu überlagern.

Das Mädchen lächelte nicht, neigte jedoch leicht den Kopf.

Da sah Lydia es und verstand. Eine glänzende Perle steckte an ihrem linken Ohr. Lydia war in einen Laden der Pearls getreten. Kein Wunder, das sie am liebsten alles gekauft hätte.

Sie lächelte freundlich und eilte dann zur Tür hinaus. Das Obst rief ihr immer noch verführerisch hinterher, ließ ihr das Wasser im Mund zusammenlaufen und löste unbändigen Hunger in ihr aus. Aber ihr Verstand setzte wieder ein und der Schleier hatte sich ein wenig gelichtet. Zumindest so weit, dass sie die Kontrolle über ihre Beine wiedererlangte und es hinaus auf die Straße schaffte.

Lydia blieb erst nach mehreren Häuserfronten stehen und selbst dann wagte sie es nicht, sich umzudrehen. Sie nahm sich vor, nie wieder so nah an dem Geschäft vorbeizugehen, sondern die Straßenseite zu wechseln und keinen Blick auf die Obstregale zu werfen. Kaum zu fassen, welche Wirkung von ihnen ausgegangen war. Seit wann waren die Pearls so stark?

KAPITEL SECHS

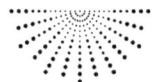

Zurück im Fork stieg Lydia über einen Korb Putzsachen, der auf mysteriöse Weise neben der Tür zur Treppe aufgetaucht war, und ging in die Wohnung hinauf. Sie hatte ihre Taschen und den Koffer vor dem Besuch bei Emma aus dem Auto geholt, aber bevor sie sich ans Auspacken machte, ging sie durch alle Zimmer und sah sich nach dem Geist um. „Hallo? Falls du hier bist, erschreck mich bitte nicht. Ich bin heute nicht in der Stimmung." Sie wartete. Nichts passierte.

Nachdem sie sich eingerichtet hatte, durchstöberte Lydia Madeleines Social-Media-Profile. Sie hatte eine Facebookseite, aber wie die meisten Neunzehnjährigen schien sie dort nicht mehr besonders aktiv zu sein. Sie fand Fotos mit ihren Freundinnen, die Arme um die Schultern gelegt oder die Hände vor die Gesichter gehalten. Sie war in einem Strandfoto auf Ibiza getaggt worden, darunter stand: *St. A beim Chillen*. Auf dem Foto war eine Gruppe sonnengebräunter hübscher Mädchen in Bikinis zu sehen. St. A bezog sich auf St. Anne's, die Mädchenprivatschule, die Madeleine besucht hatte. Ihre Cousine lächelte nicht in die Kamera, stattdessen sah sie zur Seite, auf etwas außerhalb des Bildes. Sie wirkte nachdenklich. War es das Bild eines Mädchens, das von zuhause weglaufen wollte? Ein Mädchen, das bereits seine Flucht plante?

Konnte man mit neunzehn überhaupt noch von zuhause weglaufen? Für einen Moment stellte sich Lydia vor, sie würde bei der Polizei anrufen. „Die Frau ist neunzehn? Und hatte eine Woche lang keinen Kontakt zu ihrer Familie?" Dann: „Haben Sie was geraucht?" Vor ihrem geistigen Auge war das Bild von Fleet aufgetaucht und es war seine Stimme, die verächtlich fragte, warum sie sich Sorgen um eine erwachsene Frau machte, die sich seit sieben Tagen nicht mehr bei ihren Eltern gemeldet hatte. Die Frage stellte er in seiner verführerisch tiefen Stimme. Sie klang ziemlich … angenehm. Reiß dich zusammen, Lydia.

Lydia mahnte sich mit der Aussicht auf eine kalte Dusche zur Konzentration und stalkte weiter ihre Großcousine im Internet. Madeleine war nicht auf Twitter, zumindest nicht unter ihrem richtigen Namen. Auf Snapchat konnten nur akzeptierte Freunde ihr Profil sehen. Lydia schickte ihr eine Anfrage mit der kurzen Nachricht „Hallo Cousinchen!". Ihr Instagram-Account war seit einer Woche nicht mehr aktualisiert worden. Der letzte Post beinhaltete ein Foto, auf dem hohe Gläser, gefüllt mit blubbernder klarer Flüssigkeit und Granatapfelkernen, kunstvoll arrangiert worden waren. Unter den Hashtags befanden sich #endlicherwachsen #adultdrinks und #cocktailliebe.

Lydia musterte das Bild für eine Weile und suchte darin einen Hinweis auf die Bar. Erst dann las sie den Hashtag, der den Ort auswies: #foxy. Sie scrollte die Bilder hinunter und fand schließlich eines, auf dem eine Zündholzschachtel zu sehen war, auf der in goldgeprägten Lettern *Foxy Club* unter dem Logo eines stilisierten Fuchses geschrieben stand. Zu Lydias Erleichterung sah es nicht aus wie das Logo eines Stripclubs (in Schottland würde es der Hinweis auf eine Lokalität sein, in der gelangweilt dreinblickende Damen in Minishorts tanzten, wenn es denn nicht gleich überhaupt ein richtiges Bordell war). Doch die Erleichterung war nur von kurzer Dauer und wurde umgehend abgelöst von einer Erkenntnis, die sich ihr schon früher hätte aufdrängen sollen ... Der Foxy Club musste in Verbindung mit der Familie Fox stehen. Man müsste schon sehr mutig sein, seinen Laden in Camberwell Foxy zu nennen, wenn man nichts mit der Familie zu tun hatte. „Scheiße!"

„Hey, achte auf deine Wortwahl." Der Geist erschien neben dem Sofa und Lydias Herzschlag setzte für einen Moment aus.

„Du bescherst mir noch einen Herzinfarkt, wenn du ohne Vorwarnung auftauchst."

„Ich bitte um Verzeihung", sagte der Geist und stemmte schmollend die Hände in die Hüften. „Ich habe schon seit einer Ewigkeit mit dir geredet. Ist ja nicht meine Schuld, wenn du mich nicht hörst."

„Du bist schon lange hier?" Lydia versuchte, die gruselige Vorstellung zu ignorieren. Es gelang ihr nicht.

Der Geist nickte, die Bewegung löste Schwindel bei Lydia aus.

„Was ist jetzt scheiße?" Er stellte sich hinter die Couch und beugte sich darüber, um auf den Bildschirm des Laptops zu sehen.

Lydia schloss eilig das Browserfenster und fragte sich

sogleich, warum sie sich überhaupt die Mühe machte. Verschwiegenheit war eine alte Gewohnheit von ihr, aber wem sollte er schon etwas verraten? Seinen Geisterfreunden? „Redest du mit anderen Leuten?"

„Ich habe dir doch gesagt, dass mich sonst niemand sehen kann."

„Nein, ich meinte …" Lydia hielt gerade noch inne, bevor sie sagen konnte: „Tote Leute." Das wäre wohl unhöflich. „Andere Geister."

Er kam durch das Sofa hindurch und setzte sich neben Lydia. Dann platzierte er seine Hände vorsichtig auf seinen Knien, den Blick hielt er gesenkt. Gerade als Lydia glaubte, er würde ihr nicht antworten, sagte er: „Ich habe seit meinem Tod mit niemandem gesprochen."

Das war übel. „Tut mir leid", sagte Lydia.

Er blickte zu ihr und sie sah, dass in seinen Augen unvergossene Tränen glitzerten. Er wischte sich mit der Hand über das Gesicht und schniefte.

„Ich suche nach meiner Großcousine. Sie ist neunzehn und seit einer Woche verschwunden."

Der Geist schoss hoch. „Glaubst du, sie ist tot?"

„Nein!" Als Geist verlor man wohl sein Taktgefühl. Oder der hier war immer schon unsensibel gewesen. Mordlüstern und unsensibel. Keine gute Kombination, dachte Lydia. Sie sollte sich bemühen, freundlich zu sein. Sie öffnete das Browserfenster erneut und drehte den Bildschirm in seine Richtung. „Ich sehe mir an, was sie vor ihrem Verschwinden getan hat, und dabei habe ich dieses Foto gefunden."

Lydia spürte, wie der Geist näherkam. Es wurde sofort kühler. „War sie in einem Club?"

„Sieht so aus", meinte Lydia. „Das an sich ist nicht schockierend. Nur ..."

Der Geist sah stirnrunzelnd auf den Bildschirm. „Foxy? Das klingt ein bisschen ..."

„Genau", unterbrach Lydia ihn. „Ich vermute mal, Madeleines Freundinnen haben Onkel Charlie nicht auf die Nase gebunden, wo sie unterwegs waren."

Er stieß einen Pfiff aus, der Lydia einen Schauer durch den Körper jagte, angefangen von ihrer Schädeldecke.

„Was?" Der Geist kam näher, sein Gesicht wirkte dadurch noch unmenschlicher und fremd. „Ich kann nichts dafür, dass ich so klinge. Glaubst du nicht, ich wäre lieber richtig tot?"

„Doch, aber ich werde nicht so gern heimgesucht. Du könntest zumindest ausziehen. Was ich dir auch dringend raten würde. Ich brauche Ruhe und Frieden. Keinen untoten Mitbewohner und einen Herzinfarkt."

Der Geist wich zurück, er sah verletzt aus. Schließlich sagte er: „Es heißt weitergezogene Seele."

Lydia bemühte sich um Ruhe: „Es ist mir egal, wie das heißt, solange du aus meinem Haus verschwindest."

„Erstens ist das nicht dein Haus." Er hielt einen Finger in die Höhe. „Zweitens ist es kein Haus, sondern eine Wohnung." Er hielt den zweiten in die Höhe. „Und drittens gehe ich nirgendwo hin."

„So muss es sein, wenn man einen nervigen kleinen Bruder hat", sagte Lydia. „Zum Glück bin ich Einzelkind."

„So muss es sein, wenn man endlich einen echten Menschen hat, mit dem man sich nach einsamen dreißig Jahren unterhalten kann, und herausfindet, dass er ein totaler Arsch ist." Dann verschwand er. Eine ziemlich feige Art, einen Streit zu beenden.

. . .

Lydia erwachte in dem nüchternen Schlafzimmer und griff mit einer Hand automatisch nach ihrem Handy. Keine neuen Nachrichten. Liegend scrollte sie durch ihre Mails. Eine hatte sie um 08:15 Uhr von Karen erhalten, die ihr mitteilte, dass sie nicht mehr länger der Kontakt für die Ölfirma, einen Stammkunden der Detektei, war. Es war ein logischer Schritt, schließlich war Lydia im Büro nicht mehr erreichbar. Dennoch schmerzte es sie. Karen hatte sie nach einer Woche Praktikum eingestellt. Sie hatte sie ausgebildet und ihr sogar die Prüfung finanziert. Lydia hatte wirklich geglaubt, sie hätte endlich ihren Platz gefunden.

Und jetzt saß sie hier. In Camberwell. Dem verbotenen Ort. Schauplatz von angespannten Familienfeiern und heimlichen Partynächten als rebellischer Teenager. Mit einem Auftrag von Onkel Charlie. Einem Auftrag, dem sie sich zunehmend nicht mehr gewachsen sah. Sie war stolz auf ihre ständig besser werdenden Ermittlerfähigkeiten gewesen, hatte sogar einige kleinere Jobs allein abgeschlossen, aber sie hatte dabei jedes Mal Karen als Unterstützung im Rücken gehabt. Lydia war sich nicht sicher, ob sie schon bereit war, auf eigene Faust loszuziehen. Dabei hatte sie geglaubt, Charlie habe nur einen Vorwand gebraucht, um sie nach London zu holen. Nie hätte sie gedacht, dass sie ein reales Problem zu lösen hatte.

Während Lydia über all das nachdachte, wurde sie immer besorgter. Was, wenn Madeleine tatsächlich etwas zugestoßen war? Seit fast acht Tagen hatte niemand mehr etwas von ihr gehört und wie sich herausgestellt hatte, war sie seither auch nicht auf ihren Social-Media-Profilen aktiv gewesen. Sie wusste, dass Charlie überzeugend sein konnte, aber es überraschte sie dennoch, dass Madeleines

Eltern – ihre Tante Daisy und Onkel John – noch nicht die Polizei eingeschaltet hatten.

Sie zog ihre liebste Skinny-Jeans sowie ein schwarzes Seidentop mit weitem Ausschnitt an und trug roten Lippenstift auf. Dann griff sie nach ihrer Lederjacke und ging nach unten. Das Café war zum Glück leer, aber der Geruch von Bleiche hing in der Luft.

Als Lydia die Vordertür verschloss, sah sie den Geist hinter der Scheibe schweben. Sein Gesicht war so bleich wie ein Gegenstand, der am Boden eines Swimmingpools lag. Er winkte ihr traurig nach und Lydia überkam ein merkwürdig schlechtes Gewissen, weil sie sich nicht verabschiedet hatte. Sie hob eine Hand und formte mit ihren Lippen: „Bis später." Jetzt war es also offiziell: Das Leben im Fork ließ sie den Verstand verlieren.

Lydia war sich sicher, dass sie in ihrer Kindheit schon einmal bei Tante Daisy und Onkel John gewesen sein musste. Alle Crows lebten in Camberwell – mit Ausnahme ihrer eigenen rebellischen Eltern und ein paar ausgestoßener Familienmitglieder – und es gab regelmäßige Familientreffen. Gemeinsame Essen, Weihnachtsfeiern, Silvesterpartys, Grillabende, gigantische Geburtstagspartys für die Kinder. Wären da nicht die Zauberei und die Verbrechen, es klänge nach der perfekten Familienharmonie. Die Chancen standen daher gut, dass Lydia diese Stufen zur Haustür schon einmal hochgestiegen war, an der Seite eines Elternteils und mit einem verpackten Geschenk in der Hand. Aber als sie klingelte, kam ihr die Umgebung fremd vor.

Sie erinnerte sich allerdings an die Frau, die ihr die Tür

öffnete. Tante Daisy trug stets makelloses Make-up und eine gestylte Frisur. Ihr Haus war ein solches, in dem man auf jeden Fall beim Eintreten die Schuhe auszog. Sie sah genauso aus wie in Lydias Erinnerung, wenn auch zehn Jahre älter. Es war nicht lange her, aber die Sorgen hatten tiefe Falten in ihr Gesicht gegraben und kein Make-up der Welt hätte die Schatten oder roten Ränder um ihre Augen verbergen können. Sie hatte offensichtlich geweint.

„Lydia! Charles meinte, du würdest uns besuchen. Komm herein."

Das Haus, aus dem Madeleine kürzlich verschwunden war, war ein schönes Georgianisches Reihenhaus mit hohen Decken, echten Möbeln aus der Zeit und all den Annehmlichkeiten eines bürgerlichen Lebens. Von der überdimensionierten Küche aus war durch eine große Glastür die Terrasse samt teuer aussehenden Rattanmöbeln in Schiefergrau zu sehen.

Daisy ging durch die Küche, holte Gläser und Mineralwasser aus dem Kühlschrank. Dann nahm sie eine Zitrone aus einer Schale auf der Theke und schnitt ein paar Scheiben davon ab. Sie hielt inne. „Habe ich dich gefragt, was du trinken willst?"

Nein, aber Lydia nickte. „Das sieht toll aus, danke."

„John ist in seinem Büro." Sie presste die Lippen zusammen, als wolle sie sich etwas verkneifen.

„Zuhause?"

Sie nickte. „Er meinte, er müsse weiterarbeiten. Ich weiß nicht, wie er das schafft." Sie stellte die Gläser auf den großen Esstisch und setzte sich neben Lydia. Als ihr offenbar einfiel, dass sie mit der kleinen Tochter ihres Cousins plauderte, setzte sie ein gekünsteltes Lächeln auf.

„Aber was rede ich? Erzähl doch, was es bei dir Neues gibt."

Lydia trank einen Schluck von dem kalten Wasser, dann zog sie Notizbuch und Stift hervor. „Ich bin hier, um zu helfen."

Daisy blinzelte.

Lydia fragte sich, wie viel Charlie ihr gesagt hatte. „Ich arbeite als Privatermittlerin in Schottland. Ich habe das mit Madeleine gehört und bin gekommen, um zu helfen." Sie musste die Wahrheit ein wenig schönen. Die liebe Tante Daisy war ja außer sich vor Angst um ihre geliebte Tochter.

„Ich wusste, dass du in Schottland bist", antwortete Daisy. „Aber nicht, dass du *das* machst."

Bei ihr klang es so, als würde sie anschaffen. Aber Lydia sagte sich, dass Daisys Nerven blanklagen und sie nicht anders konnte. Vermutlich. „Darf ich dir ein paar Fragen stellen?"

Daisy sah auf die Tischplatte. „Wenn du glaubst, dass es hilft. Ich habe Charlie gesagt, dass wir endlich die Polizei einschalten müssen, aber er glaubt nicht, dass es etwas bringt. Ich finde, er ist da zu pessimistisch. Heutzutage hat die Polizei viel mehr Möglichkeiten. Technische und so weiter."

„Er hat mich um Hilfe gebeten", sagte Lydia. „Und er hat recht, was die Polizei angeht. Madeleine ist neunzehn und vor dem Gesetz erwachsen. Wenn es keinen Grund gibt zu glauben, dass sie in Gefahr schwebt oder sich beziehungsweise anderen etwas antut, hat ihr Fall dort niedere Priorität."

„Aber nicht bei uns." Daisy richtete sich auf. „Unsere Familie hat immer noch Einfluss, die Polizei würde etwas unternehmen. Es gibt alte Vereinbarungen …"

„Vielleicht", sagte Lydia. „Und wenn ich in ein, zwei Tagen keine Fortschritte mache, werde ich Charlie raten, die Polizei zu informieren."

Daisy wirkte besänftigt von Lydias ernstem Tonfall und der Aussicht auf eine Verbündete in ihrem Zwist mit Charlie. Lydia nahm ihr Notizbuch und öffnete eine leere Seite. „Also gut. Nur ein paar Kleinigkeiten, wenn es dir nichts ausmacht?"

Ihre Tante winkte ab, sie wirkte gleichermaßen ungläubig wie hoffnungsvoll.

„Welchen Eindruck machte Madeleine auf dich, als du sie zum letzten Mal gesehen hast?"

Daisys Schulterzucken wirkte krampfartig. „Wie immer. Einen glücklichen."

„Habt ihr beiden euch gut verstanden?"

„Natürlich", antwortete Daisy. „Sie ist zu einer prächtigen jungen Frau herangewachsen. Vor ein paar Jahren hatten wir ein paar schlechtere Phasen. Wie das halt so ist mit Teenagern. Aber jetzt ist schon lange nichts mehr vorgefallen."

Lydia machte sich eine Notiz und fragte dann: „Erinnerst du dich daran, welche Kleider sie am Tag ihres Verschwindens trug?"

Daisy riss die Augen auf und Lydia fragte sich, ob es daran lag, dass Charlie ihr dieselbe Frage gestellt hatte – oder eben nicht. „Ich bin mir nicht sicher." Daisy schloss die Augen. „Sie war für die Arbeit angezogen. Es war der hellgraue Hosenanzug. Der aus Leinen."

„Hatte sie eine Tasche dabei? Ihr Handy?"

Daisy lächelte. „Natürlich hatte sie ihr Handy dabei. Maddie geht ohne es nicht einmal ins Bad."

„Ein iPhone?", fragte Lydia. „Ich nehme an, ihr habt es

mit der *Wo ist?-App* probiert?"

„Charlie hat sich darum gekümmert", sagte Daisy. „Er meinte, es habe nicht funktioniert. Entweder ist ihr GPS aus oder das Handy ist kaputt."

„Das war also am Morgen, bevor sie zur Arbeit ging. Kannst du mir etwas über ihren Job erzählen?"

„Sie arbeitet bei Minty PR." Daisy sah zur Seite. „Um ehrlich zu sein, war der Job nicht das, was sie sich gewünscht hatte. Soweit ich das verstehe, hat sie vor allem Tee gekocht und Unterlagen abgeheftet. Ich habe ihr gesagt, man müsse unten anfangen und sich beweisen, damit man später mehr Verantwortung bekommt, aber sie war recht unzufrieden."

„Was ist mit ihren Freunden? Wie ist es da gelaufen?"

„Gut, denke ich."

„In Ordnung." Lydia hatte Karen einige Male dabei beobachtet, wie sie die nächsten Fragen gestellt hatte. Ihre Vorgesetzte hatte sich dabei stets für die direkte Art entschieden. Vielleicht war es leichter, wenn man nicht seiner Tante gegenübersaß. Lydia schluckte, bevor sie loslegte. „Verzeih mir die Frage, aber hat sich Madeleine in letzter Zeit mit neuen Freunden getroffen oder hat sie angefangen, andere Orte aufzusuchen?"

Daisy runzelte die Stirn. „Nicht, dass ich wüsste."

„Veränderte Stimmungslage? Oder Verhalten? Hat sie sich zurückgezogen, wirkte sie krank oder müde?"

„Manchmal war sie nach der Arbeit müde."

Okay, das war zu subtil. Heraus damit, Lydia. „Hat sie Drogen genommen?"

Mit einem Mal staute sich magische Energie auf, es knisterte, so als ob Strom durch Wasser geleitet würde.

Lydia schob instinktiv ihren Stuhl zurück und machte sich bereit zur Flucht.

„Nein", sagte Daisy schließlich und überraschend ruhig. „So etwas Dummes würde sie nie tun."

Lydia malte ein Zeichen in ihr Notizbuch, um ihrer Tante das Gefühl zu vermitteln, dass diese übergriffigen Fragen reine Routine waren. „Glücksspiel?"

„Nein."

„Fester Freund oder Freundin?"

„Charlie hat mich das bereits gefragt." Jetzt klang Daisy weniger ruhig.

„Und was hast du ihm geantwortet?"

Daisy sah sie schockiert an. Es war wohl verständlich. Als sie sich zuletzt gesehen hatten, war Lydia ein schweigsames Mädchen im jetzigen Alter ihrer Tochter gewesen. Jetzt stellte sie ungehörige Fragen über den geliebten Schatz. Lydia bemühte sich um einen versöhnlichen Tonfall. „Ich brauche so viele Informationen wie möglich, um Madeleine zu finden. Ich möchte dich nicht beleidigen und es ist vielleicht merkwürdig, mit mir darüber zu sprechen, aber ich versichere dir, ich bin ein Profi."

„Schon gut", unterbrach Daisy. „Es gibt nichts dazu zu sagen. Madeleine hatte keine Beziehung, es interessierte sie nicht, um ehrlich zu sein. Sie meinte, sie wolle an ihrer Karriere arbeiten. Genau genommen ..." Daisy schürzte ihre Lippen für eine Sekunde, dann fuhr sie fort: „Ihre genauen Worte waren: *Ich will nicht so enden wie du.* Also wie ich."

„Das hat sie bestimmt nicht so gemeint", sagte Lydia, senkte den Kopf und notierte: *War zuhause unglücklich.*

„Das hat sie auf jeden Fall so gemeint." Daisy strich mit ihren Fingern unter den Augen entlang, auch wenn keine

Tränen zu sehen waren. „Bei jeder sich bietenden Gelegenheit sagte sie mir, wie traurig, langweilig und uninspiriert meine Entscheidungen gewesen wären. Wen kümmert es da schon, dass sie eine liebende Mutter zuhause hatte, die ihr jeden Wunsch von den Augen ablas."

Lydia klappte das Notizbuch zu. „Dürfte ich kurz die Toilette benutzen?"

Daisy blinzelte. „Natürlich. Die Treppe rauf rechts."

„Ich sollte auch bei Onkel John reinschauen."

„Sein Arbeitszimmer ist im zweiten Stock, geradeaus. Klopf an."

„Verstanden."

Mit dem Vorwand hatte sie sich etwas Zeit verschafft und so eilte Lydia die Treppe hinauf. Die ersten Türen, hinter denen sie nachsah, gehörten zum Badezimmer und zu einem Wäscheschrank, aber bei der dritten hatte sie Glück. Es war eindeutig Madeleines Zimmer. Überall fanden sich Beweise für eine jugendliche Bewohnerin, dazwischen vereinzelt Kuscheltiere (natürlich nicht länger auf dem Bett, sondern auf dem Bücherregal, so als ob sie den Lesestoff bewachten), der Frisiertisch war vollgestellt mit bunten Spraydosen und gläsernen Parfümflakons bekannter Marken.

Klamotten lagen auf dem Boden verteilt oder gestapelt auf einem Stuhl in der Ecke. Ein schneller Blick unter das Bett und zwischen die Matratze brachte nichts zutage, außer die Erkenntnis, dass jemand gründlich unter den Möbeln staubsaugte. Der begehbare Schrank beherbergte noch mehr Kleidung und einen kunstvoll arrangierten Berg Schuhkartons, auf die jeweils ein Foto mit dem Inhalt geklebt war. Auf dem Boden unter dem schaufensterwürdig dekorierten Regal befanden sich weitere Turnschuhe, Pumps und Stilettos.

Auf dem Schreibtisch stand ein Laptop und beim Anblick der Marke und des Modells unterdrückte Lydia aufsteigenden Neid. Sie klappte ihn auf und hoffte inständig, dass Madeleine bei der Cybersecurity genauso nachlässig war wie beim Aufräumen ihrer Klamotten. Den Startbildschirm erreichte sie ohne Passwort und … bingo! Als Lydia den Browser öffnete und den ersten E-Mail-Anbieter eingab, der ihr einfiel, setzte bereits die Auto-Vervollständigung ein. Sie drückte auf Enter und schon tauchte Madeleines E-Mail-Postfach vor ihr auf. Sie überflog es und notierte sich die Namen der häufigsten Absender. Die neuesten E-Mails stammten allesamt von Freunden, die sich nach ihr erkundigten. Lydia öffnete die letzte E-Mail, die als beantwortet angezeigt wurde.

Hi Madeleine,

es tut mir leid, wie die Sache für dich ausgegangen ist. Ich finde das sehr schade. Du wirst mir hier im Büro fehlen und ich wollte dir alles Gute wünschen.

Vielleicht willst du dich ja mal auf einen Kaffee treffen, ich würde mich freuen, wenn wir in Kontakt blieben.

Alles Liebe

Verity

Die E-Mail war vor drei Wochen geschickt worden. Madeleine hatte am 15. geantwortet. Ihr letzter Morgen in diesem Zimmer.

Hi Verity,

ich habe viel darüber nachgedacht und es wäre schön, wenn wir reden könnten. Hast du heute Zeit? Ich bin am Nachmittag in der Stadt. Ruf mich an.

Maddie

· · ·

Lydia leitete die Mail an ihre eigene Adresse weiter. Das hinterließ Spuren, das wusste sie, aber sie hoffte darauf, dass es nicht auffiel. Was war schon ein kleiner Vorstoß in die Privatsphäre, wenn man versuchte, eine vermisste Tochter aufzuspüren?

Das Geräusch einer Toilettenspülung am Ende des Ganges ließ Lydia auffahren. Sie schloss das Browserfenster und klappte den Laptop zu. Dann steckte sie ihr Notizbuch ein und eilte zur Tür, gerade rechtzeitig, als sie Schritte im Korridor hörte. Sie hielt den Atem an, während die Schritte an ihrer Tür vorbeikamen. Bitte geh zurück ins Arbeitszimmer, betete Lydia innerlich. Nach ein paar Sekunden Stille öffnete sie die Tür. Ihr Onkel John stand mit einem Fuß auf der Treppe, die in den zweiten Stock führte. Lydia bewegte sich rasch, setzte ein fröhliches Lächeln auf und hoffte, dass er nicht erkannte, aus welcher Tür sie gekommen war.

„Lydia? Ich wusste nicht, dass du hier bist."

„Schön, dich zu sehen", sagte Lydia. „Wie geht es dir?"

Ein Schatten huschte über Johns Gesicht. „Gut. Gut. Du weißt schon."

Lydia nickte.

„Was führt dich hierher?"

„Ein Besuch. Ich bin für ein paar Wochen in der Stadt und Onkel Charlie hat mich gebeten, bei der Suche nach Maddie zu helfen."

Der Schatten verwandelte sich in eine Gewitterwolke, doch genauso schnell entspannten sich seine Gesichtsmuskeln wieder und die Gefühlsregung war verschwunden. „Madeleine ist selbstsüchtig. Wie immer." John sah hinter Lydia. „Aber was machst du hier oben?"

„Toilette", sagte Lydia, wobei ihr gleichzeitig einfiel, dass John eben diesen Raum gerade verlassen hatte. „Ich suche die Toilette", fügte sie hinzu.

„Natürlich. Hier entlang, bitte." Lydia hatte vergessen, wie steif John stets gewesen war. Als Kind hatte sie ein bisschen Angst vor ihm gehabt, aber jetzt fragte sie sich, wie es wohl bei den Familienfeierlichkeiten für ihn gewesen sein musste. Nach der Bemerkung ihres Vaters überlegte sie, ob sich John wegen seiner Herkunft je heimisch bei den Crows gefühlt hatte. Lydia unterdrückte mit Mühe den Drang, ihre eigene Fähigkeit einzusetzen, so schwach sie auch ausgeprägt war. Doch jeder Versuch würde noch stärkere Crow-Vibes aussenden und das wollte sie vermeiden. Sie wusste nicht, ob andere ebenfalls Mächte spüren konnten, und sie wollte es nicht darauf ankommen lassen. Doch trotz ihrer Anstrengungen nahm sie plötzlich einen kalkhaltigen Geschmack wahr und bemerkte einen perlmuttartigen Schimmer an Johns Haut.

„Jedenfalls schön dich zu sehen", sagte John und wandte sich wieder ab.

„Was meintest du mit selbstsüchtig? Wo glaubst du, dass sie ist?"

John blieb auf den Stufen stehen, sah jedoch Lydia nicht an. Stattdessen starrte er auf den Teppich. „Ich weiß es nicht, aber auf jeden Fall genau dort, wo sie sein will. Und sie wird keinen einzigen Gedanken daran verschwenden, welche Qualen ihre Mutter leidet."

In der Küche hatte Daisy sich nicht vom Tisch fortbewegt. „Ich mache mich besser auf den Weg", sagte Lydia. „Danke für das Wasser."

Daisy nickte. „Hast du mit John gesprochen?"

„Ja", antwortete Lydia. „Er wirkt …" Sie brach ab, ihr fiel keine höfliche Umschreibung für „soziopathisch" ein.

„Das ist seine Art, damit umzugehen", sagte Daisy. Ihre Gesichtsmuskeln zuckten und gaben mit einem Mal den Schmerz preis, den sie verspürte. „Zumindest rede ich mir das ein."

„Es muss schwer sein …" Sie suchte nach einer geeigneten Formulierung. „Haben die beiden sich gut verstanden? Madeleine und ihr Dad, meine ich."

„Ich habe es dir gesagt", antwortete Daisy. „Es gab die üblichen Reibungspunkte mit einem Teenager, aber schon seit einiger Zeit war es ruhig. Alles war in Ordnung."

Lydia nickte. „Verstanden. Danke."

„Jedenfalls", Daisy schien neue Energie zu fassen und wieder in die Rolle der höflichen Gastgeberin zu wechseln, „war es schön dich zu sehen. Ich hoffe, du verbringst viel Zeit mit deinen armen Eltern."

„Ähm … ja." Arme Eltern?

„Du hast deiner Mutter das Herz gebrochen, weißt du."

„Wie bitte?"

„Gleich das Land verlassen. Das ist schon eine extreme Form der jugendlichen Rebellion, findest du nicht? Vor allem, weil du dafür ein bisschen zu alt bist."

Okay, doch nicht die höfliche Gastgeberin. „Ich hatte ein tolles Jobangebot, das haben meine Eltern verstanden. Sie unterstützen mich."

Daisy funkelte sie an. „Was für einen Job denn? Detektiv spielen? Du solltest zuhause sein und dich um deinen armen Vater kümmern."

„Wage es nicht, so über Henry Crow zu sprechen", fuhr Lydia sie an.

Die Macht ihres Vaters musste in der Familie noch

nachwirken, denn Daisy schloss sofort den Mund.

„Ich melde mich", sagte Lydia und warf die Tür hinter sich zu.

Vor dem Haus holte Lydia tief Luft und atmete langsam aus. Die Frau ist schrecklich durcheinander, sagte sie sich. Nimm es nicht persönlich. Was viel wichtiger war: Charlie hatte sich die Sache offenbar nicht ausgedacht. Maddie war tatsächlich verschwunden.

Am Nachbarhaus befand sich ein großes Erkerfenster mit Blick auf die Straße. Die hölzernen Jalousien waren heruntergelassen, doch Lydia bemerkte eine Bewegung. Jemand hatte die Lamellen mit zwei Fingern auseinandergedrückt, um durchspähen zu können, und die Hand dann eilig zurückgezogen. Neugierige Nachbarn!

Lydia ging die Einfahrt hinauf und klopfte an die Tür. In der Ecke des Vordaches befand sich eine Überwachungskamera, die auf den Eingangsbereich zeigte. Eine zweite hing am Haus und war in Richtung der Straße montiert. Kameraattrappen wurden oft als günstige Alternativen zur Abschreckung gewählt, aber hierbei handelte es sich um eine teure Immobilie und zumindest aus dieser Distanz sahen die Dinger echt aus. Ein Hoch auf paranoide Reiche.

Die Tür wurde einen Spalt geöffnet und eine entschlossene Stimme fragte: „Ja bitte?"

Lydia legte ihr freundlichstes, unschuldigstes Lächeln auf. „Hallo, ich bin Daisys Nichte. Von nebenan."

„Wie bitte?"

„Ich bin vom Nachbarhaus", sagte Lydia. „Dürfte ich einen Moment mit Ihnen sprechen?"

Die Kette wurde entriegelt und die Tür geöffnet. Die

Frau vor ihr musste über achtzig sein. Sie hatte dünnes, graues Haar, das mit einem breiten Reif zurückgehalten wurde, und trug einen Hausanzug aus Samt.

„Es tut mir wirklich leid, Sie zu stören, aber Daisy meinte, es mache Ihnen nichts aus. Sie sagt, Sie wären die gute Seele der Straße." Lydia hatte keine Ahnung, ob Daisy und John mit ihren Nachbarn befreundet waren. Doch wenn man von jemandem etwas wollte, lautete die goldene Regel, ihm weiszumachen, dass man viel von ihm hielt.

„Daisy von nebenan?" Die Frau runzelte die Stirn. „Bist du Madeleine?"

„Nein, ich bin Daisys Nichte. Lydia."

„Natürlich." Die Nachbarin schüttelte den Kopf. „Wie dumm von mir. Sie sehen genauso aus wie sie." Ihre Augen wanderten über Lydias Körper, musterten ihre Lederjacke, die Jeans und die Stiefeletten. „Allerdings kleidet sich Madeleine anders."

„Ich hatte gehofft, dass wir uns über Madeleine unterhalten könnten." Lydia sah sich um, so als ob sie Angst hätte, belauscht zu werden. „Es ist etwas Schreckliches passiert und meine Familie weiß nicht weiter."

Die Aussicht auf Klatsch, der Hinweis auf die Familie Crow oder gute alte Hilfsbereitschaft – aus welchem Grund auch immer, die Frau trat zur Seite. „Sie kommen besser herein."

Lydia trat in ein großes Entree mit dunkelgrünen Wänden und weißem Architrav. Ein Regenschirm stand in einem Elefantenfuß, von dem Lydia inständig hoffte, dass er nicht echt war. Am Garderobenständer hingen ein beiger Regenmantel und eine Wachsjacke von Barbour. Beide waren klein geschnitten und gehörten einer Frau. Die Nachbarin schien also allein zu leben.

„Ich bin Mrs. Bedi. Sie können mich Elspeth nennen."

„Danke, Elspeth", sagte Lydia und beugte sich nach unten, um die Stiefel aufzuschnüren.

„Ach, lassen Sie nur. Die Hunde bringen allen möglichen Dreck herein, der macht mir nichts aus."

Hunde. Das erklärte den Geruch.

Elspeth ging voraus in ein vollgestelltes Wohnzimmer. Ein hellgrünes Sofa und passende Sessel waren die einzigen modernen Stücke neben marokkanischen Polsterhockern, bunt bestickten indischen Bodenkissen sowie hauchdünn gravierten Kerzenständern und Gewürzboxen aus Messing. An der Decke hing ein alter Ventilator und Lydia wäre nicht überrascht zu hören, dass er nach dem Ende der Kolonialzeit aus Indien hierher verschifft worden war.

„Sie haben ein schönes Haus", sagte Lydia, weiterhin bemüht, einen guten Eindruck zu machen.

Elspeth nahm das Kompliment mit einem Kopfnicken zur Kenntnis. „Es tut mir leid zu hören, dass Daisy und John in Schwierigkeiten stecken, aber ich bin mir nicht sicher, wie ich helfen kann."

„Meine Cousine Maddie ist seit einigen Tagen verschwunden. Sie machen sich schreckliche Sorgen."

„Das ist furchtbar", sagte Elspeth. „Wie alt ist das Mädchen?"

„Neunzehn", sagte Lydia.

Elspeth schnalzte mit der Zunge. „Schwieriges Alter. Vor allem heutzutage." Sie ließ sich vorsichtig in einen Sessel sinken. „Es wundert mich, dass die Polizei nicht mit mir gesprochen hat. Man würde doch meinen, die befragen als Erstes die Nachbarn."

Es dauerte einen Moment, bis Lydia verstand. Elspeth mochte zwar nicht mehr in der Lage sein, einen Marathon zu laufen, geistig war sie jedoch auf voller Höhe. „Die Polizei wurde nicht eingeschaltet. Deshalb versuche ich, sie zu finden."

„Sie?" Elspeth runzelte die Stirn. „Sie sollten besser zur Polizei gehen. Immerhin zahlen wir dafür unsere Steuern."

Lydia spielte auf Risiko. Sie lehnte sich nach vorne und setzte einen ernsten, leidenden Blick auf. „Ich kann Ihnen nur zustimmen, aber leider hören die beiden nicht auf mich. Na ja …" Sie hielt inne und biss sich auf die Unterlippe, so als stünde sie kurz davor, ein Geheimnis zu lüften. „Ich sollte eigentlich nicht darüber sprechen. Es geht um eine Familiensache und Onkel John will nichts von Polizei hören. Tante Daisy würde sie am liebsten einschalten, ohne es ihm zu sagen, aber nach alldem …"

Lydia ließ den Satz in der Luft hängen.

Elspeths Gesichtsausdruck war schwierig zu lesen, doch als sie sprach, klang ihre Stimme deutlich wärmer als zuvor. „Ehemänner glauben immer, sie wüssten alles besser."

„Ich möchte die Sache nicht schlimmer machen, aber ich will unbedingt helfen. Und ich bin mir sicher, dass ich Maddie auch so finden kann. Ich brauche nur ein wenig Hilfe. Sie kannten Maddie doch?"

„Ich fürchte nicht", sagte Elspeth. „Die Hunde liefen einmal in den Nachbargarten und Madeleine kam herunter, um mir zu helfen. Sie war sehr höflich. Aber die Leute in dieser Straße haben nicht viel Kontakt zueinander. Der Gemeinschaftssinn ist nicht mehr derselbe wie früher. So viele neue Gesichter."

Lydia nickte. „Das Viertel ist wohl auch nicht mehr so sicher?"

„Wie bitte?" Elspeth sah beleidigt aus. „Das ist immer

noch eine gute Gegend. Eine sehr gute.“

„Verzeihen Sie“, sagte Lydia. „Aber ich kam nicht umhin, Ihre Kameras zu bemerken.“

„Ach so, die.“ Elspeth zupfte einen unsichtbaren Fussel von ihrer Hose. „Nach Akals Tod wurde ich ein wenig ängstlich und wollte mich schützen.“

„Sehr vernünftig“, sagte Lydia. „Zeichnen Sie rund um die Uhr auf?“ Bitte sag ja.

Elspeth nickte. „Ich denke schon. Der Mann von der Firma hat die Kameras eingerichtet. Ich sehe mir die Videos nicht oft an. Nur, wenn mich etwas beschäftigt.“

„Madeleine war seit einer Woche nicht mehr zuhause. Haben Sie vielleicht noch die Aufnahme von dem Tag, an dem sie verschwand?“

„Die Chancen stehen gut“, sagte Elspeth und stand auf. „Ich hole meinen Computer.“

Sie kam nach kurzer Zeit mit einem roséfarbenen Laptop und ihrem Brillenetui wieder, beides passte zu ihren mit Pailletten besetzten Turnschuhen. Nach einer gefühlten Ewigkeit, während der Elspeth sich einloggte und den richtigen Ordner suchte und Lydia sich zur Geduld zwang, die Nägel in die Hände grub und von hundert rückwärts zählte, sah Elspeth über den Rand der Lesebrille hinweg und sagte: „Dienstag, der 15.?“

„Ich würde mir gern so viele Tage wie möglich ansehen“, antwortete Lydia. „Ich weiß nicht genau, wonach ich suche. Jeder Hinweis wäre hilfreich. Vielleicht gab es unbekannte Besucher.“

Elspeth nickte. Nach einem weiteren Augenblick stieß sie einen verärgerten Seufzer aus. „Wollen Sie selbst sehen?“

Sie reichte den Laptop herüber und Lydia betrachtete

die Programmoberfläche von *Safe as Houses Security*. Eilig steckte Lydia den bereitgehaltenen USB-Stick ein. „Ich werde mir die Dateien mitnehmen, dann muss ich Sie nicht länger stören."

„Sie müssen sich nicht beeilen", sagte Elspeth. „Ich wollte uns Tee kochen."

„Tee wäre großartig", sagte Lydia. „Wenn es Ihnen keine Umstände macht."

Während Elspeth in der Küche hantierte, lokalisierte und kopierte Lydia die Videofiles. Die Aufnahmen umfassten zehn Tage und ein kurzer Blick in die Programmeinstellungen verriet, dass Elspeth, oder wer auch immer, es so programmiert hatte, dass die Aufnahmen zwei Wochen lang gespeichert und dann überschrieben wurden. Die Dateien waren riesig und der Fortschritts-balken bewegte sich nur langsam, daher konzentrierte sich Lydia auf das Gespräch mit Elspeth und lobte sie für ihren ausgezeichneten Kräutertee sowie das feine Porzellan, in dem sie ihn servierte. Als ihr schließlich keine Variante mehr für „Sie haben ein schönes Haus" und „Ja, Brennnes-seln und Ginseng passen überraschend gut zusammen" einfallen wollte, waren die Daten zum Glück endlich kopiert.

Nach ausschweifenden Dankesbekundungen gab Lydia Elspeth ihre Telefonnummer und ermunterte sie, „jederzeit anzurufen". Dann machte sie sich davon. Draußen hatte es deutlich abgekühlt und Regentropfen fielen vom verdun-kelten Himmel. Lydia schloss den Reißverschluss ihrer Jacke und steckte die Hände in die Taschen. Darin wartete der USB-Stick darauf, ihr die Geheimnisse der Straße zu verraten. Lydia konnte nur hoffen, dass einige davon auch Maddies mysteriöses Verschwinden erklärten.

KAPITEL SIEBEN

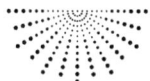

Zurück in der Wohnung, an ihrem provisorischen Arbeitsplatz im Wohnzimmer sitzend, gestand sich Lydia ein, dass der bisherige Tag sie mitgenommen hatte. Was sie nie jemandem verraten würde. Aber bevor sie sich an die Sichtung der Kameraaufzeichnungen machte, schüttete sie einen Schluck Bourbon in ihren Kaffee. Während das Koffein und der Alkohol den Nachgeschmack des Brennnesseltees übertünchten, erkannte Lydia, dass sie tatsächlich erwartet hatte, Madeleine in ihrem Zimmer zu finden, wo sie sich nach irgendeinem Millennial-Bullshit-Drama vor ihren Freundinnen versteckt hielt. Oder dass Daisy und John sich diese haarsträubende Geschichte gemeinsam mit Charlie ausgedacht hatten, um Lydia in London zu halten und sie in einen von Charlie geschmiedeten Plan hineinzuziehen. Der Umstand, dass Madeleine tatsächlich verschwunden war, schockierte Lydia.

Wie so oft bei Überwachungskameras war auch bei diesen Aufnahmen die Auflösung niedrig, um Speicherplatz zu sparen, und Lydia verbrachte Stunden vor grobkörnigen Bildern. Meist war nur die Straße darauf zu sehen, der Rand von Elspeths Haus und ein kleines Stück des Nachbargrundstücks. Zum Glück waren die Kameras mit einem Bewegungsmelder ausgestattet, was die Aufnahmezeit erheblich verringerte. Noch besser war, dass die Kamera auch auf Madeleines Tor gerichtet war. An dem Vormittag, an dem Madeleine laut Daisy früh zur Arbeit gegangen war, sah Lydia ihre Cousine genau das tun. Sie bog nach rechts ab, wo die nächste U-Bahn-Station lag. Der Winkel und die Videoqualität machten es schwierig, etwas Besonderes an Maddies Verhalten auszumachen. Das war's. Den restlichen Tag überflog sie in dreifacher Geschwindigkeit und sprang von der Briefträgerin um 11:08 Uhr zum Lieferwagen von Whiterose um 14:34 Uhr und weiter zu dem nach Hause kommenden John um 19:18 Uhr. Dazwischen lagen einige Katzen, Gassigänger sowie eine Plastiktüte, die vom Wind getragen wurde. Maddie kehrte nicht zurück. Lydia nahm einen stärkenden Schluck Kaffee und machte sich daran, die nächsten Tage zu sichten.

Um 20:30 Uhr des 18. passierte etwas Interessantes. Der Bewegungsmelder war ausgelöst worden, aber es gab keine brauchbare Aufnahme dazu. Für zwei Minuten war auf dem Bildschirm nur grauer Schnee zu sehen. Eine Stunde später geschah dasselbe.

Am 18. Das bedeutete also, dass Charlie die Familie erst drei Tage nach Maddies Verschwinden besucht hatte. Zumindest nahm sie an, dass das der Grund für die Störung war. Die wenige Macht, die noch immer durch die Hauptblutlinie der Crows floss, hatte verschiedene Effekte. Die meisten davon waren kaum spürbar. Der einzige andere Crow, der mächtig genug wäre, um die Kamera dermaßen zu stören, war ihr eigener Vater. Sie erinnerte sich an die Geschichte, dass ihr Dad und Charlie sich bei den nächtlichen Ausflügen in den Vergnügungspark nicht vor den Überwachungskameras hatten fürchten müssen, weil das Sicherheitspersonal darauf ohnehin nur grauen Schnee sehen würde. Später hatte Lydia Henry einmal gefragt, warum er nie auf den Fotos zu sehen war, die sie mit ihrem Handy aufnahm. Seine Erklärung beinhaltete profunde Erkenntnisse der Physik und Lydia, die Magie und Mystik erwartet hatte, hatte sich bei dem Vortrag über Wellenlängen und Elektronen ausgeklinkt. Jetzt, wo sie den grauen Schnee auf dem Bildschirm sah, nahm sich Lydia vor, ihn noch einmal danach zu fragen und besser zuzuhören.

Sie griff nach ihrem Handy und schickte Charlie eine SMS, um ihren Verdacht zu bestätigen. 24 Minuten Materialsichten später hatte sie ihre Antwort: *Habe D & J am Freitagabend getroffen. Warum?*

Lydia legte das Handy weg, kochte sich frischen Kaffee, goss einen weiteren großzügigen Schluck Bourbon hinein und machte weiter.

Drei Stunden später war sie nicht klüger als vorher. Die E-Mail von Maddies Computer ließ auf einen Vorfall bei der Arbeit schließen. Dass man sie im Büro vermissen würde. Doch die Aufnahmen zeigten, dass sie am Morgen ihres Verschwindens das Haus in Arbeitskleidung verließ. War sie auf dem Weg zu einem Bewerbungsgespräch gewesen? Oder hatte sich Verity nur auf eine vorübergehende Abwesenheit bezogen? Eine Krankheit oder eine Suspendierung? Vielleicht hatte man Maddie – ebenso wie Lydia – nahegelegt, für eine Weile auf Abstand zu gehen.

. . .

Das Foyer der Polizeiwache von Camberwell war schöner, als Lydia es in Erinnerung hatte. Als sie das letzte Mal – nach einem Anflug jugendlichen Leichtsinns – hier gewesen war, hatte sie ihm allerdings kaum Beachtung geschenkt, sondern sorgenvoll darauf gewartet, dass ihr Dad sie abholte. Trotzdem glaubte sie, dass die Wache renoviert worden war. In einer Ecke stand ein riesiger Blumentopf, auf einem niedrigen Tisch lagen Zeitschriften, ganz so wie im Wartezimmer einer Arztpraxis.

Sie erkundigte sich an der Rezeption nach Fleet und setzte sich auf einen der Stühle im Wartebereich. Sie hatte ein Taschenbuch dabei und alle Zeit der Welt. Charlie hatte eine Putzfirma beauftragt, das Café auf Vordermann zu bringen, und der Lärm drang bis nach oben. Daher war Lydia jeder Vorwand recht, aus der Wohnung zu kommen. Sie hatte überlegt, sich bei ihm zu beschweren und ihn darauf hinzuweisen, dass er sie erneut angelogen hatte, aber etwas hielt sie davon ab. Das Gefühl, dass er genau das wollte: dass sie ihn anrief. Sie wurde in irgendeiner Weise auf die Probe gestellt, sie wusste nur noch nicht wie.

Lydia öffnete ihre markierte Seite und hoffte, ihrer paranoiden Gedankenspirale zu entkommen, aber da vernahm sie Schritte auf dem Fliesenboden. Lydia erwartete einen einfachen Beamten, doch DCI Fleet kam selbst. Er hielt ihr die Hand hin und Lydia ergriff sie, bevor sie aufstand. So sehr sie sich auch streckte, neben ihm wirkte sie wie eine Zwergin. Was sie ärgerte, jedoch auf verstörende Weise auch erregte. Keine Zeit, sagte sie ihrer Libido. Der Klang seiner tiefen Stimme half der Sache nicht, der Hauch von Londoner Südakzent war gerade ausgeprägt genug, um ihre Knie weich werden zu lassen.

„Mir ist noch etwas eingefallen." Lydia fasste sich

kurz und blieb professionell, in der Hoffnung, dadurch das nervige Feuer in Schach zu halten, das Fleet in ihr entfachte. Zumindest half ihr die nüchterne Umgebung dabei, sich auf die Sache zu konzentrieren. Vielleicht hatte er ja ein fensterloses Büro, in dem es nach Druckerschwärze und Achselschweiß roch. Das würde helfen.

„Lassen Sie uns doch rausgehen", sagte Fleet und lächelte sie auf diese unsägliche, unprofessionelle Weise an. „Haben Sie etwas gegen einen Spaziergang?"

„Überhaupt nicht." Lydia hielt sich davon ab, sein charismatisches Lächeln zu erwidern, indem sie ihm einen bösen Blick zuwarf. Es war ein gelungener böser Blick. Einer, der Menschen sichtlich zurückschrecken ließ. Aber Fleet hielt ihr die Tür auf und verstärkte sein Lächeln nur. Wie nervtötend. Sein Selbstvertrauen war beinahe genauso mächtig wie Magie.

Draußen bahnten sie sich ihren Weg durch Hipster jeden Geschlechts sowie vereinzelte Familien. Es war mitten am Vormittag, die arbeitende Bevölkerung war an ihre Schreibtische gekettet, die Nachtschwärmer schliefen tief und fest. Fleet sprach erst wieder, als sie die Hauptstraße verlassen und in eine der alten Gassen in Richtung Burgess Park eingebogen waren. In diesem Viertel hatten früher Lager und Fabriken gestanden, jetzt befand sich hier eine große Rasenfläche mit Spielplätzen und Beeten. Wenn man sich umsah, fiel es schwer zu glauben, dass hier einmal der Surrey-Kanal verlaufen war. Er war jedoch zugeschüttet worden, nachdem zu viele Kinder darin ertrunken waren.

„Also." Fleet sah zu ihr hinab. „Worum geht es?"

„Ist er aufgewacht?"

Fleet zögerte. Dann nickte er. „Er spricht allerdings nicht viel."

„Name?"

„John Smith."

Beide lächelten. John Smith. Das war wie Max Mustermann. Als ob einem jemand als Antwort auf die Frage den Mittelfinger hinhielt.

„Jetzt sind Sie dran", sagte Fleet und wurde ernst. „Ist Ihnen noch etwas eingefallen?"

Lydia war froh um ihre Sonnenbrille, während sie überlegte, wie viel sie verraten sollte. „Niemand wusste, dass ich im Fork wohne. Ich bin erst angekommen. Aber ich habe mich gefragt, ob es in der Straße in letzter Zeit vermehrt Vorfälle gab. Vielleicht Einbrüche?"

„Kriminelle wissen, dass das Fork Charlie Crow gehört. Ich glaube nicht, dass das ein Zufall war."

Charlie hatte in Bezug auf Maddies Verschwinden verboten, die Cops einzuschalten. Doch in Lydias eigener Angelegenheit hatte er es nicht ausdrücklich untersagt. Vermutlich hatte sie ihm gar nicht die Möglichkeit geboten, aber egal. Sie musste Fleet dazu bringen, allgemeiner über die Crow-Sache zu sprechen, in der Hoffnung, dass er ihr etwas Nützliches verriet.

Lydia nickte. „Ein Einbruch wäre auch sinnlos. Warum dieses Gebäude? Es ist stillgelegt und Geld ist dort definitiv keines in der Kasse. Das Küchenequipment könnte wertvoll sein, aber der Kerl hatte keinen Lieferwagen dabei, oder?"

„Wir haben keinen gefunden", sagte Fleet.

Sie erreichten den Park und Lydia ging in Richtung ihres Lieblingsortes: die alte eiserne Brücke, die vom ursprünglichen Kanal noch erhalten geblieben war. Jetzt verlief sie natürlich über einen Rasenstreifen und wirkte wie eine Art nutzloser Prunkbau. Die Einheimischen nannten sie *Brücke ins Nirgendwo*. Mitten auf der Brücke blieb Lydia stehen und gab vor, die Aussicht zu bewundern, während sie ihre nächste Frage formulierte. Nach einigen Sekunden des Nachdenkens beschloss sie, es gar nicht erst mit Spitzfindigkeiten zu versuchen. Das war ohnehin noch nie ihre Art gewesen. „Gab es in letzter Zeit irgendwelche Aktivitäten rund um die Crows? Etwas, das auf Vergeltung schließen lassen könnte?"

Schweigen.

Lydia drehte sich zu Fleet. Er hatte die Hände in die Manteltaschen geschoben, seine Miene blieb ausdruckslos. Die erhielt man wohl am letzten Tag der Polizeischule als Abschiedsgeschenk. „Ich denke, Sie sind in einer besseren Position, um die Frage zu beantworten."

„Ich habe Ihnen doch erklärt, ich bin gerade erst aus Schottland zurück. Ich habe mit alldem nichts zu tun."

„Trotzdem haben Sie die Aufmerksamkeit unseres Freundes John Smith geweckt."

„Ja", sagte Lydia. Sie starrte in sein Gesicht und wartete.

Schließlich antwortete Fleet: „Im Moment denken wir nicht, dass der Fall in Zusammenhang mit anderen Verbrechen steht. Es sei denn, Sie hätten weitere Informationen für mich?"

„Nein", antwortete Lydia. „Und danke, dass Sie sich mit mir getroffen haben. Ich weiß, dass Sie sehr beschäftigt sind." Der Satz stammte von Karen. Man sollte immer besonders höflich zur Polizei sein, man wusste nie, ob man nicht einen nützlichen Kontakt dort aufbauen konnte.

Fleet lächelte nicht. „Das ist mein Job."

„Klar."

„Sie mussten nicht extra vorbeikommen. Mir ist der Druck in einem Fall wie dem Ihren durchaus bewusst."

„Druck?"

Er sah zur Seite. „Sie sind Charlie Crows Nichte, Henry Crows Tochter. Ich nehme an, das werde ich als Nächstes zu hören kriegen."

Panik stieg in ihr auf. „Meine Eltern dürfen nicht in die Sache hineingezogen werden. Sie haben nichts damit zu tun. Sie wissen von nichts."

„Ich würde es nicht wagen", sagte Fleet staubtrocken.

„Gut", sagte Lydia. „Danke."

Ein kurzes Schweigen entstand und obwohl Lydia es besser wusste, musste sie dem Drang nachgeben, es zu brechen.

„Also, in welche Richtung ermitteln Sie? Wer würde ein Kind der Crows angreifen wollen?"

„Kind?"

„Ich bin erst siebenundzwanzig", sagte Lydia gespielt pikiert. Wenn sie Fleet dazu bringen könnte, nach allgemeinen Motiven für einen Angriff auf die Crows zu suchen, fand er womöglich etwas, das ihr bei der Sache mit Madeleine half. Das barg zwar das Risiko, dass Fleet etwas ausgraben könnte, das Charlie lieber verborgen hielt, aber Madeleine war verschwunden und schwebte womöglich in echter Gefahr. Darauf musste sie sich konzentrieren.

Die beiden spazierten weiter über die Brücke, kehrten an deren Ende um und gingen darunter zurück bis zum Ausgang des Parks.

„Ist Ihnen noch etwas eingefallen?"

„Nein", sagte Lydia. Sie wollte nichts hinzufügen, was ihn in eine bestimmte Richtung lotste. Zumindest noch nicht. Vielleicht ließ sie ihm mehr Details zukommen, sobald sie selbst mit ihrer Ermittlung weiter war, um auf seine Ressourcen zugreifen zu können. Es war ihr schmerzlich bewusst, wie beschränkt ihre Mittel in London waren. In Aberdeen hatte sie sich mit ein paar Gesetzeshütern angefreundet und stets die Verstärkung aus der Agentur zur Hand gehabt. Hier war sie auf sich allein gestellt. Noch schlimmer, das Gewicht der Familie Crow lastete schwer auf ihren Schultern.

Fleet blieb abrupt stehen und riss sie damit aus ihren Gedanken.

„Was?"

Er neigte den Kopf und musterte sie. „Mr. Smith ist gescheitert. Er wollte Sie vom Dach werfen, stattdessen fiel er."

„Ja", sagte Lydia und versteifte sich angesichts der Aussicht weiterer Fragen zu diesem Detail.

„Er ist deutlich größer und schwerer als Sie. Sie sind wohl stärker, als Sie aussehen."

Lydia zwang sich, Fleet direkt in die Augen zu sehen. „Er muss ein schwaches Herz haben. Oder ich hatte einen Adrenalinschub."

„Ja", sagte Fleet. „So war es wohl." Er ging raschen Schrittes weiter und Lydia folgte ihm. Sie fragte sich, wie viel der Detective wusste – und wie viel er vermutete.

Eine Gruppe Kindergartenkinder, in einer Reihe an einer langen Schnur wie Huskys vor einem Schlitten, kam ihnen entgegen und Lydia musste ihnen ausweichen. Nachdem die Kleinen zusammen mit ihren mürrisch dreinschauenden Begleiterinnen vorbeigegangen waren, gesellte sie sich wieder zu Fleet. „Werden Sie also in diese Richtung ermitteln? Ich sage ja nicht, dass die Sache hohe Priorität haben muss ..."

„Das hier ist mein Revier", entgegnete Fleet und klang plötzlich zornig.

„Tut mir leid", sagte Lydia. „Ich wollte nicht ... Ich dachte nur, die Ressourcen sind bestimmt knapp ..." Sie brach ab.

Fleet richtete seine eindrucksvollen Schultern auf. „Ich werde der Sache auf den Grund gehen und den Schuldigen seiner gerechten Strafe zuführen. Darauf haben Sie mein Wort."

„Das ist gut", sagte Lydia.

Fleets Blick war kalt und abschätzig und plötzlich war sich Lydia nicht mehr so sicher, ob es eine gute Idee gewesen war, zur Polizei zu gehen.

AUF DEM RÜCKWEG GING LYDIA IHRE vorhandenen Informationen durch. Madeleine Crow war seit über einer Woche verschwunden. Außerdem war ein Mann in ein Haus eingebrochen, das den Crows gehörte, und hatte versucht, sie umzubringen. Sie musste davon ausgehen, dass die beiden Fälle miteinander in Verbindung standen, auch wenn sie es sich nicht erklären konnte. Zurück in der Wohnung fühlte sie sich erschöpft und spürte das Verlangen nach einem Drink. Leider war es dafür noch zu früh. Lydia hielt sich an die strikte Regel: Kein Alkohol vor 17:00 Uhr. Die Versuchung, sich der Sorgen der realen Welt zu entledigen, war groß, doch sie durfte ihr nicht nachgeben. Stattdessen musste sie über den Fall nachdenken.

Ein paar Schulkameradinnen aus St. Anne's studierten nun an der Uni, eine plante ihre Hochzeit, was offenbar ein Vollzeitjob war, aber Madeleine hatte sich ein Jahr Auszeit genommen, um ein Praktikum bei einer PR-Agentur in Soho zu absolvieren. Madeleines beste Freundin hieß Sasha und die beiden waren meist entweder in den Clubs oder in Sashas Wohnung in Kensington gewesen. Onkel Charlie hatte ihr all diese Informationen zugespielt, allerdings hatte er sie von Daisy erfahren und Lydia wusste, dass eine Neunzehnjährige ihren Eltern nicht immer erzählte, was sie in Wirklichkeit tat.

Eine männliche Stimme meldete sich in der Gegensprechanlage. „Ich möchte gern mit Sasha sprechen. Es geht um Madeleine Crow."

Sie erhielt keine Antwort, aber mit einem Summen und einem Klicken wurde die Tür geöffnet. Lydia nahm zwei Treppenstufen auf einmal, immerhin war sie seit fünf Tagen nicht im Fitnessstudio gewesen und musste in Form bleiben. Sie hatte keine Lust, ein zweiter Rab zu werden, der erfahrenste Ermittler in Karens Agentur, der mit seinem Bauch kaum hinter das Lenkrad seines alten BMWs passte und Observationen lediglich in einem Fahrzeug oder sitzend absolvieren konnte.

Ein Mann öffnete die Wohnungstür, sein Gesichtsausdruck war wegen des akkurat frisierten, üppigen Barts schwer zu lesen. Lydia bewunderte seine gigantische Haartolle, die sie an Tim aus den Comics erinnerte. Er musste mindestens Mitte zwanzig sein. „Sash ist da vorne." Er führte sie in einen großen offenen Wohnraum mit Parkettboden, in den durch die großzügigen Fenster Sonnenlicht hereindrang. Die Wände waren weiß, die kupfernen Leuchtkörper erinnerten an Industriechic und der Perserteppich hatte vermutlich mehr gekostet als Lydias Auto. Sasha lag auf einem weißen Sofa und trug von Kopf bis Fuß kuschelige Schichten aus taubengrauem Kaschmir. Sie hatte nichts von einem gewöhnlichen Teenager. Auch die Wohnung war keine, die einem ansonsten in diesem Alter gehört. Wobei, das mit dem Alter konnte man streichen. Lydia sah sich um und hatte Mühe, nicht staunend den Mund aufzureißen. Unvorstellbar, dass jemandem so etwas überhaupt einmal gehörte.

„Perry", sagte Sasha. „Sei doch so lieb und mach uns Kaffee." Es war keine Bitte.

Perry trottete davon und Sasha sah Lydia unter ihrem Pony heraus an. Sie hatte langes, flachsblondes geglättetes Haar und die einzelnen Strähnen, die ihr über die Augen hingen, wirkten so, als wären sie absichtlich dort platziert worden. Lydia glaubte nicht, dass irgendetwas in diesem Zimmer zufällig positioniert worden war. Wie alt war dieses selbstbeherrschte, perfekt inszenierte Geschöpf? Sasha konnte unmöglich in Madeleines Alter sein. Die Reichen waren wirklich eine spezielle Gattung.

Sie gehörte jedoch zu keiner der Familien und Lydia spürte keine Magie. Vielleicht war sie Madeleines normale Freundin, so wie Emma ihre.

„Ich will mit dir über Madeleine sprechen. Ich bin ihre Cousine."

Sasha reckte ihr Kinn in die Höhe. „Hast du auch einen Namen?"

„Lydia Crow."

Sasha richtete sich ein wenig auf. „Setz dich, wenn du willst."

Lydia setzte sich in einen abgenutzten Ledersessel. Er sah aus, als wäre er aus der Bibliothek eines Altenheims gerettet worden, aber vermutlich war er brandneu und verdammt teuer gewesen.

„Wann hast du das letzte Mal von Madeleine gehört?"

„Das habe ich alles schon Maddies Onkel erzählt."

„Ich weiß", sagte Lydia. „Aber wir machen uns alle große Sorgen um sie. Man hat mich gebeten zu helfen."

„Wie ich bereits Mr. Crow erzählt habe, habe ich Madeleine seit der Firmenfeier nicht mehr gesehen."

„Und wann war das?" Lydia holte ihr Handy aus der Tasche, um sich Notizen zu machen und ihren verärgerten Blick zu verstecken. Das waren doch alles keine Staatsgeheimnisse.

Nichts. Lydia sah auf. Sasha starrte aus dem Fenster.

„Sasha?"

Langsam drehte die Frau ihren Kopf zurück und sah Lydia an. „Hat sie wirklich niemand gesehen?"

„Nein", sagte Lydia. „Wir machen uns wirklich große Sorgen um sie."

Sasha presste die Lippen zusammen. „Ich hielt es nicht für wichtig."

Perry kam mit einem Tablett zurück, auf dem zwei Espressotassen standen. Er stellte es auf den Couchtisch und machte Anstalten, sich auf das Sofa zu setzen.

„Nein", sagte Sasha und Perry richtete sich sofort auf. Er stemmte eine Hand in die Hüfte und sah sie stirnrunzelnd an. „Was hat Perry jetzt schon wieder falsch gemacht?"

Grundgütiger. Zunächst einmal, dass er über sich selbst in der dritten Person sprach. Lydia hatte Mitleid mit dem bärtigen Kerl gehabt, aber jetzt war sie sich nicht mehr sicher.

Erst als Perry das Zimmer verlassen hatte, bedeutete Sasha Lydia, sich eine Tasse zu nehmen.

„Nein, danke." Lydia senkte die Stimme. „Wann hast du Madeleine zuletzt gesehen?"

„Wir waren auf der Firmenfeier, aber ich habe Mr. Crow gesagt, das wäre am 11. gewesen."

Fünf Tage vor ihrem Verschwinden. „Und wann war es wirklich?"

„Vor zwei Monaten."

Sie hatte zumindest den Anstand, etwas betreten dreinzuschauen. „Ich habe es nicht für wichtig gehalten. Als Mr. Crow mich fragte, dachte ich, er würde sie sofort finden. Oder dass sie sich bald meldet. Oder einfach auftaucht."

„Schon gut", sagte Lydia.

„Sie ist nicht der Typ Mensch, der ausreißt. Das wäre zu anstrengend."

Lydia legte etwas Strenge in ihre Stimme. „Wichtig ist, dass du jetzt die Wahrheit sagst."

Sasha riss die Augen auf. „Es war nur ein Missverständnis …"

„Wie kam es dazu? Zu dem Missverständnis?"

„Ich wollte ihm nicht sagen, dass ich Maddie nicht gesehen habe. Ich wusste nicht, was sie …" Sasha brach ab.

„Du wusstest nicht, was sie ihren Eltern erzählt hatte, und wolltest ihr keine Schwierigkeiten machen."

Sasha nickte.

„Ist es denn normal, dass ihr so lange keinen Kontakt habt?"

„Kontakt hatten wir schon. Ich habe sie nur nicht gesehen."

„Ihr habt miteinander gesprochen?"

„Wir waren beide auf Insta. Sie hat meine Posts gelikt."

„Aber du hast sie weder gesehen noch mit ihr gesprochen? Also direkt."

„Es geht ihr gut, ihr müsst euch wirklich keine Sorgen machen."

„Bestimmt", sagte Lydia. „Trotzdem muss ich sie finden. Und du hast meine Frage nicht beantwortet."

„Welche?"

„Ist es normal, dass du deine beste Freundin zwei Monate lang nicht siehst?"

Sasha schüttelte den Kopf. „In letzter Zeit war es komisch zwischen uns. Wir haben uns ein wenig gestritten. Sie war auf der Firmenfeier sturzbetrunken, es war so peinlich."

Lydia sah sie mitleidig an. „Es war gut, dass du das Onkel Charlie nicht erzählt hast. Ich weiß, dass du sie nur schützen wolltest. Immerhin bist du eine gute Freundin."

„Genau." Sasha setzte sich auf. Sie lehnte sich nach vorne, nahm ihre Espressotasse und trank einen kleinen Schluck. „Wir sind jetzt zu alt für so einen Scheiß. Das war ein Arbeitsevent, dort sollte man sich professionell verhalten. Aber sie hat nur noch gelallt und ist herumgetaumelt. Es war fürchterlich."

„Deine Arbeit oder ihre?"

„Meine. Du weißt, dass sie ein Praktikum bei Minty macht?"

Lydia lächelte, nickte und gab sich als Verbündete. Sie griff sogar nach dem schrecklich starken Kaffee und gab vor, ihn zu trinken.

„Ich arbeite auch dort. Daddy hat mich ohne Probleme reingebracht, wegen meiner guten Noten und meiner Vorerfahrung, aber er hat einen ordentlichen Gefallen einfordern müssen, damit sie Maddie ebenfalls nehmen. Für sie gab es nicht so viel zu tun, trotzdem war es die Chance für sie. Eine, die sie nie wieder bekommt."

Jetzt verspürte Lydia Mitleid mit Madeleine. Bei so einer besten Freundin wäre es nicht verwunderlich, wenn sie

Reißaus genommen hätte. „Ihr habt euch also gestritten. War das an dem Abend oder danach?"

Sasha stellte ihre Tasse vorsichtig ab. „Sowohl als auch. Aber ihr Zustand an diesem Abend ließ nicht zu, dass sie den Ernst der Situation verstanden hätte."

Der Satz klang irgendwie nicht richtig. Vielleicht hatte Sasha ihn sich selbst schon einmal anhören müssen und nutzte jetzt die Gelegenheit, ihn gegenüber jemand anderem zu verwenden. „Hast du sie am nächsten Tag angerufen?"

Sasha verzog das Gesicht, entweder versuchte sie, sich zu erinnern oder sie überlegte, wie sie sich bei der Geschichte im besten Licht präsentieren konnte. „Ich glaubte nicht, dass sie am nächsten Tag schon bereit dafür war, und ich war beschäftigt. Ich habe immerhin ein Leben. Es muss am Wochenende gewesen sein, ein paar Tage später. Wir waren zum Mittagessen verabredet, aber ich habe ihr eine Nachricht geschickt."

„Um abzusagen?"

Sasha nickte. „Ich habe ihr geschrieben, dass ich sauer auf sie bin und sie noch nicht sehen will."

„Hat sie geantwortet?"

„Nein."

„Kann ich die Nachricht sehen?"

Sasha schreckte zurück. „Nein! Das ist mein Handy."

„Schon gut", sagte Lydia. „Wenn ich dir meine Nummer gebe, kannst du sie mir dann weiterleiten?"

„Das ist privat."

Lydia verlor die Geduld. „Wenn du mir die Nachricht weiterleitest und schwörst, mir sofort Bescheid zu geben, falls Madeleine sich bei dir meldet oder dir noch etwas Wichtiges einfällt, werde ich freundlicherweise darauf verzichten, Charlie Crow zu berichten, dass du ihn angelogen hast."

Schweigend dachte Sasha über das Angebot nach. Sie stand zwar nicht in Verbindung mit den Familien, aber sie war bestimmt nicht dumm. Sie ließ Lydia nicht aus den Augen, während sie bellte: „Perry!"

Der bärtige Kerl kam sofort. War er ihr Liebhaber, Freund oder Butler? Es war nicht zu erkennen.

„Was ist los, Liebling?"

„Handy."

„Natürlich."

Nachdem Perry Sasha ein iPhone gebracht hatte – selbstverständlich das neueste Modell – und diese mit kaum unterdrücktem Zorn die in Wirklichkeit deutlich unfreundlicher formulierte Nachricht weitergeleitet hatte, verabschiedete sich Lydia aus dieser unglücklichen Inszenierung.

„Bring sie zur Tür", sagte Sasha und schloss ihre Augen.

An der Tür schien sich Perry für Sasha entschuldigen zu wollen, doch dann lächelte er nur verschroben und ein lackartiger Schimmer breitete sich um ihn aus. „Pass auf dich auf."

NICHT NUR AUFGRUND DER VERWÖHNTEN Möchtegern-PR-Tussi war es nicht Lydias bester Tag. Die Putzfirma hatte leider einen verdammt guten Job gemacht und das Fork gehörig auf Vordermann gebracht. Ihre Hoffnung, Onkel Charlie hätte tatsächlich einmal die Wahrheit gesagt, war zunichtegemacht. Überall roch es nach Putzmitteln und frischer Farbe.

Zumindest war es jetzt ruhig und niemand war zu

sehen. Lydia sah sich um und gab sich betont unbeeindruckt von der Veränderung. Nachdem die Schmutzschicht entfernt worden war, wirkten die cremefarbenen und schwarzen Fliesen aus den 30er Jahren an den Wänden plötzlich charmant und der neue rote Fußboden ließ das Café richtig frisch wirken. Die Fenster strahlten blitzblank und die gelb-weißen zerrissenen Tischdecken waren gegen fröhliche rote Bauernkaros ausgetauscht worden. Die Glasscheibe der Theke war ebenfalls gereinigt worden. Die schäbigen Tische und Stühle waren zwar dieselben geblieben, aber jetzt wirkten sie vielmehr retro als ranzig.

Die Schwingtür zur Küche wurde geöffnet und Lydia schrie auf: „Hast du mich erschreckt!"

Angel entschuldigte sich nicht und nahm auch sonst Lydias Anwesenheit auf keine Weise zur Kenntnis. Sie stellte einen Stapel Geschirr auf den großen hölzernen Buffetschrank und verschwand dann wieder in der Küche.

Lydia zog das Handy aus der Tasche und rief Charlie an: „Was ist aus ‚Keine Renovierung' geworden?"

„Lydia, Liebes, du kannst Gedanken lesen."

Lydia schloss die Augen.

„Ich habe gerade an dich gedacht. Gibt es Neuigkeiten über Maddie?"

„Deshalb rufe ich nicht an. Das Fork! Es wurde gereinigt und renoviert und Angel kocht für eine ganze Kompanie. Du hast mir gesagt ..."

Charlie unterbrach sie: „Wie sieht es aus?"

„Großartig", antwortete Lydia wahrheitsgemäß. „Aber das ist nicht der Punkt." Ihr kam ein weiterer Gedanke. „Und seit wann haben die Pearls Läden in Camberwell?"

Ein kurzes Schweigen entstand. „Ich habe dir ja gesagt, die Dinge haben sich geändert."

KAPITEL ACHT

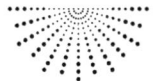

Lydia schob ihr Handy zurück in die Tasche und rannte hinauf zu ihrer Wohnung, um die nervöse Energie in ihren Muskeln loszuwerden. Ihr Zorn auf Charlie ärgerte sie. Sie hatte doch genau gewusst, wie er war, warum war sie überrascht? Jetzt kam sie sich dumm vor, was sie nur noch wütender machte. Und irgendwie hatte sie Angst.

Der Geist schwebte vor der Tür zu ihrem Schlafzimmer, er wirkte ungewöhnlich nervös. „Da bist du ja", sagte er.

„Da bin ich", sagte Lydia und drängte sich an ihrem körperlosen Mitbewohner vorbei. Sie war nicht in Stimmung für einen weiteren Streit.

„Warum bist du hier?"

Lydia zog ihre Jacke aus und warf sie über den Stuhl, den sie für genau diesen Zweck von unten heraufgeholt hatte, und wühlte dann in ihren Klamotten nach etwas Passendem für den Abend. Wenn sie den Geist ignorierte, zog er womöglich aus.

Sie spürte die kühle Luft an ihrem Rücken, ihre Nackenhaare stellten sich auf.

„Hast du denn kein eigenes Zuhause?"

„Ich habe es dir doch erklärt", fuhr Lydia den Geist an. „Ich bin nur für ein paar Tage hier."

Er veränderte ruckartig die Position und Lydia wurde schwindelig. Sie wandte sich wieder dem Kleiderchaos auf ihrem Bett zu. Sie brauchte eine Kommode oder etwas Ähnliches. Vielleicht eine Kleiderstange. Der Gedanke ließ sie innehalten. Sie brauchte keine Möbel, sie blieb nicht lange.

„Ich muss dich etwas fragen", sagte der Geist, seine Stimme war ungemütlich nah und gruselig behaucht.

Lydia drehte sich um und sah ihm in die Augen. „Wirst du mir deinen Namen verraten?"

Er wandte sich ab und antwortete nicht.

„Dann nicht. Du bist unhöflich und ich werde deine Fragen nicht beantworten."

Der Geist sah elend drein und Lydia bekam ein schlechtes Gewissen, weil sie zu dem toten Kerl so gemein war. Er hatte immerhin schon einen verdammt miesen Tag.

Da war es. Ihr liebstes Ausgehtop. Schwarz, wie all ihre Oberteile, aber aus einem seidigen Material und mit einem schmeichelnden Rundhalsausschnitt. Sie schnupperte daran. Das war noch akzeptabel. „Ich will mich umziehen, wenn es dir also nichts ausmacht ..." Sie blickte über die Schulter, aber der Geist war bereits verschwunden.

Emma kam aufgeregt auf Lydia zugelaufen. „Schau auf die Uhr! Sieh nur!"

Es war beinahe zehn Uhr abends und vor dem Foxy

Club hatte sich eine Schlange gebildet, in die sie sich einreihten. „Danke, dass du mitkommst", sagte Lydia.

„Machst du Witze? Um die Zeit bin ich normalerweise auf der Couch vor meinen Downton-Abbey-DVDs eingeschlafen." Emma deutete auf die Schlange. „So viel Aufregung hatte ich seit Monaten nicht mehr. Vielleicht sogar seit Jahren."

„Wann sind du und Tom das letzte Mal ausgegangen?"

Emma verzog das Gesicht. „Zu zweit? Herrje, keine Ahnung. Schon ewig nicht mehr. Vielleicht an Silvester?"

Der Unterschied zwischen dem Leben der beiden Freundinnen war erschreckend. „Du verpasst nicht viel", meinte Lydia daher rasch. „Glaub's mir."

„Ich will auch gar nicht mehr ständig unterwegs sein", sagte Emma und bewegte sich mit der Schlange nach vorne. „Es wäre nur schön, ab und zu mal was zu erleben. Nicht nur ständig Babygebrabbel."

Ein schwarzhaariges Mädchen mit Lippenpiercing wandte sich von ihren Freundinnen ab, drehte sich zu ihnen und fixierte Emma mit einem angetrunkenen Lächeln. „Du hast Babys? Wie süß. Ich liebe Babys."

Emma lächelte höflich zurück.

„Bitte, die Damen." Sie hatten den Eingang erreicht und der Türsteher winkte sie hinein. Sie bezahlten den Eintritt und ein Kerl mit einem Hasengesicht stempelte Emmas Hand mit einem stilisierten Fuchskopf. Lydias Magen zog sich zusammen. „Schon gut", sagte sie und verweigerte ihre Hand.

„Du brauchst einen Stempel."

„Ich versuche mein Glück so", sagte Lydia und drückte die schwarze Tür auf.

Drinnen schlug ihnen eine Welle aus Lärm und Hitze

entgegen. Der Bass dröhnte und Körper bewegten sich auf einer winzigen Tanzfläche, die an einer Seite von einer riesigen glitzernden Theke flankiert war, an der anderen von Sitzgruppen. Rechts führte eine Treppe hinauf auf ein Zwischengeschoss, wo Männer sich über das Geländer lehnten. Die Gäste waren bunt gemischt und Lydia wunderte sich, dass ihre reiche, junge Cousine hierherkam. Sie war froh, keine allzu starken Fox-Schwingungen zu verspüren. Vielleicht war der Name doch ein Zufall. Immerhin hatten sie den Fuchs als Markenzeichen ja nicht für sich gepachtet.

Lydia versuchte sich immer noch einzureden, dass sie sich nicht auf Fox-Territorium befand, da entdeckte sie den Ersten von ihnen: Paul Fox. Er lehnte an der Bar, ganz in der Nähe von Emma, die gerade bedient wurde. Lydia hatte sich an einen freien Tisch gesetzt und Plätze reserviert. Sie beobachtete ihn. Sein Körper war noch so muskulös und anziehend wie damals, während ihres kurzen, unbedachten Flirts. Es war eine dumme Sache gewesen. *Sie* war dumm gewesen. Ihre Tante Daisy irrte sich. Ihr Umzug nach Schottland war kein Akt der Rebellion gewesen. Sie hatte versucht, Schlimmeres zu verhindern. Paul Fox war eine verdammt schlechte Idee gewesen und sie hatte viele Kilometer zwischen sich und ihn bringen müssen, um sich seinem Bann zu entziehen.

Jetzt stellte sie sich selbst auf die Probe und beobachtete ihn vorsichtig. Bestand noch eine Anziehung? Verspürte sie Anzeichen des früheren Drangs? Sein schmales Gesicht war nach wie vor attraktiv, die Kurve seiner aristokratischen Brauen und der dünnen Lippen perfekt. Steckte man ihn in Rüschenhemd und Kniehose, er wäre die ideale Besetzung für ein Historiendrama. Aber sie fühlte sich okay. Sie verspürte nicht das Verlangen, sich auf ihn zu schmeißen. Bei diesem Gedanken tauchte das Bild von DCI Fleet vor ihr auf. Das wäre ein Mann, auf den sie sich schmeißen würde. Er sah so aus, als könne er sie mit nur einem Arm auffangen und halten – wobei er dann noch eine Hand frei hätte, um …

Emma stellte zwei Bierflaschen auf dem Tisch ab und Lydia blinzelte.

„Zwölf Pfund. Zwei Bier, zwölf Pfund. Ich wollte uns zur Feier des Tages Cocktails bestellen, aber dann hätte ich eine zweite Hypothek aufnehmen müssen."

Emma war bei der Lautstärke der Musik kaum zu verstehen, auch wenn Lydia sehen konnte, dass sie schrie. Lydia nahm ihr Bier und trank genüsslich einen Schluck. Weniger lustvolle Gedanken, mehr Ermitteln.

„Cheers!" Emma stieß mit Lydia an.

Die rutschte auf ihrem Sessel näher, sodass sie direkt in Emmas Ohr sprechen konnte. „Mein Ex steht an der Bar. Sieh nicht hin."

Es war natürlich zu spät. Emma tat das, was jeder in diesem Moment getan hätte: Sie sah hin.

„Hmm. Sieht gut aus."

„Ich weiß", meinte Lydia niedergeschlagen.

„War das der, bevor du …"

Lydia nickte.

„Herrje", sagte Emma und trank einen großen Schluck Bier. „Damals ging's dir echt beschissen."

Lydia griff nach ihrem Bier, um nicht darauf reagieren zu müssen. Emma hatte recht und Lydia könnte sich dafür in den Hintern treten, dass sie diese Möglichkeit nicht vorausgesehen hatte. Jetzt verstand sie, dass sie sich selbst etwas vorgemacht hatte: Sie konnte nicht einfach nach

London zurückkehren und einen Auftrag für Charlie erledigen, ohne die Tür zu ihrem alten Leben zu öffnen. Dieser sogenannte Urlaub im Schoß ihrer Familie hatte so vieles wieder zutage befördert und Lydia kam nicht umhin zu denken, dass sie durch das Lösen eines Problems ein weit größeres verursacht hatte. So wie wenn man ein Feuer mit einem Glas Whisky löschen wollte.

Sie riskierte einen weiteren Blick, aber Paul Fox war verschwunden und nirgendwo zu sehen. Lydia legte den Kopf in den Nacken und betrachtete die Lichter, die von den goldumrahmten Spiegeln an der Wand reflektiert wurden. Tausende goldschimmernde Feierwütige tranken, tanzten und schrien sich etwas zu. Plötzlich fühlte sich Lydia sehr müde. Was machte sie hier? Was hatte sie geglaubt, in London zu finden?

„Also." Emma stellte ihr Bier ab und lehnte sich so nah herüber, dass Lydia ihren Atem an der Wange spüren und Emmas Parfüm riechen konnte. „Wonach suchen wir?"

Einen Moment lang glaubte sie, Emma hatte Gedankenlesen der Liste ihrer vielen Talente hinzugefügt, aber dann verstand sie, dass ihre Freundin es rein praktisch gemeint hatte. „Ich weiß nicht. Madeleine kam vor ihrem Verschwinden mit ein paar Freundinnen hierher."

„Genau vorher?"

Lydia nickte. Madeleines Mutter hatte sie in dieser Nacht heimkommen gehört, um halb zwei, hatte ihre Tochter aber nicht gesehen.

„Ist es hier so, wie du es erwartet hast?"

„Keine Ahnung. Ich weiß nicht, was ich davon halten soll. Es ist weder ein Edelclub noch ein alternativer Kellerschuppen. Es überrascht mich, dass Madeleines Freunde hierherkamen." Lydia sah sich um. Es war ein stinknormaler Nachtclub. Auch wenn zumindest ein Fox hier war. Und sollte der Club tatsächlich etwas mit der Familie zu tun haben, war er ein heißer Kandidat für den Preis des unsubtilsten Namens des Jahres.

„Willst du tanzen oder sollen wir uns an die Arbeit machen?"

„Mach du dich an die Arbeit", sagte Emma. „Ich brauche noch einen Drink."

Lydia versuchte es zunächst bei einem der Security-Männer. Er stand neben der Tür zur Feuertreppe und hielt Gäste davon ab, sich zum Rauchen hinauszuschleichen und den Feueralarm auszulösen. Lydia belauschte, wie er drei Leute wegschickte, dann ein Paar, das bereits halb ausgezogen war und sich nach einem ungestörten Plätzchen umsah.

Sie hielt ein Foto von Madeleine in die Höhe. Das in einem Studio geschossene Porträt hatte ihr Daisy gegeben, Madeleine sah makellos aus – und nicht einmal ansatzweise alt genug, um Alkohol zu trinken. Der Typ hatte kaum einen Blick darauf geworfen, da schüttelte er schon den Kopf. „Hier sind jeden Abend unzählige junge Mädchen."

„Sie ist neunzehn." Lydia bemühte sich um einen freundlichen Tonfall, während sie gleichzeitig versuchte, die dröhnende Musik zu übertönen. „Der Club hat nichts falsch gemacht. Ich versuche nur, sie zu finden."

„Warum?" Der Mann neigte den Kopf. „Deine Freundin?"

„Cousine", sagte Lydia. Sie zog ein Foto heraus, das sie von Madeleines Insta-Feed downgeloadet, vergrößert und ausgedruckt hatte. Es zeigte hauptsächlich Madeleine, lächelnd, perfekt gestylt, mit einem glitzernden Neckholder-Top. Auf dem Foto könnte sie jedes Alter haben: von jungen sechzehn bis gut erhaltenen dreißig.

Diesmal sah der Security-Typ es sich länger an. Er hatte wohl keine Angst mehr, Lydia wolle dem Club etwas anhängen, weil er Alkohol an Minderjährige ausschenkt. Er runzelte angestrengt die Stirn und Lydia verspürte Hoffnung aufkommen. Schließlich zuckte er mit den Schultern. „Weiß nicht. Vielleicht habe ich sie gesehen. War das im Sommer?"

„Vor zwei Wochen. Sie kam mit Freundinnen hierher."

Lydia öffnete Madeleines Instagram-Feed und zeigte dem Kerl die anderen Bilder, die im Club geschossen worden waren.

„Welcher Abend war das?"

Lydia sagte es ihm und deutete zudem auf das Aufnahmedatum.

„Sprich mit Guy, der hat an dem Abend gearbeitet. Der wird sich bestimmt erinnern. Auf den Bildern trinken sie einen Haufen Mojitos und die sind echt nervig zum Zubereiten."

Die Bar, an der Guy ausschenkte, war überfüllt und Lydia hatte keine Lust, ihre Fragen über den Tresen zu brüllen. „Möchtest du tanzen oder sollen wir uns hinsetzen?" Sie schrie Emma die Frage ins Ohr und war froh, als Emma zurückrief: „Setzen!"

Im Sitzbereich war es ruhiger, sodass sie sich leichter unterhalten konnten. Emma sank in einen der weichen ledernen Sessel und schlüpfte sofort aus ihren High Heels. „Diese Dinger sind die reinste Folter. Wie konnte ich die früher nur ständig tragen?"

Lydia legte ihre Doc Martens auf dem niederen Tisch vor ihnen ab und sagte: „Keine Ahnung."

Nachdem Emma sich ausreichend die Fußsohlen gerieben und eine halbe Flasche Bier verdrückt hatte, lehnte sie sich näher. „Also Boss, was steht als Nächstes auf dem Plan?"

Lydia wollte nur ungern zugeben, dass sie keine Ahnung hatte, aber es war schließlich Emma und so gestand sie ihr ihre Zweifel. Dann, so als ob sich ein Wasserhahn geöffnet hätte, sprudelten die Worte nur so aus ihr heraus: „Ich weiß nicht, ob ich das schaffe. Bislang hatte ich meistens nur Fälle als Lockvogel."

Emma runzelte die Stirn. „Was bedeutet das?"

„Na du weißt schon, du flirtest mit einem Typen und schaust, ob er standhaft bleibt."

„Warum?"

„Um zu überprüfen, ob er treu ist."

„Ach du meine Güte." Emma lehnte sich zurück.

„Ich weiß. Ziemlich trostlos." Karen hatte ihre eigene Detektei gestartet, weil sie es leid war, dass sie in ihrer früheren – von Männern geführten – Firma ständig diese Aufträge erhalten hatte. Dann hatte sie allerdings bemerkt, dass das Ganze wirklich lukrativ war. Außerdem waren diese Aufträge sowie die üblichen Beschattungen von Ehepartnern perfekt für Anfänger, weil es im Normalfall nicht um Kriminelle ging. Eigentlich war es nicht schwer, bei der Beschattung unentdeckt zu bleiben, selbst wenn man dumme Anfängerfehler machte.

„Außer wenn sich das Paar daraufhin versöhnt und Rache schwört", sagte Emma.

„Ganz genau." Lydia hatte ihr Bier schon vor einer Weile ausgetrunken und wollte noch eins. Aber nicht hier.

„Glaubst du wirklich, dass dich die Sache bis nach London verfolgt?"

„Nein", sagte Lydia. „Aber wer könnte es sonst sein?"

„Ich will ja nicht schlecht über deine Familie reden, aber ..."

„Nein." Lydia schüttelte den Kopf. „Das ist es ja. Es kann keine Familiensache sein. Die Familien lassen sich gegenseitig in Ruhe."

„Wie das?"

„Es gilt ein Waffenstillstand." Lydia fragte sich, wie viel ihre Freundin wissen wollte. In ihrer Schulzeit hatte Emma nie Fragen über ihre Familie gestellt und das war einer von vielen Gründen, warum das Band zwischen ihnen so fest war. Emma war eine der wenigen gewesen, die Lydia aufrichtig gemocht hatte, nicht nur wegen des verblassten Glanzes ihres Familiennamens.

„Was ist mit jemandem, der dir nähersteht?"

„Ein Crow?" Lydia stieß ein spöttisches Schnauben aus. Charlie hatte die Familienkämpfe beendet, nachdem er als Oberhaupt übernommen hatte, aber wie er nicht leid wurde zu betonen: Sie war eine Weile fort gewesen. Und von ihren Eltern von den meisten Dingen ferngehalten worden. Die kleine Lydia, aufgezogen in der Provinz wie eine Normalsterbliche. Wie viel wusste sie wirklich über die Crows?

Lydia hatte die Bar die ganze Zeit über beobachtet und als Guy sich entfernte und eine Blondine abklatschte, die seinen Platz hinter der Theke übernahm, stand sie auf und schickte Emma hinüber, um ihn abzufangen. Guys Miene erhellte sich, als Emma sich ihm in den Weg stellte. Seine Augen wanderten ihren Körper derart routiniert entlang, dass Lydia ihm am liebsten eine reingehauen hätte. „Hast du eine Minute?", fragte Emma lächelnd.

„Natürlich." Jetzt wurde Guys musternder Blick lüstern.

„Großartig!" Emma trat zur Seite und Lydia hielt ihm das Foto von Madeleine und ihren Freundinnen unter die Nase. „Erinnerst du dich an das Mädchen?"

„Welches?" Guy sah kaum auf das Bild.

„Die Dunkle in der Mitte. Die, die verschwunden ist."

Guy trat einen Schritt zurück. „Darüber weiß ich nichts."

Nicht zum ersten Mal wünschte sich Lydia, etwas vom Glanz ihres Vaters hätte auf sie abgefärbt. Es würde Guy in die Schranken weisen und seine Redelaune deutlich steigern. Stattdessen musste sie sich auf ihren Ruf verlassen. Sie zog eine Goldmünze hervor und beobachtete, wie Guy die Augen aufriss, als er das Wappen darauf erkannte.

„Erinnerst du dich an sie?" Emma tippte auf Madeleines Gesicht. „Das ist eine einfache Frage."

Guy starrte panisch auf das Bild. „Steckt sie in Schwierigkeiten?"

„Sie ist eine von uns", sagte Lydia. „Und ich will wissen, ob du sie hier gesehen hast. Komm schon, Guy. Beantworte die Frage und wir lassen dich in Ruhe." Sie schnippte die Münze in die Luft. Guy folgte ihr mit den Augen, die Rotation war unnatürlich langsam, sie wirkte beinahe träge. Lichtblitze zuckten aus dem Metall, genau an den Stellen, an denen die Lichter des Nachtclubs reflektiert wurden. Dann landete die Münze in Lydias Hand. Sie schloss die Finger und ließ sie verschwinden. Guy sah sie flehend, ja gar verängstigt an. Zum Glück wusste er nicht, dass sie keine Kräfte hatte, aber es war beunruhigend schön zu sehen, welche Wirkung ihr Familienname auf einen völlig Fremden hatte. Sie fühlte sich mächtig und schuldig gleichzeitig und Emmas kaum unterdrückte Überraschung war nicht gerade hilfreich.

„Ich warte", sagte Lydia.

„Letzten Freitag, oder?" Er leckte sich über die Lippe.

„Ja."

„Sie war hier", sagte Guy. „Erwähnte aber nicht, dass sie eine Crow ist." Er hielt die Hände noch. „Ich hatte keine Ahnung."

„Ist irgendetwas vorgefallen? Gab es Streit oder Ärger?"

Er schüttelte den Kopf.

„Sie war mit Freundinnen hier, hatte eine von ihnen Probleme?"

Er schüttelte erneut den Kopf und schien sich immer noch nach einem Ausweg aus dem Gespräch umzusehen. Lydia glaubte, ihr Münztrick hätte nicht ausgereicht, und wollte ihm schon Geld anbieten, da fing er an zu reden: „Sie kam mit diesen Mädchen. Sie haben Cocktailrunden bestellt. Aber später war sie nicht mehr bei ihnen."

„Sie ist gegangen?"

„Sie hat mit einem Typen geflirtet und die beiden sind gemeinsam verschwunden. Sie war maximal eine Stunde hier."

„Hast du gesehen, mit wem sie verschwunden ist?"

„Das kann ich nicht sagen." Guy blickte zu Boden.

„Warum?" Emma hatte eine Hand in die Hüfte gestemmt und sah ihn ernst an. „Du kennst ihn nicht? Dann kannst du ihn aber zumindest beschreiben."

Guy schluckte und blickte sich scheinbar hilfesuchend um. Er hatte Angst. Und da wusste es Lydia. „Wer ist hier der Boss?"

Guy schüttelte den Kopf. „Bitte frag mich das nicht."

„Sie ist mit Tristan Fox mitgegangen?", riet Lydia.

Er schüttelte den Kopf, dieses Mal heftig. So als ob er etwas abschütteln wollte. „Nein, nein, nein. Ich kann es nicht sagen."

„Tust du doch nicht", meinte Lydia. „Ich rate ja nur. Es ist ja wohl nicht deine Schuld, wenn ich richtig liege." Sie schluckte. „Paul Fox?"

Guy starrte zu Boden. Er sah aus, als müsste er gleich losheulen.

„Verstanden", sagte Lydia. Ihr war schlecht.

Nachdem Guy fort war, machten sich Lydia und Emma auf den Weg zum Ausgang.

Vor dem Club lehnte sich Lydia gegen die kühle Ziegelmauer und atmete tief ein. Es stank nach abgestandenem Rauch und Frittierfett von der Kebap-Bude an der Ecke, aber ihre Finger hörten auf zu zittern. Noch immer standen die Leute Schlange vor dem Club und Emma sah auf die Uhr. Die Haare verdeckten ihr Gesicht. Als sie wieder sprach, klang ihre Stimme komisch. Angespannt. „Lassen wir es für heute gut sein?"

„Okay", sagte Lydia und wünschte, Emma würde sie ansehen. „Suchen wir uns ein Taxi."

Sie gingen ein Stück in Richtung der Hauptverkehrsstraße und fanden dort Taxis. Einige Leute standen herum, warteten auf ihre Begleitung, leerten ihre Drinks oder überlegten, wohin sie weiterziehen sollten. Lydia versuchte noch zu verarbeiten, was sie erfahren hatte, doch es gelang ihr nicht. Wenig hilfreiche Gedanken wie „Sie ist viel zu jung für ihn" wurden ersetzt durch „Sie ist genau in dem Alter, in dem du dich in Paul Fox verknallt hast".

Vor ihnen geriet ein Mann ins Taumeln, hielt sich aber

auf den Beinen. „Alles okay, Schönheit", lallte er im Vorbeigehen. „Geile Titten."

Emma blickte dem Betrunkenen hinterher und sah
Lydia immer noch nicht an. Dann fragte sie: „Wie hast du
das gemacht?"

„Was?"

„Den Barkeeper zum Sprechen gebracht. Er wollte uns
nichts sagen." Emma biss sich auf die Unterlippe. „War das
Zauberei?"

Lydia rang sich ein Lachen ab. „Ich wünschte, es wäre
so. Das war nur der Ruf der Crows, der seine Wirkung
gezeigt hat."

Emma nickte, sah Lydia aber immer noch nicht an. „Ich
wusste es immer, das mit deiner Familie. Die Gerüchte. Ich
meine, jeder kennt die Geschichten."

„Schon gut", sagte Lydia. Sie wusste, was Emma
meinte: Jeder kannte die Geschichten, aber niemand
glaubte sie recht.

„Und ich weiß, dass du diese Münztricks kannst."
Emma riss die Augen immer weiter auf. „Ich hätte nur nie
gedacht …"

„Ich habe ihm nichts getan, ich schwöre es", sagte
Lydia. „Ich könnte es nicht, selbst wenn ich es wollte."

Emma nickte. „Okay." Sie ging zum vordersten Taxi und
öffnete die Tür. Noch immer hatte sie Lydia nicht ordentlich angesehen.

„Schreib mir, wenn du zuhause bist", sagte Lydia.

Emma nickte. „Ich rufe dich morgen an."

Lydia legte ihrer Freundin eine Hand auf den Arm, als
sie in das Taxi steigen wollte. „Ist alles in Ordnung?"

„Natürlich", sagte Emma, aber ihr Blick wanderte über

Lydias Kopf hinweg. Sie sah ihr nicht einmal ansatzweise in die Augen.

Lydia wollte gerade das nächste Taxi nehmen, als eine vertraut wirkende Gestalt hinter einer Gruppe Menschen hervortrat. Er legte eine Hand auf Lydias Arm und sie spürte ein elektrisches Zucken. Ein animalischer Geruch ging von ihm aus, gepaart mit Winterluft und warmer Erde. Fox.

Für einen Moment setzte ihr Herzschlag aus und sie glaubte, es wäre Paul. Doch dann sah sie hoch. Er war es nicht. Aber auf jeden Fall ein Fox. Womöglich einer von Pauls Brüdern. Das Gesicht des Mannes war perfekt symmetrisch mit den kantigen Wangenknochen und den geschwungenen Lippen, die Paul Fox für die junge Lydia so unwiderstehlich gemacht hatten. Es wirkte jedoch kalt und gefühllos und hatte nichts von der herzlichen Wärme, die Paul entweder ausstrahlte oder auszustrahlen vermochte, wenn er wollte.

Die Hand auf ihrem Arm drückte schmerzhaft zu. „Du solltest nicht hier sein, Vögelchen."

Lydia richtete sich auf und zwang sich, ihm direkt in die Augen zu sehen. Sie befanden sich in der Öffentlichkeit, umringt von Taxifahrern und unzähligen Partygängern als Zeugen. „Was geht dich das an?" Sie zog ihren Arm weg und war überrascht, dass er ihn so einfach losließ.

„Flieg davon. Flieg schnell davon." Er lehnte sich zu ihr, einen Arm um sie geschlungen, die Lippen auf ihre Wange gedrückt, so als ob er sich freundschaftlich von ihr verab-schieden würde. Sie verspürte ein Stechen und Lydia hob unweigerlich die Hand an ihr Gesicht.

Er lächelte und Lydia zitterte, der Duft der Fox wurde

stärker und drang in ihre Nasenlöcher. Sie musste husten.

„Pass auf dich auf, Vögelchen."

Lydia blickte ihm hinterher. Die Hände hatte er in die Taschen gesteckt, er wirkte, als wäre nichts geschehen.

„Willst du jetzt mitfahren?"

Der Taxifahrer hatte sein Fenster heruntergelassen und klang müde. Er hatte vermutlich schon genug Betrunkene gefahren, die vergessen hatten, wo sie hinwollten.

Lydia stieg ein und nannte ihm ihre Adresse. Es ärgerte sie, dass sie am ganzen Körper zitterte. Die Familie Fox konnte ihr nichts anhaben. Sie rieb sich den Arm und wandte sich dem viel wichtigeren Thema zu, ihrer besten Freundin.

Emma hatte schockiert ausgesehen. Sie hätte Guy nicht vor Emma befragen sollen, das war dumm von ihr gewesen. Sie hatte ihre beste Freundin verängstigt. Beim Höllenfalken! Der alte Fluch fiel ihr ein und Lydia warf frustriert den Kopf gegen die Stütze. Es war egal, dass sie ungefähr so gefährlich wie eine Spritzpistole war oder dass sie kaum etwas über das Familienunternehmen wusste. Sie hatte ihrer Sandkastenfreundin Angst gemacht. Sie war bis nach Schottland gelaufen, doch das änderte nichts. Sie war noch immer die alte Lydia: keine Crow, aber auch nicht ganz normal. Mit jeweils einem Fuß in beiden Welten, aber zu keiner richtig zugehörig.

Wie musste das für Madeleine gewesen sein, im Schoß der Familie aufzuwachsen? Hatte auch sie davonlaufen wollen? Hatte sie dabei etwa zufällig dieselbe Art der Rebellion gewählt, wie Lydia in diesem Alter? Mit einem Fox ins Bett zu steigen? Doch wenn jemand seine Taten wiederholte, war es wohl vielmehr Paul Fox ... Was unweigerlich zu der Frage führte: Was wollte er? Und war es dasselbe, was er acht Jahre zuvor von ihr gewollt hatte? Lydia schloss die Augen und sah die blitzenden Lichter des Clubs vor sich, schimmernde Körper, die sich auf der Tanzfläche bewegten.

Was hatten die Crows, was die Fox' schon immer gewollt hatten?

Alles.

KAPITEL NEUN

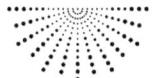

Lydia lief durch das Café und die Treppe hinauf zur Wohnung. Das Adrenalin schoss noch durch ihren Körper, aber sie wusste, dass es jeden Moment verschwinden würde. Sie ging ins Bad und nahm eine heiße Dusche. Einem Fox nahezukommen, hinterließ ein schmutziges Gefühl auf ihrer Haut. Sie konzentrierte sich auf die Wirkung des heißen Wassers, das Einschäumen und das Auswaschen des Haares, bis die alten Erinnerungen wieder tief vergraben waren. In ein Handtuch gewickelt, auf dem Weg zurück ins Schlafzimmer, zuckte Lydia zusammen, als der Geist in der Tür stand.

„Beim Höllenfalken!", entfuhr es Lydia. Sie umklammerte ihr Handtuch und versuchte, sich zu beruhigen. „Du musst wirklich damit aufhören, mich so anzuspringen."

„Tut mir leid." Er blickte zu Boden, die Hände hingen an beiden Seiten herunter und er murmelte etwas Unverständliches.

„Was? Ich kann dich nicht hören."

„Ich bin nicht gesprungen", sagte er schmollend. „Und ich habe auf dich gewartet. Ich war höflich."

„Erwartest du jetzt von mir, dass ich mich dafür bedanke, dass du mir nicht unter die Dusche gefolgt bist?" Die Worte waren gesagt, bevor Lydia es realisierte. Ihr drehte sich der Magen um. „Tu das ja nie!", fügte sie eindringlich hinzu.

Er sah entsprechend ängstlich aus. Würde er noch leben, würde er vermutlich unruhig werden, aber er rührte sich nicht. Noch ein Hinweis, dachte Lydia. Er verhielt sich unnatürlich. Sie überlegte, ihm die Schlafzimmertür ohne ein weiteres Wort vor der Nase zuzuknallen. Sie hatte immerhin schon genug Sorgen, brachte es jedoch nicht über sich. „Gib mir einen Moment, damit ich mich anziehen kann", sagte sie stattdessen und schlüpfte an dem reglosen Gespenst vorbei.

Nachdem sie sich in Rekordtempo eine Pyjamahose und ein langärmliges Baumwollshirt angezogen und das feuchte Handtuch über dem Heizkörper aufgehängt hatte, öffnete sie die Tür. „Komm rein, wenn du willst."

Der Geist glitt an ihr vorbei und Lydia widerstand dem Drang, nach ihm zu greifen und ihn zu berühren. Sie wollte sehen, ob er genauso fest war, wie er aussah. „Du hast also auf mich gewartet. Was willst du?"

„Warum kannst du mich sehen? Was bist du?"

„Ich bin nur ein normaler Mensch", sagte Lydia.

„Sonst hat niemand mich je gesehen. Ich bin an diesem Ort aufgewacht, aber nach einer Weile Üben konnte ich ihn auch verlassen. Ich konnte nur noch daran denken, meine …", er brach ab. „Sie zu besuchen. Aber sie konnte mich nicht sehen. Sie liebte mich und trauerte so sehr. Dabei stand ich genau vor ihr."

Mist. Lydia blickte in sein schmerzverzerrtes Gesicht und fühlte sich noch miserabler. „Es tut mir leid", sagte sie. „Ich weiß nicht, was ich sagen soll."

„Es muss etwas mit dir zu tun haben. Du bist eine von denen, nicht wahr? Du stammst aus einer der Familien."

„Du weißt davon?", fragte Lydia.

Er zuckte mit den Schultern. „Meine Familie lebt schon lange in Camberwell. Da hört man einiges."

Lydia wandte ihren Blick ab, sie konnte sein Leiden nicht länger ertragen. „Ich bin Lydia Crow. Mein Onkel ist Charlie Crow. Ihm gehört das Haus hier."

„Als du normal sagtest, meintest du das also in dem Sinn, dass du der mächtigsten Magierfamilie Londons entstammst? Das ist nicht die übliche Verwendung für dieses Wort."

Sein Sarkasmus war zurück und Lydia riskierte es, ihn wieder anzusehen. Mit Sarkasmus konnte sie umgehen. „Du verstehst das nicht", sagte sie. „Warum verrätst du mir nicht deinen Namen? Ich vertraue niemandem, der so geheimniskrämerisch tut. Das ist meistens kein gutes Zeichen. Vor allem nicht bei Gewalttätigen."

„Ich bin nicht gewalttätig." Der Jackett-Mann sah aufrichtig verletzt aus.

„Es ist ja nicht so, dass ich dir nicht dankbar wäre." Lydia überlegte wie sie den Sprung von „Danke, dass du den Kerl überwältigt hast" zu „Aber du hast einen Mann vom Dach geworfen und ich habe keine Ahnung, ob du nicht irgendwann austickst und dasselbe mit mir anstellst" schaffen konnte.

„Du bist doch diejenige, die mir etwas antun kann. Ich kenne die Gerüchte über die Crows."

„Dann solltest du es aber besser wissen und nicht so

daherreden."

„Ich weiß, was deine Familie macht. Deshalb verrate ich dir meinen Namen nicht. Du willst mich nur überprüfen und vertreiben oder was auch immer. Dein Onkel hat dich bestimmt zum Aufräumen hergeschickt."

Lydia überlegte. War es möglich, dass Charlie ihr dieses verwunschene Gebäude als Prüfung überlassen hatte? Damit sie auf ihre Vorsicht vergaß und ihm ihre Macht demonstrierte? „Weiß er von dir?"

„Was?" Der Geist sah verwirrt drein. „Keine Ahnung."

„Du hast gesagt, niemand hat dich je zuvor gesehen. Ich habe mich gefragt ..."

„Ich glaube, er hat mich nicht gesehen, aber vielleicht hat er nur so getan."

„Möglich", sagte Lydia. „Das würde zu ihm passen."

Ein kurzes Schweigen entstand, während Lydia überlegte, wie viel sie preisgeben sollte. Er war ein Fremder, aber auch nicht real. Er war ein Geist und würde womöglich jeden Moment verschwinden. „Die Sache ist die", sagte Lydia, „ich bin keine richtige Crow. Ich gehöre zwar zur Familie, aber ich bin praktisch kein Teil davon."

Er sah sie skeptisch an.

„Wirklich", sagte Lydia. „Du musst dir keine Sorgen machen. Ich bin nicht hier, um dich zu vertreiben. Ich bleibe nur ein paar Wochen, dann bist du mich wieder los. Ohne großes Aufheben."

„Aber du bist eine Art Detektivin. Du arbeitest für deinen Onkel."

„Hör zu." Ihre Geduld schwand. „Ich wurde außerhalb der Familie aufgezogen und selbst wenn ich zur Organisation gehörte, wäre ich nur ein kleiner Teil davon. Ein sehr kleiner."

„Aber, aber die Crows ... Ich meine, es sind die Crows. Ich bin nicht dumm. Nicht jeder glaubt die Geschichten, aber ich habe das immer getan. Ich weiß Dinge."

„Die Crows waren große Schurken, ja. Früher betrieben sie illegale Geschäfte und heute sind sie immer noch ein wenig zwielichtig ... Sie sind mächtig, ja. Aber ich nicht." Lydia setzte sich auf das Bett. „Und Charlie weiß, dass ich keine Macht in mir trage. Keinen Funken. Ich bin eine Anomalie. Ein genetischer Fehler."

Er runzelte die Stirn, dadurch wirkte er noch lebendiger. „Und stimmt das?"

„Es ist die reine Wahrheit", sagte Lydia. Weitestgehend stimmte das. Ganz genau genommen beschränkte sich ihre Kraft darauf, die Macht anderer zu spüren. Lydia konnte wahrnehmen, ob jemand Verbindungen zu einer der Familien hatte. Wenn die Macht einer Person stark genug war, konnte sie ihr sogar ansehen und spüren, ob sie wie ein Silver sprach oder wie ein Pearl schimmerte. Sie war wie eine Sicherheitsschleuse am Flughafen, die piepte, wenn jemand Magie in sich trug. Sie war ein simples Funktionsgerät. Was Magie anging, war sie so etwas wie ein Toaster. Wie armselig.

„Oh." Er kam über die Türschwelle ins Zimmer und hielt dann wieder inne. Er wirkte unsicher. „Du bist nicht hier, um mich zu töten?"

Lydia überlegte, ob sie ihm den offensichtlichen Fehler in seiner Aussage aufzeigen sollte, schüttelte aber nur den Kopf. „Ich schwöre es. Wie lange bist du schon hier?"

Er zögerte, dann sagte er: „35 Jahre."

„Verdammt." Er war in den frühen Achtzigern gestorben. Das erklärte das furchtbare Jackett. „Ist es hier geschehen?"

Er kniff die Augen zusammen. „Willst du herausfinden, was mich hier hält? Willst du mich endgültig auslöschen?"

„Nein", sagte Lydia und konnte ein kleines Lächeln nicht unterdrücken. „Ich versuche, mich zu unterhalten. Ich kann damit aufhören, wenn du willst."

Er antwortete nicht. Lydia entschied sich, es ihm gleich zu tun und ihn zu ignorieren. Sie lehnte sich gegen ihre Kissen zurück und griff nach ihrem Buch.

„Es war unsere Hochzeitsfeier."

Lydia sah auf. „Im Fork?"

„Ja", entgegnete er. „Damals war es noch netter. Und hier hatten wir unser erstes Date, also …"

„Das ist wirklich süß", warf Lydia eilig ein. „Sehr romantisch."

„Das war es", sagte er. „Wir kamen nach dem Gottesdienst hierher. Der Besitzer überließ uns das ganze Lokal und wir dekorierten es mit Luftballons. Wir hatten zu trinken und Amys Mutter brachte ein paar Kleinigkeiten. Das Fork hatte zwar ein Buffet vorbereitet, aber sie meinte, es wäre sonst keine Party. Und wir hatten Champagner. Richtigen, nicht dieses andere Zeug."

„Sehr schön", sagte Lydia.

„Ich lass dich dann mal weiterlesen", sagte er plötzlich steif, so als hätte er erkannt, dass er zu viel preisgegeben hatte.

„Du musst nicht gehen", rief Lydia, aber er hatte sich bereits abgewandt. „Es tut mir leid", fügte sie hinzu, auch wenn sie wusste, dass es ihm nicht helfen würde.

Er hielt inne und sagte, ohne sich umzudrehen: „Jason."

„Schön dich kennenzulernen", antwortete Lydia. „Gute Nacht, Jason."

· · ·

Emma hatte ihr eine SMS geschickt, ein simples Ja auf die Frage, ob sie gut nach Hause gekommen war. Sonst nichts. Lydia bekam das Bild ihrer Freundin nicht mehr aus dem Kopf. Die Verwirrung war der kaum verhohlenen Angst gewichen. Jetzt ging Emma nicht ans Telefon. Lydia hinterließ ihr eine Nachricht auf dem Anrufbeantworter, eine auf der Mailbox ihres Handys und schickte ihr drei lustig verfasste Kurznachrichten mit lächelnden Emojis. Nichts.

Weil sie sich ablenken musste und Essen brauchte, steuerte Lydia den nächstgelegenen Tesco an und machte einen großen Bogen um den Supermarkt der Pearls. Sie drückte nachdenklich eine Avocado, als ihr Handy klingelte. Es war Fleet, er klang wie immer ernst. „Wir müssen reden."

„Schießen Sie los", sagte Lydia und legte das Obst zurück.

„Das machen wir am besten unter vier Augen", sagte Fleet. „Ich bin gerade in der Gegend."

Das war kein gutes Zeichen. Lydia schob ihre unangenehme Vorahnung beiseite und beendete ihren Einkauf. Sie legte Lasagne, verzehrfertigen Salat, Äpfel, Milch, eine Flasche Bourbon und eine riesige Packung Essigchips in ihren Einkaufskorb und ging zur Kasse.

Der Supermarkt befand sich nur zwei Straßen vom Café entfernt und Lydia war überrascht, Fleet bereits an seinem parkenden Auto lehnen zu sehen. Mit „in der Gegend" hatte er wohl „vor der Tür" gemeint.

„Ein weiterer Hausbesuch, DCI Fleet? Ich fühle mich geehrt." Lydia gab sich ordentlich Mühe, sein attraktives

Äußeres zu ignorieren. Er trug einen gut geschnittenen dunkelblau-gräulichen Dreireiher mit einem schieferfarbenen Hemd und einer weinroten Krawatte. Das, kombiniert mit seiner Größe und den breiten Schultern, ließ ihn wie ein Model auf einem GQ-Cover und weniger wie einen Polizisten aussehen. Lydia fuhr sich mit der Zunge über die Lippen und vermied den Gedanken daran, welch wohlgeformte Oberarme sich wohl unter dem guten Schnitt verbargen.

Er neigte den Kopf. Da war es wieder. Dieses Lächeln, das auf mehr als einen Höflichkeitsbesuch hinwies. Lydia fragte sich, ob es nur ihr galt. Er machte nicht den Eindruck, als würde er ständig flirten, aber wenn es um Männer ging, vertraute Lydia ihren Instinkten nicht. „Nennen Sie mich Ignatius."

„Warum? Wird das wieder ein Höflichkeitsbesuch?"

Er streckte seine Hand mit der Innenfläche nach unten aus und wackelte damit, so als ob er sagen wollte: „Halb halb." Dann deutete er mit dem Kopf in Richtung des Cafés. „Wollen wir?"

Lydia sperrte die Vordertür auf und führte Fleet nach oben. Statt ihr zu folgen, blieb er jedoch im Café stehen und sah sich um. „Sie haben ganze Arbeit geleistet."

„Das war nicht ich", sagte Lydia und nahm die Einkaufstüte in die andere Hand, um ihrem Arm eine Pause zu gönnen. Fleet eilte nach vorne. „Verzeihung. Lassen Sie mich das tragen."

„Ist schon gut", sagte Lydia, machte einen Schritt zurück und verlor beinahe ihr Gleichgewicht.

Fleet hielt sofort inne. „Tut mir leid. Ich wollte Sie nicht erschrecken."

Ohne zu wissen warum, verspürte Lydia plötzlich den

Drang zu schreien. „Das haben Sie nicht", brachte sie schließlich hervor.

Der Schimmer, den sie schon einmal an ihm wahrgenommen hatte, war zurück. Er zog sich über seine gesamte Gestalt und Lydia fiel es schwer, ihn zu ignorieren. Sie überspielte ihre Verlegenheit mit der Frage: „Ignatius? Was ist das denn für ein Name?"

„Ein nerviger."

Die Spannung löste sich und Lydia rang sich ein Lächeln ab. „Kommen Sie", sagte sie und ging die Treppe voraus. Lydia öffnete die Tür zum Wohnzimmer und hoffte, dass es leer war. Ein kurzer Rundumblick bestätigte, dass Jason nicht am Fenster schwebte oder sonst etwas Merkwürdiges tat.

„Setzen Sie sich, ich räume das schnell weg."

Lydia stellte die Milch, den Salat und die Lasagne in den Kühlschrank und ließ den Rest auf der Anrichte der winzigen Küche stehen. Sie schaltete den Wasserkocher an und ging dann zurück ins Wohnzimmer zu Fleet.

Er stand im Erkerfenster und blickte auf die Straße hinab. In diesem Moment kam die Sonne hinter den Wolken hervor und erhellte sein Gesicht.

„Ich habe Tee oder Kaffee im Angebot, allerdings nur instant. Also der Kaffee, nicht der Tee. Der Tee ist in Beuteln." Lydia presste ihre Lippen zusammen, damit nicht noch mehr wirre Worte heraussprudelten. Fleet wirkte in diesem Zimmer unglaublich groß und sie bereute es, ihn mit nach oben gebracht zu haben. Sie hatte ihn aus Charlies Café fernhalten wollen, doch jetzt fragte sie sich, ob das hier nicht schlimmer war. Ihn sozusagen hinter den Vorhang blicken zu lassen. Es war ja schön und gut, wenn Charlie sagte, sie solle nicht zur Polizei gehen, aber was, wenn die Polizei zu ihr kam? Und dann in ihrem nackten, traurigen Wohnzimmer stand und alles somit nur noch trostloser aussehen ließ?

„Für mich nichts, danke", sagte Fleet. Er hatte seine Hände hinter dem Rücken verschränkt. „Ich werde mit dem Arbeitsteil beginnen."

„Alles klar", sagte Lydia. „Setzen Sie sich."

Fleet setzte sich auf das Sofa, legte seine Arme auf den Oberschenkeln ab und überkreuzte die Finger. Er sah ernst drein und Lydia verspürte einen Anflug von Angst.

„John Smith ist tot."

„Was?" Lydia spürte, wie ihre Beine nachgaben. Es gab keinen weiteren Stuhl, also ließ sie sich zu Boden sinken und überkreuzte die Beine.

„Er erlitt gestern am späten Abend einen Herzstillstand."

„Aber er war doch wach. Ich dachte, Sie hätten mit ihm gesprochen?"

Fleet schüttelte den Kopf. „Nur kurz. Den Verletzungen zufolge landete er mit den Füßen voraus. Offenbar war der Schaden an seinem Gehirn aber schwerwiegender als zunächst angenommen. Die Schwellung des Gehirns war so stark, dass er für vierundzwanzig Stunden ins Koma versetzt werden musste. Gestern versuchte man, ihn zu wecken und soweit ich das verstanden habe ... viele medizinische Fachbegriffe und Drumherumgerede ... Jedenfalls ging man davon aus, dass seine Bewusstlosigkeit nachließ. Er begann auf die Reizstimulation zu reagieren."

„Er wäre also wieder aufgewacht?"

„Anscheinend. Auch wenn es dafür natürlich keine Gewissheit gab."

„Und dann ist er einfach gestorben?" Lydia fragte sich,

ob Jason hier war und mithörte, und wie er sich wohl dabei fühlte, einen Menschen umgebracht zu haben. Sie dachte an John Smiths kaltblütigen Gesichtsausdruck und hoffte, dass es dem Geist nichts ausmachte.

„Smith atmete selbstständig, aber er lag auf der Intensivstation und wurde überwacht. Der Alarm ging um 01:27 Uhr los, um 01:56 Uhr wurde er für tot erklärt. Die Obduktion sollte heute oder morgen abgeschlossen sein, dann werden wir Genaueres wissen." Er machte eine Pause. „Interessant ist jedoch, dass es eine Lücke in der Videoüberwachung gibt, kurz bevor der Alarm losging."

Lydia befahl ihren Gesichtsmuskeln, nicht darauf zu reagieren.

Fleet schwieg einige Augenblicke lang, er sah sie nur an, so als warte er darauf, dass sie etwas sagte, was er schon längst wusste. Es war eine exzellente Taktik und meisterhaft angewandt. Lydia hatte einen Verhörkurs absolviert und erinnerte sich an die Stimme des Trainers: „Lassen Sie Phasen der Stille entstehen, die der Befragte füllen will." Das tat Fleet auf jeden Fall. Aber dieses Spiel konnten zwei spielen und Lydia presste ihre Lippen zusammen. Bildete sie sich das nur ein oder wurde sein Blick sanfter? Weiteten sich seine Pupillen? Befragte er sie oder sah er sie lüstern an? Bei dem Gedanken stieg ihr die Röte ins Gesicht. Um ihre Verwirrung zu überspielen, ging sie in die Offensive. „Haben Sie schon mehr über seine Identität herausgefunden? Es sind immerhin einige Tage vergangen."

Fleet schüttelte den Kopf. „Niemand hat sich gemeldet, niemand hat ihn besucht …" Eine Pause. „Also niemand, von dem wir wissen. Denken Sie immer noch, dass der Angriff Ihnen galt? Wegen Ihres Familiennamens?"

Lydia ließ sich mit ihrer Antwort Zeit. Er konnte so

viele Fragen abfeuern, wie er wollte, sie war nicht nur eine ausgebildete Ermittlerin, sie war auch mit Henry Crow als Vater aufgewachsen. Ein Cop, selbst ein guter, dessen Sexappeal fürchterlich ablenkte, konnte da nicht mithalten. „Ich bin mir nicht sicher", antwortete sie schließlich. „Wie ich Ihnen bereits sagte, es war nur ein Gefühl. Womöglich hat die Panik aus mir gesprochen. Ich dachte nur, ich sollte Ihnen das sagen. Mit offenen Karten spielen, sozusagen."

„Ach so?" Fleet deutete ein Lächeln an.

„Behandeln Sie Smiths Tod als verdächtig?"

„Ich behandle alles, was mit dem Mann zu tun hat, als verdächtig", sagte Fleet. „Irgendetwas stimmt hier nicht. Die fehlende Aufnahme ist ebenfalls merkwürdig. Wir überprüfen, wie so etwas passieren konnte."

„Kann ich ihn sehen?"

„Wie bitte?"

Die Chancen, dass Mr. Carter ihr wegen seines kleinen Ärgernisses bis nach London gefolgt war, waren gering. Auch wenn Lydia wusste, dass sie ein Talent dafür hatte, Menschen ans Bein zu pinkeln, so war sie doch noch nicht lange genug in der Stadt. Was bedeutete, dass John Smith von jemand anderem geschickt worden sein musste. Womöglich einem Fox. Während des Angriffs hatte sie keine Verbindung zu einer Familie gespürt, aber vielleicht hatte die Angst sie gelähmt. „John Smith. Kann ich ihn sehen?"

„Sie sind das Opfer in einer laufenden Ermittlung. Ich halte das nicht für klug."

„Vielleicht kann ich ihn identifizieren." Oder ein bisschen Magie spüren, wenn sie schon so ein tolles Gerät war.

Fleet kniff die Augen zusammen. „Sie sagten, Sie kennen ihn nicht."

„Das glaube ich auch nicht, aber die Situation war ziemlich gruselig." Lydia zuckte mit den Schultern. „Sie sind vielleicht daran gewöhnt, dass Ihr Leben bedroht wird, aber ich nicht. Ich konnte kaum etwas sehen, so viel Angst hatte ich. Vielleicht habe ich mich getäuscht."

Er überlegte. „Ich kümmere mich darum."

„Super." Zu spät erkannte Lydia, dass sie vermutlich zu enthusiastisch geklungen hatte. Fleet musste sie spätestens jetzt für ziemlich merkwürdig halten. „Was war der private Grund?"

„Wie bitte?"

„Sie meinten, der Besuch wäre halb beruflich, halb privat." Lydia versuchte, ihren beschleunigten Herzschlag zu ignorieren.

„Es kann keinen privaten Grund geben", sagte Fleet. „Nicht offiziell." Er sah sie eindringlich an, so als ob er sich wünschte, er könnte mehr sagen.

„Das ergibt keinen Sinn."

„Sie sind das Opfer in einer laufenden Ermittlung. Jeder private Kontakt zwischen mir, dem leitenden Ermittler in diesem Fall, und Ihnen, dem Opfer, wäre unangemessen."

„Könnten Sie aufhören, das zu sagen?"

„Was?"

„Opfer."

Zum ersten Mal sah Fleet unsicher drein. „Ach so. Ja. Tut mir leid."

„Die private Sache war also, dass es keine private Sache gibt."

„Ja", sagte Fleet. „Ich hielt es für das Beste, das klarzustellen."

„Und Sie finden, das tun Sie?" Lydia verschränkte die Arme. „Das klarstellen?"

Er schüttelte den Kopf. „Ich weiß nicht, was ich tue. Ich dachte nur, ich sollte etwas sagen … Nach dem Besuch neulich Abend. Das war unangemessen. Ich weiß nicht, was ich mir dabei gedacht habe. Ich möchte mich dafür entschuldigen."

„Kein Problem", sagte Lydia. Plötzlich verspürte sie ein merkwürdiges Gefühl in sich aufsteigen, es kam ihr vor wie Erschöpfung. Doch einen Augenblick später konnte sie es identifizieren: Enttäuschung. Er war Polizist und wollte nur klarstellen, dass er sich an die Regeln hielt. Oder, genauer gesagt, er wollte klarstellen, dass er sich nicht die Mühe machen würde, die Regeln zu verletzen.

Fleet stand an der Tür, bereit zu gehen.

„Achten Sie darauf, die Vordertür ordentlich zu schließen", sagte sie und entließ ihn aus dieser merkwürdigen Unterhaltung.

„Sie sollten den Riegel vorschieben."

„Danke für den Tipp", sagte Lydia.

„In Ordnung. Dann gehe ich mal." Er nickte, als hätte er eine Entscheidung getroffen, und ging.

Lydia lauschte seinen Schritten und ohne groß darüber nachzudenken, folgte sie ihm. „Fleet?"

Er blieb stehen und drehte sich auf der Treppe um.

„Diese Lücke in der Kameraaufnahme, war das ein Schnitt? Hat jemand das Band manipuliert?" Auch wenn Lydia nicht wusste, warum man dann nicht einfach das ganze Band löschte.

Einen Moment lang war Lydia sich nicht sicher, ob er antworten würde, dann aber sagte er: „Das Bild ist fünf Minuten lang verschwommen. So als ob es eine elektrische Störung gegeben hätte."

Charlie. Verdammt.

KAPITEL ZEHN

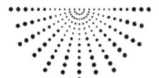

Die Gerichtsmedizin war ein moderner Anbau am hinteren Teil des Hauptgebäudes des Krankenhauses. Lydia war nie zuvor in einer solchen gewesen, auch wenn sie aus den Fernsehkrimis zu wissen glaubte, was sie erwartete. Diese gruseligen Wandschubladen. Ein junger Polizist, der sich in einer Ecke übergab. Der schrullige, enthusiastische Gerichtsmediziner.

Sie stieg aus ihrem alten Volvo und klingelte an der nichtssagenden Tür. Nur ein kleines Türschild mit dem NHS-Logo und dem Wort *Pathologie* verriet, dass sie am richtigen Ort war. Lydia überkam eine nervöse Vorahnung. Natürlich wusste sie, dass die Chance, hier auf magische Wesen zu treffen, genau so groß war wie an jedem anderen Ort. Menschen verstarben überall. Vor allem an einem viel bevölkerten Ort wie London. Dennoch, die Konfrontation mit der Sterblichkeit ließ einen abergläubisch werden.

Die Tür wurde geöffnet. Statt eines Gerichtsmediziners oder eines Empfangsmitarbeiters trat Fleet heraus. Er trug einen Anzug und hatte seinen Wollmantel über einen Arm gelegt. „Auf die Minute pünktlich", sagte er. „Sind Sie bereit?"

Lydia nickte. Plötzlich verspürte sie die Last ihres Familiennamens. Sie durfte nicht ohnmächtig werden oder sich übergeben. Sie war Lydia Crow und Crows zeigten keine Schwäche.

Drinnen befand sich ein kleiner Warteraum mit gepolsterten Stühlen und einem niedrigen Tisch mit Zeitschriften. Es war warm und am Rezeptionstresen stand eine Vase mit frischen Blumen. An der Wand hing eine Tafel, an der Dankeskarten in gedeckten Farben sowie Flyer von örtlichen Bestattungsunternehmen steckten.

Sie wurden von einer Frau in grünem Kittel und Plastikschürze abgeholt. „Das ist Felicity Syed", sagte Fleet. „Felicity, das ist Lydia Crow. Sie möchte einen Blick auf ihn werfen."

Lydia wusste nicht, ob sie ihr die Hand reichen sollte, doch bevor sie sich entscheiden konnte, gingen sie schon einen anonymen, nackten Gang entlang. Sie schritten durch einige Türen, die mit Tastencodes geöffnet wurden, und traten in einen strahlend weißen Raum, in dem es nach der Wärme der öffentlich zugänglichen Flächen plötzlich richtig kühl war. Lydias Gehirn versuchte, sich an den surrealen Anblick der vier Edelstahltische mit den Abflusslöchern zu gewöhnen, über denen jeweils eine Lampe angebracht war.

„Da wären wir." Felicity führte sie zu dem einzigen belegten Tisch. Unter einem Laken zeichnete sich die Gestalt eines Körpers ab und für eine Millisekunde überlegte Lydia, doch einen Rückzieher zu machen.

Felicity schlug das Laken um, zunächst legte sie die Füße frei, dann die Beine, den Oberkörper und schließlich den Kopf. Es war der Pistolen-Mann. Lydia erkannte ihn sofort, während sie sich innerlich einredete, nicht auf ein menschliches Wesen hinabzusehen. Es war kein Mensch, nur eine humanoide Gestalt oder eine Wachsfigur. Da war jedoch der Geruch, der an ihrer Nase und an ihrem Gaumen kitzelte. Etwas Fleischiges, das unter dem Gestank von Desinfektionsmittel und Ethanol hervorstach.

„Erkennen Sie ihn wieder?"

„Ja", brachte Lydia mühsam hervor.

„Wissen Sie, wer er ist? Kennen Sie seinen Namen?"

„Nein", sagte Lydia. Unter dem Laken war der Mann beinahe nackt. Nur ein grünes Tuch war um seine Körpermitte gelegt und bedeckte Oberschenkel, Lende und den unteren Bauch. Es wirkte grotesk, so als hätte er sich nach dem Duschen ein Handtuch umgebunden. Gleichzeitig war Lydia sehr froh darüber, dass er nicht ganz nackt war. Seine Brust zierten mehrere Tattoos, alle mit schwarzer Tinte gestochen. Zwei achtspitzige Sterne, jeweils einer unter jedem Schlüsselbein. Sie wirkten rustikaler als das komplizierte Bild von Prometheus, der an einen Felsen im Meer gebunden war, und dem Segelboot im Hintergrund. Es bedeckte Brust und Bauch. Um eines seiner Handgelenke war ein verschlungenes Motiv gestochen und Lydia beugte sich hinab, um darin nach Buchstaben oder einem bekannten Symbol zu suchen. Doch die Tätowierungen sagten Lydia nichts. Sie dachte angestrengt nach, ging die alten Familienweisheiten durch, magische Beschwörungsformeln und Mythen, aber auch die Symbole der vier Familien und die Namen ihrer Kunden in Aberdeen. Nichts.

Fleet beobachtete sie eindringlich. „Wir haben ihn als Artur Bortnik identifiziert."

„Ein Russe?"

„Sie wirken überrascht."

„Er hatte keinen Akzent. Das hätte ich Ihnen gesagt."
Lydia blickte auf die Füße des Mannes. An seinem linken
Fuß befand sich ebenfalls ein Tattoo. Ein weiterer Stern.
„Woher wissen Sie das?"

„Die hier", Fleet deutete auf die achtspitzigen Sterne an
den Schultern, „weisen nach russischer Gefängnistradition
auf einen Profikiller hin."

„Was bedeutet das?" Lydia zeigte auf die Bilder aus der
griechischen Mythologie.

„Die Ketten und das Schiff symbolisieren wahrschein-
lich, dass er aus dem Gefängnis ausbrechen kann oder
konnte und dass er bereit ist, für Aufträge zu reisen."

Lydia konnte ihren Blick nicht von Bortnik abwenden.
„Warum haben Sie mich zu ihm gelassen, wenn Sie ihn
bereits identifiziert haben?"

„Wir hatten einen Treffer bei Interpol. Bortnik hatte
Kontakte zur Bratva. Ich weiß nicht, wie tief er drinsteckte,
aber er war mit einigen rangniederen Mitgliedern gesehen
worden, was ausgereicht hatte, ihn in die Datenbank aufzu-
nehmen." Fleet reckte sein Kinn nach vorne und sah sie
mit seinen braunen Augen an. Er wirkte sowohl besorgt als
auch misstrauisch. „Ich wollte sehen, ob das hier", er
deutete auf die Gestalt des toten Russen, „Ihr Gedächtnis
anregt."

„Nein", sagte Lydia. „Wenn dem so wäre, würde ich es
Ihnen sagen."

„Und Ihnen fällt kein Grund ein, warum es die Bratva
auf Sie abgesehen haben könnte?"

„Ich habe keine Verbindung zur russischen Mafia",
sagte Lydia. Dass sie das überhaupt einmal sagen müsste.
Sie war noch nicht einmal in Russland gewesen.

„Er war gut in Form." Gnädigerweise wandte Fleet seinen musternden Blick von ihr ab und musterte die Leiche. „Oben herum zumindest."

Lydia presste ihre Lippen zusammen. Plötzlich wurde der Brechreiz stärker und sie spürte, wie sich Schweißperlen auf Stirn und Nacken bildeten.

Felicity, die sich diskret im Hintergrund gehalten und etwas auf einem Tablet gelesen hatte, trat nach vorne und zog das Laken über den Oberkörper und den Kopf des Russen. „Möchten Sie sich setzen?"

Lydia schüttelte schwach den Kopf. In ihren Ohren rauschte ein Echo und aus den Augenwinkeln heraus breitete sich Schwärze aus.

„Setzen Sie sich", sagte Felicity und führte Lydia zu einem Stuhl. Sie legte eine Hand auf Lydias Hinterkopf und drückte ihn nach unten. „Sehen Sie zu Boden."

Binnen weniger Augenblicke verschwand das Rauschen in ihren Ohren. Sie richtete sich auf.

„Ganz langsam", sagte Felicity.

„Das passiert bestimmt ständig", sagte Lydia und kam sich richtig dämlich vor.

„Kommen Sie." Fleet sah schuldbewusst drein. „Ich lade Sie zum Mittagessen ein."

„Ich habe keinen Hunger", sagte Lydia, war jedoch froh, das Krankenhaus verlassen zu können.

Obwohl Lydia speiübel war, wollte sie gern wissen, welche Art von Lokal der rätselhafte Polizist wohl wählen würde. Erfreut stellte sie fest, dass es eine italienische Bar mit ordentlichem Kaffee und einer nicht zu prätentiösen, aber auch nicht zu eintönigen Speisekarte war. Drinnen hingen hölzerne Balken an der Decke und auf den Regalen stand allerlei Schnickschnack wie eine rostige Metallwaage, alte Glasflaschen oder Engelsfigürchen.

An einem gemütlichen Tisch in einer ruhigen Ecke, den Rücken an die Wand gelehnt und mit Überblick über das gesamte Lokal, spürte Lydia, wie die Verspannung in Schultern und Nacken ein wenig nachließ. Der Anblick des Angreifers auf dem Metalltisch hätte sie erleichtern sollen. Er konnte ihr nichts mehr anhaben. Sie war in Sicherheit. Die Worte klangen schal.

Fleet kam mit Speisekarten und zwei Gläsern Wasser von der Theke zurück.

„Sie runzeln wieder einmal die Stirn."

„Ich denke nach", sagte Lydia und dachte daran, was Jason über ihre furchteinflößende Miene gesagt hatte. Also bemühte sie sich um einen neutralen Gesichtsausdruck.

„Das habe ich mir gedacht." Fleet wandte sich der Speisekarte zu und Lydia nutzte die Gelegenheit, ihn einen Moment lang unbeobachtet zu studieren. Doch ihre Gedanken schweiften wieder ab.

Solange sie nicht wusste, wer der Pistolen-Mann war oder was er von ihr gewollt hatte, half es ihr nicht, dass der Mann tot war. Wenn er nur ein Durchgeknallter gewesen wäre, okay. Dann wäre sie jetzt in Sicherheit. Aber ein Profi? Das machte die Sache viel schlimmer. „Sie sagten, die Sterne deuten auf einen Profikiller hin."

Fleet sah auf. „Sie wurden ihm im Gefängnis gestochen. Eine Tradition, um die Hierarchien zu klären."

„Ich fand, sie sahen weniger professionell aus als die anderen."

„Auf seinem Rücken waren noch mehr. Ein Messer, aus dem Blut tropft, zum Beispiel."

Lydias Mund war trocken geworden, aber sie rang sich ein Wort ab: „Nett."

„Das ist auch ein Code. Es deutet auf einen Auftragskiller hin. Die Anzahl der Blutstropfen steht für die Erfolge, die er bereits erzielt hat."

„Erfolge", wiederholte Lydia. Jetzt war ihr endgültig speiübel. Ein Auftragsmörder hatte zwangsläufig einen Auftraggeber. Wer zum Henker konnte sie so hassen? Und das nach so kurzer Zeit?

Fleet deutete auf ihre Speisekarte. „Wissen Sie schon, was Sie wollen?"

Lydia widmete sich dem laminierten Blatt. Ihr Appetit war endgültig verschwunden. Sie war stets stolz auf ihren robusten Magen gewesen, aber dieses Mal konnte sie sich nichts vormachen. „Ich habe keinen Hunger. Was merkwürdig ist, denn ich bin immer hungrig. Wirklich immer."

„Schon okay", sagte Fleet. „Wie wär's mit einer Kleinigkeit? Die Knoblauch-Focaccia ist fantastisch."

Lydia nickte und ignorierte den Umstand, dass ihr Magen sich gerade in Richtung Beine aufgemacht hatte. „Und eine Cola." Vielleicht half ja der Zucker.

Fleet ging an die Theke, um zu bestellen, und Lydia lenkte sich mit dem seltenen Anblick von DCI Fleets Rückseite von ihrer Angst ab. Ein Auftragsmörder. Jemand hatte ihren Tod in Auftrag gegeben, wie eine Bestellung im Restaurant. „Eine Knoblauch-Focaccia und einmal tote Lydia, bitte." Einfach so. Speichel schoss in ihren Mund und sie konzentrierte sich angestrengt auf DCI Fleet, der wieder auf sie zukam.

Ein weiteres Problem. Er würde nichts mit ihr anfangen, weil sie Teil einer laufenden Ermittlung war. Außerdem, und dieser Gedanke kam ihr bedenklich spät, war er

Polizist und sie eine Crow. Sie mochte zwar nur ein lächerlicher Abklatsch davon sein, doch das war egal.

„Es tut mir leid", sagte Fleet und stellte ihre Getränke sowie einen hölzernen Löffel mit einer Tischnummer darauf ab.

„Sagen Sie jetzt nicht, die Focaccias sind aus." Lydia legte sich gespielt schockiert die Hand an die Brust.

„Nein." Er lächelte schwach. „Ich hätte Ihnen Bortnik nicht zeigen sollen."

„Schon gut. Es war besser, auf Nummer sicher zu gehen." Lydia erkannte die Wahrheit hinter diesen Worten erst, als sie ihren Mund schon verlassen hatten.

Er nickte, so als ob er verstand. „Er kann Ihnen nichts mehr anhaben."

„Ich wünschte nur, ich wüsste, ob er für jemanden gearbeitet hat. Oder was er von mir gewollt haben könnte."

Fleet lehnte sich zurück und sah sie eindringlich an. „Sie wissen wirklich nichts?"

„Nein", sagte Lydia und konzentrierte sich auf das Einschenken ihrer Cola. „Ich werde meine Chefin in der Detektei fragen, aber ich bin jeden Fall durchgegangen. Ich denke nicht, dass es irgendwelche Verbindungen nach Russland gab. Mit der Bratva hatte ich auch nie etwas zu tun. Dass ich überhaupt einmal darüber nachdenken muss."

„Dieser eine bekannte Kontakt ist schon Jahre her. Er war nicht zwangsläufig Teil der Organisation. Und er war wohl viel auf Reisen. Für mich sieht er mehr wie ein Dienstleister aus."

„Das klingt nicht so tröstlich, wie Sie denken."

„Ist nach Ihrer Rückkehr nach Hause etwas geschehen?

Fällt Ihnen gar nichts ein, was damit zu tun haben könnte?"

Lydia überlegte, ihn zu korrigieren. Camberwell war kein Zuhause, zumindest nicht für sie. Sie war in einem friedlichen Vorort aufgewachsen, wo sie das Gefühl gehabt hatte, nie richtig dazuzugehören, und wo sie sich darüber geärgert hatte, dass sie das aufregende Stadtleben verpasste und von der Familie ferngehalten wurde. Dann war sie herumgezogen, hatte sich stets nach einem Zuhause umgesehen, es jedoch nie gefunden. „Ich bin im wahrsten Sinne des Wortes einen Moment vorher angekommen", sagte sie stattdessen. „Ich hatte nicht einmal die Zeit, Ärger zu machen."

Fleet nickte, aber sein Gesichtsausdruck sprach Bände.

„Was?", fragte Lydia. „Raus damit."

„Ihre Familie."

„Ich habe es Ihnen doch schon gesagt. Ich habe nichts mit den Crows zu tun. Ich bin ein machtloses Etwas. Ein untalentiertes Anhängsel."

Er runzelte die Stirn. „Aber Sie leben über dem Fork. Seit ich denken kann, gehört es den Crows. Und Ihr Onkel …"

„Mein Onkel ist einfach nur mein Onkel. Das Café ist geschlossen. Ich bleibe nur für ein paar Wochen. Das ist alles. Mehr ist da nicht." Lydia fragte sich, ob Worte wirklich so mächtig waren, wie die Silvers stets behaupteten. Vielleicht würde es wahr werden, wenn sie es sich weiterhin einredete.

„Ich werde ein paar Uniformierte anweisen, ein Auge auf das Haus zu haben." Fleet trank von seinem Espresso.

Lydia wollte ihm schon sagen, dass sie keinen Gefallen

brauchte, dass es ihr gutging, und dass sie eine Crow war, was ihr absoluten Schutz bot.

„Das ist nicht verhandelbar, versuchen Sie es gar nicht erst", sagte Fleet und sah sie über den Rand seiner Tasse hinweg ernst an.

„Danke", antwortete Lydia und beobachtete, wie sich ein Lächeln auf seinem Gesicht ausbreitete.

KAPITEL ELF

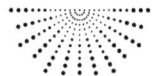

Lydia erwachte in dem leeren Schlafzimmer und trank die lauwarme Dose Cola, die sie am Vorabend an ihr Bett gestellt hatte. Tageslicht drang durch die Lücke zwischen den dünnen Vorhängen herein und warf eine weiße Linie über die Bettdecke. Die Frühstückscola und das nackte Zimmer waren einfach deprimierend und Lydia überlegte, ob sie sich nicht zumindest eine Lampe kaufen sollte. Sie griff eilig nach ihrem Handy auf dem Boden, checkte ihre Nachrichten und überprüfte dann Maddies Social-Media-Profile, damit sie nicht endgültig dem Wahnsinn anheimfiel. Es gab keinen Grund, das Zimmer aufzuhübschen, denn sie würde nicht hierbleiben. Bestimmt war sie schon bald wieder zuhause.

Emma hatte ihr endlich geantwortet. Nicht per SMS, sondern per WhatsApp. Ein Foto von Emmas Küchentisch, der mit Papptellern in Regenbogenoptik gedeckt war und überquoll mit bunten Kuchen, Sandwiches, Spielsachen,

Figurenballons und zerknüllten Servietten, an denen unidentifizierbare Speisereste klebten.

Lydia tippte ihre Antwort ein: *Mist. Ich habe einen Geburtstag verpasst, oder? Sorry, ich bin eine miese Freundin.*

Sie zögerte. Sollte sie zugeben, dass sie keine Ahnung hatte, ob es nun Archies oder Maisies Geburtstag gewesen war? Also schrieb sie: *Ich werde es wiedergutmachen.*

CHARLIE ÜBERWACHTE MADELEINES Kreditkartenkonten und das GPS auf ihrem Handy. Nichts tat sich. Lydia legte sich zurück und starrte gedankenverloren an die Decke. Wo würde ein reiches Mädchen hingehen, ohne ihre Kreditkarte zu benutzen oder Geld abzuheben? Zu einer Freundin oder einem festen Freund. Natürlich könnte Madeleine sich auch eine falsche Identität zugelegt haben, falls sie den Fluchtplan lange im Voraus geschmiedet hatte. Sie verfügte über genug Geld für gute Dokumente und sie war eine Crow, was bedeutete, dass sie auch entsprechende Kontakte hatte. Selbst Lydia, die in der beschaulichen Vorstadt aufgewachsen war und offiziell nichts mit dem Geschäft zu tun hatte, wusste, dass die besten Fälscher im Hinterzimmer eines Wäschesalons in der Well Street saßen.

Was zu der verwirrenden Frage führte: Warum? Maddie hatte ein tolles Leben. Sie war die gut behütete Tochter einer Crow, hatte viele Freundinnen mitsamt teuren Handtaschen und manikürten Fingernägeln, mehr Geld als eine Neunzehnjährige haben sollte und stand vor dem Einstieg ins Berufsleben. Es gab drei Spuren, die sie verfolgen musste: Verity, die ihr die E-Mail geschrieben hatte, der verteufelt gut aussehende Paul Fox sowie Minty PR.

Lydia richtete sich auf und zog sich die Klamotten vom Vortag an. Nach einem Kaffee setzte sie sich mit überkreuzten Beinen auf die Couch und öffnete ihren Laptop. Verity hatte eine Gmail-Adresse benutzt, keine Arbeitsadresse. Die Mail ließ jedoch darauf schließen, dass sie eher Arbeitskolleginnen als Freundinnen gewesen waren.

Danach vereinbarte sie einen Termin beim Geschäftsführer von Minty PR. Der nächste logische Schritt wäre, Paul Fox zu kontaktieren, aber sie hatte seine Handynummer nicht mehr und selbst wenn, wäre sie mittlerweile nicht mehr aktuell. Lydia trank den Kaffee aus und redete sich ein, dass sie nicht erleichtert darüber war. Trotzdem würde sie den Kerl finden und mit ihm reden müssen.

Lydia streckte ihre Finger durch und ließ sie über die Tastatur kreisen, bereit für die Fuchsjagd, als es an der Tür klingelte. Lydia erstarrte und entspannte sich nur mit Mühe. Vermutlich war es Angel, die sie etwas fragen wollte. Oder Onkel Charlie. Sonst wusste niemand, dass sie hier war. Oder wäre zumindest nicht direkt nach oben gekommen.

Mit dem Gedanken, dass ein Türspion oder eine Sicherheitskette praktisch wäre, öffnete Lydia die Tür.

Der Fox-Bruder, der neulich vor dem Club gestanden hatte, wartete auf dem Treppenabsatz. „Paul will dich sehen."

„Das trifft sich gut", sagte Lydia. Sie schob die Hand in ihre Jackentasche und umschloss die Dose illegalen Pfeffersprays, die sie darin versteckt hatte.

„Kriegsmuseum. In einer halben Stunde."

Er drehte sich um und verschwand die Treppe hinab. Erst als er nicht mehr zu sehen war, ging sie zurück in die Wohnung. Sie nahm mehrere tiefe Atemzüge, dann lief sie nach unten, um Angel freundlich zu bitten, keine weiteren ungebetenen Besucher nach oben in ihre Wohnung zu lassen.

Lydia fand sie an einem der Tische am großen Fenster, wo sie ein Glas Orangensaft trank und auf einem Tablet las.

„Wir öffnen dieses Wochenende", sagte Angel, ohne aufzublicken. „Nur zur Info."

„Siehst du diese Tür da?" Lydia wartete, bis Angel aufsah. „Lass niemanden durch diese Tür."

Angel neigte den Kopf, jedoch ohne zu lächeln. „Da geht's zum Gästeklo."

„Natürlich." Lydia schloss für einen Moment die Augen. Verfluchter Charlie und verfluchtes Café. „Dieser Typ, der eben nach oben kam. Der war kein Gast. Wir haben ja noch nicht einmal geöffnet."

„Was für ein Typ?"

„Egal." Lydia gab auf und machte sich an die Vorbereitungen für ihr Treffen. Sie brauchte eine bessere Tür für ihre Wohnung, mit einer Sicherheitskette und einem Riegel. Und vielleicht eine Armbrust.

Die Sonnenstrahlen fielen auf zwei Kanonenläufe eines Schlachtschiffes, die den Eingang zum Museum zierten und vor denen einige Besucher lächelnd für ihre Handykameras posierten. Lydia erblickte Paul Fox sofort, er stand ein wenig im Abseits, den Rücken ihr zugewandt, als demonstriere er bewusst Gleichgültigkeit. Er schien allein zu sein, aber das musste nichts heißen. Die Fox' waren exzellente Versteckspieler.

Lydia ging in der Mitte des breiten Schotterwegs. Paul sollte wissen, dass sie allein gekommen war und kein

Grund zur Panik bestand. Dass sie seine Nachricht, die er in der Wahl des Treffpunktes versteckt hatte, verstanden hatte.

Paul Fox drehte sich um, als sie noch etwa fünf Meter von ihm entfernt war, und grinste, als wäre sie ein verführerisches Dessert. Er sah genauso gut aus, wie Lydia ihn in Erinnerung hatte, und trug ein enganliegendes schwarzes T-Shirt und schwarze Jeans. In diesem Outfit hatte sie ihn vor fünf Jahren gesehen und sie wusste, dass das kein Zufall war.

„Lydia Crow höchstpersönlich. Ich habe gehört, du bist ins Nest zurückgeflogen."

„Nicht ganz", sagte Lydia.

Paul fuhr fort, als hätte sie nichts gesagt: „Ich konnte es ja gar nicht glauben. Du meintest doch, du seist mit London fertig." Er winkte ab. „Wohin bist du nochmal davongeflattert? Sibirien?"

„Schottland."

Paul lächelte. „Jedenfalls siehst du gut aus. Der Umzug war offensichtlich das Richtige für dich. Weshalb sich mir die Frage aufdrängt, warum du so dumm bist und zurückkehrst?"

Lydia entspannte sich. Mit Feindseligkeit kam sie klar. „Willst du reingehen? Deine Geschichtskenntnisse ein wenig aufbessern?"

Pauls Grinsen wurde breiter. Er deutete mit dem Kopf auf die Rasenfläche des Parkes. „Ich dachte, wir setzen uns an die frische Luft." Er zog einen Flachmann aus seiner Gesäßtasche. „Lass uns einen trinken, während wir plaudern."

Lydia schüttelte den Kopf. „Ein bisschen früh für mich."

„Früher warst du nicht so vorsichtig."

„Mit dem Alter kommt die Erfahrung."

„Also." Paul trank einen Schluck und steckte den Flachmann fort. „Ich gehe davon aus, du hast in meinem Club der guten alten Zeiten wegen herumgeschnüffelt. Was ist los? Anflug von Sentimentalität?"

„Madeleine Crow." Lydia hatte den subtileren Ansatz wählen wollen, aber angesichts des schmierigen Grinsens von Paul Fox hatte sie den Plan verworfen. Sie musterte ihn eindringlich. Weniger, um ihn beim Lügen zu erwischen, denn das tat er ohnehin, sondern um dieses eine Körnchen Wahrheit oder die wichtige Lüge zu identifizieren, die Lydia hilfreich sein könnte.

„Ich habe etwas für dich", sagte Paul. „Ein Einweihungsgeschenk. Es wird gerade in deine Wohnung geliefert."

Lydia wollte ihn fragen, woher er und seine Familie wussten, wo ihre Wohnung war, aber sie presste die Lippen zusammen. Die Genugtuung gönnte sie ihm nicht.

Paul neigte den Kopf und musterte sie. Ihre Sinne schlugen bei den unverkennbaren Warnzeichen für Fox heftig aus. Sie wünschte, sie könnte ihre Fähigkeit bewusst herunterfahren, damit die Erfahrung nicht immer so überwältigend war. Ja, er ist ein Fox, sagte sie ihrem Körper. Ich hab's kapiert, du kannst dich beruhigen.

„Madeleine Crow", wiederholte sie. „Tu jetzt nicht so, als würdest du sie nicht kennen. Ihr wurdet gesehen, als ihr den Club gemeinsam verlassen habt."

„Du bist also Detektivin", sagte Paul. „Vielleicht habe ich einen Job für dich."

„Ich tue nur jemandem einen Gefallen", erwiderte Lydia. „Ich bin schon bald wieder weg."

Paul schüttelte den Kopf. „Gibt es einen besseren Ort,

um dein Handwerk auszuüben? Du kennst Leute. Oder wirst sie bald kennenlernen. Du findest im Handumdrehen Klienten." Er unterstrich den letzten Satz mit einem Fingerschnippen.

Lydia wollte entgegnen, dass sie nur ein Jahr Erfahrung hatte und nicht in der Position war, eine eigene Detektei zu eröffnen, dann aber erinnerte sie sich daran, wer er war und dass das hier keine nette Plauderei war.

„Es gibt ein kleines Problem, für das ich dich anheuern könnte."

„Untreue Ehefrau?", meinte Lydia, um die Kontrolle über das Gespräch wiederzuerlangen.

Er lächelte nur. „Immer noch glücklicher Junggeselle."

„Jedenfalls suche ich nicht nach Arbeit und werde nicht lange in London sein", antwortete Lydia. „Und wir haben gerade über Madeleine gesprochen."

„Ich kenne sie", sagte Paul. „Nettes Mädchen."

„Weißt du, wo sie ist?"

„Nö." Paul schüttelte den Kopf. „Ich habe gehört, dass sie verschwunden ist. Wie nachlässig. Charlie sollte auf seine Küken besser Acht geben."

„Ist das eine Drohung?" Lydia zwang sich zu einem gelassenen Tonfall. In ihrer Erinnerung war Paul Fox ein charmanter und liebenswürdiger Mann. Sie hatte gewusst, dass er ein Fox war, und hatte ihn Flüche ausstoßen und böse Blicke verteilen gesehen, aber ihr gegenüber hatte er stets Wärme und Sicherheit ausgestrahlt – wenn auch zurückhaltend. Galant war er gewesen. Im Nachhinein hatte er wohl jemanden gespielt, der genau zu der nervösen, unerfahrenen Neunzehnjährigen gepasst hatte, die sie gewesen war. Jetzt sah sie klarer. Oder spielte er nur wieder eine Rolle? Wie dem auch war, jede Zelle in Lydias Körper sagte ihr, sie solle aus dem Park verschwinden und so viel Abstand wie möglich zwischen sich und Paul Fox bringen.

„Wenn du etwas weißt, musst du es mir sagen." Lydia griff in ihre Jackentasche und umfasste mit den Fingern eine Münze, um sich wieder zu konzentrieren. „Besser mir als Charlie."

„Ach so?" Paul sah den Weg entlang und beobachtete die Passanten. „Es ist nicht mehr so wie früher, kleines Vögelchen. Du solltest dich lieber über die aktuelle Lage informieren, bevor du deinen Namen herumwirfst."

„Warum erklärst du mir die aktuelle Lage nicht", meinte Lydia. „Ich würde sie gern verstehen."

Paul wandte sich von den Passanten ab und drehte sich zu Lydia. „Das wirst du." Er bewegte sich rasch, packte sie an den Schultern und küsste sie ziemlich grob auf den Mund. Seine Lippen pressten sich auf ihre und seine Zunge wollte sich den Weg in ihre Mundhöhle bahnen. Lydia ignorierte den Drang, sich wegzustoßen. Stattdessen lehnte sie sich in seine Richtung und hob gleichzeitig ihr Knie an, sodass es mit einigen seiner Weichteile zusammenstieß. Er krümmte sich und Lydia glitt zur Seite.

„Tu das nie wieder", sagte sie und ging dann davon.

Nach einem späten Mittagessen und einem langen Spaziergang, um ihre Nerven zu beruhigen, stieg Lydia bei Oval aus der Northern Line und trat auf die Straße. Sobald ihr Handy wieder Empfang hatte, klingelte es. Fleet.

„Was ist los, Officer?" Lydia freute sich mehr über seinen Anruf, als es ihr lieb war.

„Ich wollte mich nur nach Ihnen erkundigen."

„Nach mir erkundigen?" Lydia trat den Heimweg an. Ein großer Kerl mit einer langen, platinblonden Perücke, Sandalen und einer Jesus-Robe kam ihr auf dem Bürgersteig entgegen und sie brauchte einen Moment, um die Straßenseite zu wechseln. Es gab liebenswerte Verrückte, witzige Verrückte und böse Verrückte und nach dem Treffen mit Paul Fox war Lydia die Lust auf Verrückte überhaupt vergangen.

In dem Gewusel des Verkehrs verlor sie Fleets Stimme für einen Augenblick. „Tut mir leid, was haben Sie gesagt?"

„Geht es Ihnen gut? Nach der Sache mit Bortnik? Ich hätte ihn Ihnen nicht zeigen sollen ..."

„Es geht mir gut", sagte Lydia. „Das habe ich Ihnen doch gesagt."

„Ich möchte, dass Sie vorsichtig sind." Fleet klang noch immer besorgt. „Gehen Sie bitte keine unnötigen Risiken ein."

„Heute scheint jeder gute Ratschläge für mich parat zu haben", entgegnete Lydia. „Gibt es einen besonderen Grund für Ihre Sorge, DCI Fleet?"

Ein kurzes Schweigen entstand. Dann sagte Fleet: „Das können Sie sich doch denken."

„Weil ich eine Crow bin?"

„Es geht nicht immer nur darum", entgegnete Fleet.

Lydia wollte fragen, was es dann sei, aber ganz plötzlich stieg ihr die Röte ins Gesicht. Flirtete er etwa mit ihr?

„Wie dem auch sei", sagte Fleet plötzlich formell. „Ich wünsche Ihnen einen schönen Abend."

„Was?" Aber er hatte bereits aufgelegt. Lydia steckte ihr Handy zurück in die Tasche und umlief eine dichtgedrängte Bushaltestelle. Das Fork kam in Sichtweite und der Gedanke an Fleet rutschte für den Moment nach hinten.

Die Lichter des Cafés waren an, es wirkte wie ein Leucht-feuer in der Nacht. Das gefiel Lydia überhaupt nicht. Unauffälligkeit und Anonymität waren ihr bedeutend lieber.

Lydia sperrte die Vordertür auf. In der Scheibe hing ein neues Schild, das auf „Geschlossen" gedreht war. Angel saß mit einem Teller an einem der Tische an der Fensterfront und las ein Buch. „Was tust du da?"

Angel ließ sich Zeit, leckte sich die Finger ab und legte ihr Buch mit den Seiten voraus auf den Tisch, bevor sie antwortete: „Ist das nicht offensichtlich?"

„Hier, meine ich", sagte Lydia. „Es ist schon spät. Warum gehst du nicht nach Hause?"

„Nat hat Bandprobe. Dann ist es dort zu laut."

„Nat?"

Angel warf ihr einen vernichtenden Blick zu. „Meine Frau."

Lydia blieb in der Tür nach oben stehen. Sie wollte schon sagen: „Das Fork ist doch nicht dein zweites Wohn-zimmer." Doch sie wagte es nicht. Angel war … eindrucksvoll.

„Nacht", sagte sie stattdessen. „Kannst du abschließen, wenn du gehst?"

Angel hatte wieder zu ihrem Buch gegriffen und igno-rierte sie.

Lydia trottete die Stufen hinauf. Oben an der Treppe hielt sie inne.

Als sie vorhin die Wohnung für das Treffen mit Paul Fox verlassen hatte, war die Tür eine einfache weiße gewesen. Die war jetzt verschwunden. An ihrer Stelle befand sich eine dunkelbraune Holztür mit einer großen Milchglas-scheibe in der oberen Hälfte. Darunter stand auf einem

Bronzeschild in geschwungener Vintageschrift und passendem Schlagschatten geschrieben: *Crow Investigations*.

Lydia starrte auf die neue Tür. Es war lächerlich. Aber wunderschön. Schließlich zog sie ihr Handy heraus und rief Charlie an. „Hast du eine neue Tür an meiner Wohnung anbringen lassen?"

„Nein. Warum? Willst du eine neue?"

„Nein, vergiss es." Sie legte auf, bevor er sich nach ihren Fortschritten erkundigen konnte, und öffnete vorsichtig die neue Tür. Das Wohnzimmer war leer und sah genau so aus, wie sie es verlassen hatte. Der einzige Hinweis auf Besucher war ein kleiner Haufen Bohrstaub – und natürlich die Tür.

Sie durchsuchte die restliche Wohnung, dann ging sie zurück ins Wohnzimmer und setzte sich auf das Sofa. Durch die offene Tür konnte sie direkt in den Gang und auf das neue Stück sehen. Die Überraschung wich der Wut und sie stand mit geballten Fäusten auf. Vielleicht fand sie in diesem Gebäude irgendwo einen Vorschlaghammer. Das Ding zu zerstören, hätte eine reinigende Wirkung. Wobei sie danach allerdings keine Wohnungstür mehr hätte.

Dann klingelte ihr Handy und spielte The White Stripes. Unbekannte Nummer.

„Ja?" Lydia rieb sich die rechte Schläfe in dem Versuch, den aufsteigenden Kopfschmerzen Einhalt zu gebieten.

In seiner unerträglich selbstsicheren Stimme schwang der unverwechselbare Hauch von Fox mit. „Gefällt dir dein Geschenk?"

„Arschloch!", rief Lydia. „Hältst du das für witzig? Was zur Hölle hast du dir dabei gedacht?"

„Hey kleines Vögelchen, so zeigt man aber nicht seine Dankbarkeit."

Lydia wanderte durch das Zimmer, die Wut war nun vollends ausgebrochen. Dass es leichtsinnig war, einen Fox anzuschreien, kümmerte sie nicht mehr. „Du hast mir nichts zu schenken. Wir sind nicht zusammen."

„Aber sie gefällt dir, nicht wahr? Der Retro-Stil passt zu deiner Retro-Einstellung und deinem Retro-Haus. Denkst du nicht, dass es mal Zeit für etwas Neues wäre? Dieses Café sieht aus, als wäre seit den Sechzigern nichts mehr darin gemacht worden."

„Wenn du das nächste Mal Geld zum Fenster rauswerfen willst, kannst du es mir auch gleich überweisen."

Paul ignorierte sie. „Charlie hängt wohl an den guten alten Tagen. Was er sich dabei gedacht hat, seinem Vögelchen ein Nest im Fork einzurichten?"

Lydia hielt inne und stieß einen lautlosen Seufzer aus. Paul war auf Informationen aus. „Lass Charlie aus dem Spiel. Hör du lieber auf, mir etwas zu schenken. Wir sind keine Freunde. Wir sind kein Paar. Wir sind gar nichts."

„Warum kenne ich dich dann immer noch so gut?", fragte Paul. „Gib es doch zu, dir gefällt das Geschenk. Ich kenne dich besser als du dich selbst. Ich weiß, was du willst." Er senkte seine Stimme. „Ich weiß, was du brauchst."

„Du solltest dir das gut überlegen, bevor du dich auf mich einlässt", sagte Lydia. All ihre Sinne schrien laut „Achtung, Fox!" und sie wünschte, sie würden schweigen und sie nachdenken lassen.

„Ich weiß", sagte Paul. „Du hast meine Gefühle schon einmal verletzt."

„Komm nicht mehr in meine Wohnung. Schick keine Leute mehr zu mir. Halte dich von mir fern."

„Du willst Ruhe vor mir?" Jegliche Fröhlichkeit war aus

Pauls Stimme verschwunden. „Flieg, kleines Vögelchen. Flieg davon, schnell."

Sie senkte ihr Handy und schloss die Augen für einen Moment. Als sie sie wieder öffnete, war die Tür immer noch dort.

Lydia fand den Bourbon und schüttete etwas davon in ihre leere Kaffeetasse. Sie starrte an die Tür und wünschte, der Alkohol würde sie beruhigen. Es war unfassbar, wie meisterlich Paul immer noch ihre Wünsche lesen konnte. Außer natürlich, es war ein Zufall. Vielleicht hatte er nur ganz zufällig erraten, was sie sich tief im Herzen wünschte und erträumte. Crow Investigations. Das klang nicht schlecht. Und sie wäre ihr eigener Boss. Lydia trank den letzten Schluck Bourbon. Sie sollte nicht einmal darüber nachdenken. Das war doch verrückt.

Trotzdem. Die Buchstaben schienen zu leuchten ... einladend.

KAPITEL ZWÖLF

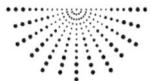

M inty PR lag in einer der mit Kopfstein
gepflasterten Nebenstraßen von Soho mit schmiedeeisernen Geländern und geometrischen Töpfen, in denen
akkurat geschnittene Pflanzen standen. Überall liefen
junge, schlanke, ganz in schwarz gekleidete Menschen
herum. Lydia bevorzugte ebenfalls dunkle Kleidung, aber
ihre Sachen waren verwaschen und alt und sie stach unter
all den perfekt gestylten Kreativen heraus. Das passte ihr
allerdings ganz gut. Sie steuerte auf den Empfang von
Minty zu, lehnte sich lässig an den Tresen und nannte ihren
Namen. Ein Mann mit aufwändig gepflegter Gesichtsbehaa-
rung bot ihr Kaffee an und meinte entschuldigend, dass
Harry sich verspäte. Lydia nahm die Kaffeetasse, wanderte
herum und bewunderte die Kampagnen und Preise, die an
den Wänden ausgestellt waren. Zu den Kunden der
Agentur zählten Autobauer, eine Coffeeshop-Kette und ein
staatliches Gesundheitsförderprogramm. Die Firma war
nicht so groß wie erwartet und als Harry sie schließlich in

sein eigenes Büro führte, wirkte er aufrichtig interessiert daran, ihr zu helfen. „Das mit Madeleine tut mir wirklich leid", sagte er. „Es war schrecklich."

„Danke", sagte Lydia. „Moment. Was war schrecklich?"

Harry sah verwirrt drein. „Dass wir sie kündigen mussten. Wir wollten das nicht, das müssen Sie mir glauben, aber die Situation war schwierig und wir dachten ... Nun, wir hatten kaum eine andere Wahl."

„Sie haben Sie rausgeworfen?" Lydia gab sich unwissend und hoffte, Harry würde ihr so viel wie möglich verraten. Karen hatte immer gesagt, dass Leute einen gern belehrten, man musste ihnen nur die Gelegenheit dazu bieten.

Harry breitete die Arme aus. „Es tut uns wirklich leid. Wir stellen ihr gern ein Arbeitszeugnis aus. Das habe ich ihr auch mitgeteilt."

„Was ist passiert?"

Harry runzelte die Stirn. „Das wissen Sie nicht?"

„Ich würde gern Ihre Version der Geschichte hören", sagte Lydia. „Mein Onkel Charlie ist sehr verärgert."

Bevor Harry etwas sagen konnte, lehnte Lydia sich nach vorne. „Unter uns gesagt, er ist manchmal blind, wenn es um die Familie geht. Ich weiß, dass Maddie schwierig sein kann, aber Charlie", sie schüttelte den Kopf, „will das nicht sehen."

„Er hat mir nicht geglaubt", meinte Harry. „Ich konnte es ihm ansehen."

„Er ist sehr fürsorglich", antwortete Lydia. „Ich will aber die Wahrheit herausfinden."

„Warum?"

Lydia lächelte. „Ich gehöre zur Familie und führe ein Unternehmen, was bedeutet, dass man mich irgendwann einmal bitten wird, eine anständige Beschäftigung für meine liebe Cousine zu finden. Ich will nur wissen, worauf ich mich einlasse." Harry schien nichts von Maddies Verschwinden zu wissen und Lydia sah keinen Anlass, es ihm zu verraten.

Harry entspannte sich sichtlich, als er verstand, dass Lydia nicht gekommen war, um ihn zur Schnecke zu machen. Lydia konnte sich vorstellen, wie das Treffen mit Charlie gelaufen war. „Sie ist ein großartiges Mädchen", sagte Harry. „Also junge Frau, meine ich."

Lydia nickte und trank von ihrem Kaffee.

„Aber sie war launisch. Unsere Praktikumsstellen sind begehrt und wir haben viele exzellente Bewerber, die für die Arbeit eigentlich überqualifiziert sind. Aber so haben wir schließlich alle angefangen, nicht wahr? Man muss sich seinen Platz erarbeiten."

Lydia konnte es sich lebhaft vorstellen. Intelligente junge Leute, die kopierten und Kaffee kochten.

„Wissen Sie, was das Wichtigste in der PR ist?"

„Berichterstattung in den Medien?", riet Lydia.

„Den Kunden glücklich zu machen." Harry lächelte und wurde Lydia ein wenig sympathischer. Kein Wunder, dass er sich für einen solchen Beruf entschieden hatte. „Das ist das Einzige, was zählt. Sie können eine beschissene Kampagne gestalten, eine Berichterstattung komplett versauen, aber dafür kann man einer Million Gründen die Schuld geben. Es ist wie Alchemie, wissen Sie. Niemand weiß, warum bestimmte Dinge funktionieren und andere nicht. Die breite Aufmerksamkeit zu erregen, die öffentliche Meinung zu beeinflussen, das ist so, als wolle man einen Blitz in einer Glasflasche einfangen."

So ein Schwachsinn, dachte Lydia und hoffte, dass das

Ausschlagen ihres Bullshit-Barometers nicht allzu offensichtlich war.

Harry grinste. „Wenn der Kunde dich mag, schluckt er alles. Solange er glücklich ist, kannst du ihm alles verkaufen." Er senkte den Kopf. „Nun, fast alles."

Lydia lächelte. Es klang ein bisschen wie die Arbeit als Privatermittlerin. Meist wusste der Kunde genau, was man herausfinden würde. Das Ergebnis war nicht das Wichtigste, es ging darum, wie man es rüberbrachte. Karen war darin richtig gut gewesen. Lydia weniger. Vor allem aber hatte sie gelernt, stets charmant zu bleiben. „Wir sind hier nicht in einem düsteren Krimi", hatte Karen gesagt. „Die Leute wollen keine hartgesottenen Detektive, sie wollen weichherzige, teilnahmsvolle Menschen. Wir sind zur Hälfte Berater." Wann immer sie das sagte, öffnete sie die Schublade ihres Schreibtisches und zog einen halbgerauchten Joint heraus. Ihre Lehrstunden hielt Karen am liebsten in leicht berauschtem Zustand ab. „Nur so lässt sich das ertragen", meinte sie dann stets. Vermutlich verbrauchte sie ihren Charme und ihre Geduld schon bei ihren Klienten. Wenn Lydia einmal groß war, wollte sie so wie Karen sein.

„Der Kunde ist König, verstanden."

„Und Maddie war anfangs großartig. Lebhaft. Hübsch." Er verzog entschuldigend das Gesicht. „Ich weiß, das sollte ich nicht sagen."

Lydia winkte ab. „Was ist schiefgelaufen? Ist sie mit der falschen Person ins Bett gestiegen?"

Harry schüttelte den Kopf und wurde plötzlich ernst. „Sie wissen es wirklich nicht?"

„Nein."

Es entstand eine Pause, in der Harry seine Worte

offenbar sorgfältig abwägte. Schließlich sagte er: „Sie hätte beinahe einen Kunden umgebracht."

Lydia unterdrückte gerade noch ihren Drang, laut aufzulachen Das war doch lächerlich. Das klang ja dramatisch. „Was hat sie denn genau getan? Jemandem heißen Kaffee in den Schoß geschüttet? Jemandem versehentlich ein Bein gestellt? Einen Kerl geohrfeigt, der ihr an den Hintern gefasst hat?"

„Die Angelegenheit ist leider nicht zum Lachen."

„Erzählen Sie mir davon." Lydia öffnete ihr Notizbuch.

„Das dürfen Sie nicht aufschreiben", sagte Harry. Er sah zur Tür. „Ihr Onkel hat sich darum gekümmert. Ich darf aber mit niemandem darüber sprechen. Ich weiß, dass Sie seine Nichte sind, ansonsten hätte ich gar nichts gesagt. Ich dachte, Sie wüssten Bescheid. Warten Sie …" Jetzt sah er ängstlich drein. „War das ein Test? Ich schwöre, ich werde niemandem etwas verraten." Die glatte PR-Fassade war verschwunden. Harry schwitzte.

„Ich bin nicht im Auftrag meines Onkels hier, das versichere ich Ihnen. Nichts von alldem wird ihm zu Ohren kommen. Ich suche nach Madeleine, das ist alles."

„Suchen?"

„Sie ist verschwunden", sagte Lydia. „Erzählen Sie mir, was passiert ist, dann bin ich wieder weg." Sie klappte das Notizbuch zu. „Keine Aufzeichnungen."

„Verschwunden? Herrje!" Harry schloss die Augen. „Das ist schlimm."

„Ja. Ich will sie einfach nur finden und sichergehen, dass alles in Ordnung ist. Bitte."

Harry schluckte, aber Lydia sah ihm an, dass er reden wollte. Das wollten die meisten.

„Es war merkwürdig", begann Harry. „Wie gesagt, am

Anfang war alles bestens, aber dann veränderte sie sich. Sie lächelte weniger und wirkte oft neben der Spur. Ich habe mich gefragt, ob sie etwas nimmt."

„Drogen?"

„Kein Koks. Etwas, das einen runterzieht, vielleicht zu viel Gras. Oder sie hatte psychische Probleme. Ich hatte mal einen Freund, der eine Therapie machte und monatelang down war, bevor er sich erholte. Das war so eine Art psychologische Reinigung, so als ob das ganze Gift raus müsste, bevor er sich besser fühlte."

„Sie wirkte niedergeschlagen?"

„Eher wütend als traurig, aber das kommt schon mal vor."

Lydia hatte sich den Großteil ihrer Teenager- und Erwachsenenzeit über so gefühlt, als wollte sie die Welt in die Luft jagen. Sie konnte es also nachvollziehen.

„Ivan Gorin gehört das Dean Street House." Harry bemerkte Lydias ratloses Gesicht. „Der Privatclub."

„Ach so. Ja."

„Man könnte denken, die bräuchten keine PR, nicht wahr?"

„Mhm." Er musste nicht wissen, dass Lydia von dem Club noch nie etwas gehört hatte.

„Jedenfalls wollte Gorin ein Restaurant nebenan eröffnen. Es sollte denselben Namen tragen, aber für alle zugänglich sein. Als lokale Agentur sollten wir die Eröffnung medientechnisch begleiten."

Lydia gab sich angemessen beeindruckt.

„Es geschah beim Pre-Opening. Gorin wollte das Menü testen. Genau genommen wollte er alles testen, der Typ ist ein absoluter Kontrollfreak."

„Warum war Maddie dort? Sie war doch nur eine Praktikantin."

„Er traf sie eines Tages im Büro und gab ihr eine Einladung." Harry zuckte mit den Schultern. „Sie ist ein hübsches Mädchen."

„Frau", korrigierte Lydia ihn.

„Ja. Richtig. Tut mir leid." Harry lehnte sich nach vorne. „Wir hatten gerade das Sorbet und ich beobachtete Ivan, weil er den ganzen Abend gegenüber Maddie sehr aufmerksam war. Er war generell aufmerksam gegenüber den weiblichen Angestellten, vor allem nach ein paar Drinks. Daher behielt ich sie im Auge." Er schüttelte den Kopf. „Als das Dessert serviert wurde, fiel mir auf, dass Ivan und Madeleine fort waren."

„Fort?"

„Ich wusste es damals noch nicht, aber sie hat ihn zu den Toiletten geführt. Er dachte wohl, er hätte einen Treffer gelandet."

„Was ist dann passiert?"

„Ich habe keine Ahnung. Nachdem Ivan für eine Weile fort war, ging ich ihn suchen. Ich fand ihn auf dem Boden der Herrentoilette, leichenblass und mit blauen Lippen." Harry starrte ins Leere und riss die Augen auf, als er den Moment noch einmal durchlebte. „Ernsthaft, ich dachte, er sei tot. Es war schrecklich."

„Aber er war noch am Leben?"

Harry nickte. „Ich dachte, ich müsste ihn wiederbeleben, aber als ich näherkam, spürte ich ein wenig Atem aus seinem Mund strömen und seine Gesichtsfarbe begann sich zu bessern. Ein bisschen, meine ich, er sah immer noch fürchterlich aus."

„Und wo war Madeleine? War sie auch dort?"

„Nein. Sie muss durch die Küche verschwunden sein."
Harry schüttelte den Kopf bei der Erinnerung. „Ich zog mein
Handy heraus, aber Ivan packte meine Hand. Er drückte sie
richtig fest und starrte mich an. Er versuchte zu sprechen,
aber es war nur eine Art Pfeifen, daher beugte ich mich zu
ihm herab und er flüsterte angestrengt: ‚Keine Polizei!'."

„Und Sie haben sich daran gehalten?"

„Er ist der Kunde und wenn er keine Polizei will, dann
ist das seine Sache. Polizei bedeutet auch Presse und ich
verstehe das gut. Ich meine, es hätte für ihn sehr peinlich
werden können."

„Aber vielleicht hatte er versucht, Maddie etwas anzu-
tun. Trotzdem haben Sie nichts unternommen?"

„Das ist mein Job", sagte Harry. „Aber ich bin nicht
dumm. Ich wusste, wer Madeleine war, also rief ich Charlie
an. Er kam sofort vorbei."

„Warten Sie." Lydia hielt eine Hand hoch. „Sie haben
Charlie angerufen? Charlie Crow?"

Harry nickte. „Er kam sofort."

Lydia behielt eine ausdruckslose Miene, während sich
ihre Gedanken überschlugen. Warum zur Hölle hatte ihr
Charlie nichts von dem Vorfall berichtet? Was sie unweigerlich zu dem nächsten Gedanken führte: Was verschwieg
ihr Onkel ihr noch? „Ging es Ivan zu diesem Zeitpunkt
besser?"

„Ja. Als Ihr Onkel kam, konnte er bereits sitzen. Er
konnte deutlicher flüstern und seine Lippen waren nicht
mehr blau. Niemand sollte etwas von dem Vorfall erfahren
und er wies mich an, die Party draußen weiterlaufen zu
lassen. Also erzählte ich allen, dass Madeleine und er sich
zurückgezogen hätten. Bitte seien Sie mir nicht böse." Er

hielt die Hände in die Höhe. „Ich habe es mit einem Augenzwinkern erzählt. Sie wissen schon, ein Lustmolch war weniger peinlich als ein auf der Toilette niedergestreckter Ivan. Er ist ein sehr stolzer Mann."

„Und Sie wollten ihn nicht als Kunden verlieren."

„Selbstverständlich nicht. Außerdem wollte ich verhindern, dass er uns wegen Madeleine verklagt oder den Ruf der Agentur ruiniert."

„Aber warum haben Sie keinen Krankenwagen gerufen?"

„Ich tue, was mir gesagt wird", antwortete Harry. „Zumindest bei Kunden wie Ivan Gorin."

Geld regiert die Welt. Wie immer.

„Und wo war Madeleine?"

„Ich weiß es nicht. Ich habe sie seither nicht mehr gesehen. Ich dachte, sie würde anrufen und sich entschuldigen oder zumindest eine E-Mail schicken."

„Wie konnten Sie sie feuern, wenn Sie sie nicht mehr gesehen haben?"

„Ich habe ihr eine E-Mail und einen Brief geschickt, außerdem habe ich ihr mehrmals auf den Anrufbeantworter gesprochen. Vertrauen Sie mir, sie hat die Info bekommen."

„Aber sie hat nicht darauf reagiert?"

„Nein." Er rutschte in seinem Sessel herum. „Sind wir fertig?"

„Was hat Charlie an diesem Abend unternommen?"

„Ich habe keine Ahnung. Ich ging nach draußen und betrieb Schadensbegrenzung im Restaurant."

„Hat Ivan mit seinen Gästen gesprochen?"

„Nein. Ich glaube, Charlie und er haben das Restaurant

durch den Hinterausgang verlassen. Vielleicht gibt es auch eine Verbindungstür hinüber zum Club."

„Haben Sie ihn seither gesehen?"

Harry zögerte. „Ja." Einen Moment lang sah er verwirrt drein. „Ich denke schon."

Lydia zog eine Augenbraue nach oben und wartete.

„Also eigentlich …", fuhr Harry fort. „Jetzt, wo Sie es sagen, bin ich mir nicht sicher, ob ich ihn gesehen habe. Wir haben aber miteinander telefoniert. Das definitiv."

„Sind Sie immer noch die PR-Agentur für Dean Street House?"

Harry reckte den Kopf in die Höhe. „Selbstverständlich. Wir sind gut in unserem Job."

KAPITEL DREIZEHN

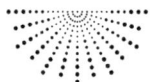

Dean Street House lag nicht weit von Minty PR entfernt und Lydia vermutete, dass Ivans Loyalität gegenüber Harrys Agentur weniger mit deren hervorragender Arbeit, sondern mehr mit praktischen Überlegungen zu tun hatte. Der Eingang zum Club war unauffällig und nur wegen des Restaurants nebenan wusste Lydia, dass sie richtig war. Auf der gegenüberliegenden Seite lag eine Saftbar, darüber ein Tonstudio.

Lydia betätigte die Gegensprechanlage, die laut summte. „Ja?"

„Ich möchte mit Ivan Gorin sprechen", sagte Lydia. Sie hielt ihre Visitenkarte in die Kamera und lächelte.

Ein weiteres Summen ertönte, dann ein Klicken. Lydia öffnete die Tür und trat in einen Korridor mit schwarzen und weißen Fliesen sowie bemalten Dielen an den Wänden. Vor ihr lag eine Eichentreppe und neben einem Konsolentisch befanden sich mehrere Regenschirme in einem Ständer. Es wirkte wie ein gehobener, aber stinknormaler

Eingang zu einem Familienheim und einen Augenblick lang zweifelte Lydia, ob sie hier richtig war.

Eine erschreckend dürre Frau kam die Treppe herunter, ihre Finger glitten über das Geländer. Ihr Lächeln war so warm wie eine Eisscholle. „Kann ich Ihnen helfen?"

„Ich muss mit Ivan sprechen. Ist er hier?"

„Sie haben ihn soeben verpasst."

„Schön. Geben Sie mir bitte seine Nummer, dann rufe ich ihn an."

„Es steht mir nicht zu, Mr. Gorins Kontaktdaten weiterzugeben. Sie können gern eine Presseanfrage an sein Management schicken."

„Von dem komme ich gerade, dort habe ich eine interessante Geschichte erfahren, über die ich mit ihm sprechen möchte. Vertrauen Sie mir, darüber will er lieber unter vier Augen reden." Lydia hielt ihr die Karte entgegen und beobachtete die Frau. Ob ihr der Name Crow etwas sagte, konnte Lydia nicht erkennen.

„Ich werde es ihm ausrichten, aber es wäre wirklich besser, wenn Sie ihn über sein Management kontaktieren."

„Sagen Sie ihm, er soll sich dringend melden. Es ist in seinem eigenen Interesse."

Die Frau hatte sich bereits abgewandt und stand mit einem Fuß auf der Treppe.

„Vielen Dank", sagte Lydia. „Ich werde Ivan wissen lassen, wie hilfsbereit Sie waren."

AUF DEM WEG HINAUS VIBRIERTE LYDIAS HANDY. Es war eine Nachricht von Emma und Lydia wappnete sich innerlich für das, was kommen mochte. *Hast du Zeit? Lust auf Kaffee?* Die Anspannung verflog und erst jetzt erkannte

Lydia, wie sehr sie davor Angst gehabt hatte, Emma unwiderruflich verschreckt zu haben. Der Gedanke, ihre Freundin zu verlieren, war zu schrecklich gewesen, um sich damit auseinanderzusetzen. Sie tippte ihre Antwort ein: *Klar! Bin in Soho, aber wir können uns überall treffen. Bist du zuhause?*

Als Lydia auf die Straße trat, war die Sonne herausgekommen, so als ob sie die gute Laune unterstreichen wollte, die Emmas Nachricht bei ihr ausgelöst hatte. Die nächste SMS trudelte ein: *Mum hat die Kinder und ich bin im Mutterschiff. Treffen wir uns vor dem Eingang?*

Bin in 20 min dort.

Emma hatte sich schon in ihrer Jugend für Design interessiert und richtete sich gern heimelig ein. Sie kam an keinem Kissen vorbei, ohne es zu drücken, und Lydia und sie hatten als Teenager herrliche Stunden im Kaufhaus Liberty verbracht, wo sie sich schöne Kleider, Schmuck, luxuriöse Stoffe und Teppiche angesehen und davon geträumt hatten, erwachsen zu sein. Lydia hatte sich dabei immer in Seidenkleidern mit Pfauenmuster und einer Reihe an Verehrern gesehen. Emma hatte einen Ordner angelegt, in dem sie Einrichtungsideen für ihr späteres Zuhause gesammelt hatte.

Lydia ging eilig in Richtung Great Marlborough Street, wo das Liberty in seinem schwarz-weißen Glanz dastand, und ignorierte den Gedanken, wie weit entfernt ihr Leben von dieser Traumvorstellung war. Zumindest hatte Emma ein Zuhause und eine Familie und war glücklich. Ihre Stoffkissen waren zwar meist übersät mit zermatschten Reiswaffelresten, aber Lydia wusste, dass es für Emma perfekt war.

Wie vereinbart stand Emma vor dem Eingang, sie trug

Jeans-Shorts, ein weites weißes Top und eine riesige Sonnenbrille. Es war ungewohnt, sie einmal ohne Maisie und Archie im Schlepptau und nur mit einer kleinen Umhängetasche statt eines vollgepackten Wickelrucksacks zu sehen. Nach einer Umarmung riefen beide gleichzeitig: „Es tut mir leid."

„Was? Nein." Emma schüttelte den Kopf. „Mir tut es leid. Ich habe mich idiotisch verhalten."

„Ich habe dich erschreckt", sagte Lydia. Dieses kleine Zerwürfnis mit Emma hatte Lydia etwas Wichtiges erkennen lassen: Sie durfte ihre Freundin nicht verlieren. Auf keinen Fall.

Emma sagte nichts, sie griff nur nach Lydia und umarmte sie innig.

„Es tut mir so leid", sagte Lydia in das Haar ihrer Freundin.

„Das muss es nicht." Emma schob ihre Sonnenbrille auf den Kopf und fixierte Lydia. „Aber du musst ehrlich mit mir sein. Schließ mich nicht aus."

„Okay", sagte Lydia, der allein die Vorstellung absurd vorkam. Sie drehten sich um und machten sich auf den Weg zurück Richtung U-Bahn-Station. „Was willst du mit deiner freien Zeit anstellen? Was essen? Was trinken gehen?"

„Ich dachte mehr an Ermitteln", sagte Emma. „Es sei denn, deine Cousine ist wieder aufgetaucht?"

Lydia schüttelte den Kopf. „Nein."

„Nein zu was?"

„Beidem", sagte Lydia. „Ich will dir nicht wieder Angst machen." Oder dich in Gefahr bringen.

Emma blieb stehen. „Ich dachte, ich hätte mich klar ausgedrückt. Du musst dich öffnen. Du hast immer so ein

Geheimnis um deine Familie gemacht und ich verstehe das. Aber du bist meine beste Freundin und wir sind keine Kinder mehr. Du musst ehrlich zu mir sein."

„Das bin ich", sagte Lydia. „Ich schwöre es."

„In Ordnung. Dann erzähl mir von deinem Onkel Charlie. Er ist das Familienoberhaupt, oder?"

„Genau."

„Und früher war es dein Opa?"

„Grandpa Crow. Ja."

„Und hat jeder in deiner Familie magische Kräfte, oder nur du?"

Lydia hatte gerade einen Schluck aus ihrer Wasserflasche getrunken und spuckte ihn beinahe aus. Eine Frau, die unaufhörlich in ihr Handy sprach, rempelte sie an der Schulter an, als sie der plötzlich stehenbleibenden Lydia auswich.

„Was?" Emma riss unschuldig die Augen auf.

„Ich brauche einen Drink", sagte Lydia und wischte sich Kinn und Hals ab. „Einen richtigen Drink." Sie bemerkte Emmas Blick und fügte eilig hinzu: „Ich werde deine Fragen beantworten."

Emma hatte offenbar Mitleid mit Lydia. „Wir könnten in dieses Lokal in den Russell Square Gardens gehen und ein schickes Glas Wein trinken."

Sie bogen ab und marschierten Richtung Bloomsbury. Lydia war froh, dass Emma das Thema wechselte und von Maisie und Archie erzählte. „Und wie geht es Tom?" Lydia erkundigte sich nicht oft genug nach Emmas Mann. Auch in dieser Hinsicht war sie eine miese Freundin. Wie so oft gelobte sie innerlich Besserung.

„Dem geht es gut. Du weißt ja, wie Tom ist. Immer entspannt."

Als sie den Russell Square erreichten, nahm Lydia die Abkürzung durch den Park, in Richtung des Monolithen vor dem British Museum. „Wie wäre es zunächst mit ein wenig Kultur?"

Emma stieß einen Seufzer aus und tat so, als würde sie auf die Uhr sehen. „Also schön", sagte sie. „Fünfundvierzig Minuten Geschichte, dann bleiben mir eineinhalb Stunden, um mich in die Sonne zu setzen, Wein zu trinken und mir all die Geheimnisse anzuhören, die mir meine beste Freundin in den vergangenen zwanzig Jahren vorenthalten hat."

Lydia war schon einige Zeit nicht mehr in dem Museum gewesen, aber den Weg kannte sie auswendig. Nachdem sie an den Steinsäulen und dem aufwendig gemeißelten Giebeldreieck über dem Eingang vorbei waren, betraten sie den Innenhof unter dem großen Glasdach. Wie immer tummelten sich dort unzählige Besucher und Lydia drängte sich so schnell wie möglich durch die Menge und zog Emma in die dritte Etage und die kühle Ruhe der Galerie 41.

Die Wände in Wedgwood-Blau und die schimmernden Glasvitrinen weckten in Lydia die Erinnerungen an die Besuche mit ihrem Vater. Auch wenn er den Wunsch seiner Frau respektiert hatte, Lydia fernab der Familie großzuziehen, so hatte er dennoch gewollt, dass sie deren Geschichte kannte. Als kleines Mädchen hatte Lydia die Erzählungen nicht anders aufgenommen als jene aus Grimm's Märchen oder der dicken Ausgabe nordischer Sagen. Als sie allerdings das letzte Mal hier gewesen war, hatte ihr Dad ihr ein wenig über Grandpa und dessen Mutter, Urgroßmutter

Crow, erzählt. Sie waren vor einem Wikingerschatz gestanden, den Sondengänger in der Nähe von York gefunden hatten. Da hatte ihr Dad auf eine glänzende Goldmünze gezeigt. Sie sah aus wie die, die sie stets in ihrer Jackentasche trug. Die Familienmünze, die sie erscheinen und verschwinden und in Zeitlupe drehen konnte. Sie war wütend darüber gewesen, dass die Münze in diesem Schaukasten eingesperrt war, außer Reichweite und fernab menschlichen Kontakts. Ganz so als wäre sie ein lebendiges Wesen, keine Metallscheibe.

„Ist schon gut." Ihr Vater hatte ihr die Hand auf die Schulter gelegt und erst jetzt hatte Lydia erkannt, dass sie an dem Schaukasten gestanden und ihre Hände gegen die Scheibe gedrückt hatte – trotz der entsprechenden Verbotsschilder. „Es ist nur eine Replik."

„Was?" Lydia hatte sich umgedreht und in die blauen Augen ihres Vaters gestarrt.

„Wir haben sie ausgetauscht, während der Schatz für die Ausstellung aufbereitet wurde." Seine Mundwinkel hatten gezuckt und ein kleines Lächeln hatte sich ausgebreitet.

Jetzt ging Lydia an dem Wikingerschatz und dem bronzenen Zeremonienschild vorbei. Ihr Vater hatte ihr erzählt, dass an dessen Unterseite eine Inschrift versteckt war, die Historiker vor Rätsel stellte, aber jeder Crow in der Lage wäre zu entziffern, falls es einmal notwendig wäre. Wenn ihr Dad aus der Familiengeschichte erzählte, war es immer schwer zu sagen, wo die Mythen endeten und die Tatsachen begannen. Das hatte sich bis heute nicht geändert.

Sie blieb vor dem letzten Schaukasten im Raum stehen und berührte Emmas Arm. „Schau mal."

Das Schwert war kaum noch intakt, es war in den elf Jahrhunderten seiner Existenz irgendwann zu Bruch gegangen. Auf einer Infotafel wurde erklärt, dass die Klinge aus damasziertem Eisen bestand. Den Knauf zierten fünf Blätter und es war am Flussbett der Themse gefunden worden. Ein unbekannter Wikingerkrieger habe es dort zurückgelassen. „Siehst du den Griff?", fragte Lydia. „Das sind Überreste von Einlegearbeiten aus Gold."

Lydia fand, dass das runische Bild der Krähe eigentlich offensichtlich sein müsste.

Doch Emma sagte nichts und Lydia wollte es ihr gerade erklären, als sie fragte: „Ist das ein Vogel?"

„Eine Krähe", antwortete Lydia. „Wir kamen aus Norwegen herüber."

Emma sah sie an. „Wir?"

„Das ist das älteste erhaltene Artefakt aus unserer Familiensammlung."

Emma runzelte die Stirn und las den Informationstext. „Griff aus eng gewickeltem Silberdraht, lässt in Verbindung mit dem goldenen Tiersymbol auf erfolgreiches und wohlhabendes Individuum schließen."

Lydia hatte ihre Frage vorausgesehen. „Unsere Familie wird nicht erwähnt, weil die Kuratoren nichts davon wissen. Laut Dad war sein Name Finnr Hrōk." Nach einem Blick in Emmas ausdrucksloses Gesicht fügte sie hinzu: „Hrōk ist altnordisch und bedeutet Krähe."

Anschließend führte Lydia Emma in die Galerie, die die Sammlung aus Europa im 17. Jahrhundert beherbergte. Dort war ein vergoldetes Uhrgehäuse aus dem Jahr 1675 ausgestellt, das ein kompliziertes Design aus verschlungenen Blättern und Ästen zierte. Zwischen dem Laub war die Silhouette eines Vogels auszumachen. „Aus dem Familienbesitz", sagte Lydia.

„Das wird hier nicht erwähnt …", begann Emma.

„Ich weiß", unterbrach Lydia sie. „Du wolltest aber, dass ich dir alles erzähle. Das ist das, was ich kenne und gehört habe. Alte Gegenstände, Familienüberlieferungen und viele alte Mythen, die nicht wahr sein können."

„Okay", sagte Emma. Dann etwas versöhnlicher: „Ziemlich cool."

„Eines noch", sagte Lydia und flitzte durch die Gänge voller Schaukästen, vorbei an Steinstatuen und Marmorbüsten, alten Teppichen und kunstvoll bemalten Miniaturen.

Die Galerie von 1900 bis heute wirkte nach den vorhergehenden Ausstellungsstücken beinahe skurril. Nach wenigen Minuten hatten sie sich an Touristengruppen und laut schnatternden Schulklassen vorbeigezwängt und waren dabei von der Welt der geschmiedeten Waffen und alten Manschettenknöpfen aus Bronze bis zu einem Fernsehschrank aus dem Art déco gereist. „Wie viel weißt du über die anderen?"

„Die vier Familien?", fragte Emma, während sie die Ausstellungsstücke betrachtete. „Fox, Pearl, Silver und Crow."

„Genau." Lydia hielt vor einem kleinen Steinbrunnen, der auf einem soliden Fundament angebracht war. Im oberen Teil der runden Form war das Wappen der City of London eingraviert, ansonsten enthielt sie keine dekorativen Elemente. „Der hier wurde in der Nähe von St. John's Park in Westminster errichtet, um dem Waffenstillstand von 1943 zu gedenken."

„Waffenstillstand?" Emma runzelte die Stirn. „Was hat das mit dem Zweiten Weltkrieg zu tun?"

„Er wurde zwischen den Familien geschlossen. Zuvor hat es ständig Machtkämpfe, Unruhe und Chaos gegeben.

Wenn man den alten Geschichten Glauben schenken kann. Das war damals, als wir alle noch mehr Macht hatten."

„Magische Kräfte?", fragte Emma und riss die Augen auf.

„Ja, besondere Fähigkeiten, wie immer du das nennen willst." Deshalb hatte Lydia es stets vermieden, mit Emma über solche Dinge zu reden. Sie kam sich dumm vor, sagenumwobene Worte wie Magie laut auszusprechen. „Die Lage war katastrophal. Auf allen Seiten starben Menschen und die Familienoberhäupter begannen darüber zu sprechen, wie dem Ganzen ein Ende gesetzt werden konnte. Die Friedensverhandlungen hatten mehrere Jahre gedauert, aber als schließlich der Zweite Weltkrieg ausbrach, insbesondere nach den Bombenangriffen der deutschen Luftwaffe, wollte man unbedingt eine Einigung erzielen. Gemeinsam stärker sein, Patriotismus und all das. Die Oberhäupter kamen zusammen und schmiedeten einen Pakt, der besagte, dass man sich gegenseitig in Ruhe ließ. Jedem wurden Gebiete zugeteilt und jeder schwor, die anderen Familien nicht anzurühren."

„Was ist damit geschehen?"

„Er gilt immer noch", sagte Lydia. Dann dachte sie an Maddies Verschwinden. „Zumindest hoffe ich das."

„Ich meinte eigentlich den Brunnen. Er hat einen Riss."

„Ach so, ja." Lydia nickte. „Es gab ein Gasleck und der Brunnen wurde durch die Explosion zerstört. Er wurde wieder zusammengesetzt und hierhergebracht, wo er sicher war. Auf neutralen Boden." Sie trat näher heran und zeigte auf die eingravierten Familienwappen. „Eine Perlenkette, ein silberner Kelch, der Fuchskopf und wir." Lydia hielt kurz vor dem Stein inne, auch wenn ihre Finger danach lechzten, das Bild der Krähe nachzufahren.

„Dann ist also alles wahr. Ich meine", Emma machte eine ausladende Geste durch die Galerie mit all ihren Besuchern, „wir sind immerhin im British Museum."

Lydia nickte. „Wir erhielten das Wappen der City of London als kleines Symbol der Anerkennung. Es gab auch Gespräche darüber, so ein Gildendings zu gründen, wie die Handwerker, aber das wäre wohl doch zu viel des Guten gewesen. Wir sind so etwas wie legitimiert, irgendwie auch akzeptiert, aber nicht so richtig. Jetzt ist das alles auch nicht mehr wichtig. Die Silvers sind immer noch hinterhältige Lügner, aber es ist nicht mehr so wie früher. Sie können dir nicht mehr weismachen, dass du unbedingt vom Gherkin herunterspringen willst."

„Ach herrje", sagte Emma.

Das alles machte Lydia überraschend viel Spaß. Emma klebte ihr förmlich an den Lippen.

„Jeder sagt, dass die Crows die Mächtigsten waren. Ist das immer noch so?"

„Ja." Lydias Laune schwand sofort. „Ich weiß nicht wirklich, was das bedeutet. Ich wurde von der Familie ferngehalten. Da kenne ich mich nicht aus."

„Du klingst wütend", sagte Emma.

Lydia zuckte mit den Schultern. „Es ist nur komisch. Was man nie hatte, kann einem nicht fehlen, aber es kommt mir so vor, als wäre ich bei einem Test durchgefallen, bei dem ich gar nicht antreten durfte …" Sie hielt inne, als zwei dunkelhaarige Frauen in gleichartigen pinken T-Shirts und Shorts abrupt vor ihr stehenblieben, um ein Selfie zu schießen.

Nachdem sie die Touristinnen umrundet hatten, legte Emma einen Arm um Lydias Taille und drückte sie. „Deine Eltern wollten dich nur beschützen."

„Ich weiß", sagte Lydia und lehnte sich für einen Moment an Emma, bevor sie sich trennen mussten, um eine Besuchergruppe durchzulassen.

Sie gingen die Galerie entlang in Richtung Ausgang. „Sieh nur." Emma blieb stehen. „Noch mehr Crow-Zeug."

„Das gehört nicht zu uns", sagte Lydia und trat instinktiv einen Schritt zurück. „Zumindest denke ich das. Oder hoffe es."

Die Zeichnung auf einem Stück Pergament, das mehr wie Stoff als Papier aussah, hing hinter einer schützenden Glasscheibe. Es war das stilisierte Bild eines überdimensionierten Raben mit seinen riesigen schwarzen Augenhöhlen und gespreizten Flügeln.

„Nachtkrapp oder Nattravnen", las Emma von der Tafel ab.

„Der Nachtrabe", sagte Lydia, ihre Kehle war trocken. „Das ist ein schlechtes Omen. Er hat keine Augen, nur Höhlen. Und wenn man ihm ins Gesicht sieht, stirbt man."

Emma zog eine Augenbraue nach oben. „Noch so eine schöne Gutenachtgeschichte? Kein Wunder, dass du nach Schottland abgehauen bist."

Lydia bemühte sich zu lächeln.

„Was ist los?", fragte Emma.

„Nichts." Lydia wandte sich entschlossen von der Zeichnung ab. Der Nachtrabe war nur ein Mythos, der vor Jahrhunderten aus Skandinavien mitgebracht worden war. Er kann dir nichts anhaben, sagte sich Lydia, dennoch wurden ihre Schritte schneller und auf dem Weg zum Ausgang hörte sie Paul Fox' Stimme sagen: „Flieg davon, kleines Vögelchen."

KAPITEL VIERZEHN

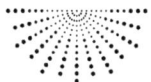

Nach ein paar Gläsern Rotwein mit Emma fühlte sich Lydia etwas angetrunken. Mit zusammengekniffenen Augen starrte sie auf dem Weg von der U-Bahn-Station zum Café auf ihr Handy. Sie hatte eine E-Mail von Karen mit dem Betreff *Gute Nachrichten* erhalten. Mr. Carter war ins Büro gekommen und hatte sich in aller Form entschuldigt. Offenbar hatten die beiden sich wieder getrennt und Karen fragte, wann Lydia zurückkam. Lydia entschied, dass sie zu betrunken war, um sich darüber Gedanken zu machen.

Im Café war es warm und es roch unglaublich würzig. Lydia öffnete die Tür zur Küche und fand Angel über einen gigantischen Topf Suppe gebeugt.

„Was hältst du davon, Überwachungskameras einzubauen?" Sie trat näher an den Herd, der Duft war einfach herrlich. „Was ist das?"

Angel antwortete nicht, nahm aber eine Schüssel aus dem Regal, schöpfte einen großen Löffel hinein und reichte sie Lydia. „Keine Kameras", sagte sie dann. „Charlie meinte, die bringen nichts."

„Ich bin aber nicht Charlie", antwortete Lydia und ignorierte den Stich, den sie dabei verspürte. Nein, sie war kein Charlie Crow. Auch kein Henry Crow, nicht einmal ihre Cousine dritten Grades Phoebe Crow. Sie war Lydia Crow, eine Stümperin erster Güte, bei der Auftragsmörder und Fox-Männer ein und aus spazierten und ganz nebenbei Türen anbrachten, die sie weder wollte, noch brauchte. „Wir könnten uns zumindest ein paar Attrappen für hier unten besorgen", meinte Lydia. „Das ist besser als nichts."

Angel zuckte mit den Schultern.

„Hat dir Charlie ein Budget für die Renovierung gegeben?"

Angel sah sie misstrauisch an. „Schon. Aber er hat alles selbst organisiert. Ich sollte nur die Arbeiten überwachen."

„Und tolles Essen kochen." Lydia hatte dem Duft nicht länger widerstehen können und ordentlich zugelangt. Sie vernahm die einzelnen Geschmacksnoten von Tomate, Knoblauch, Zwiebel und Chili, den festen Biss von Linsen und das leuchtende Grün von Basilikum, kombiniert mit einer cremigen Basis, die weder zu säuerlich noch zu üppig war. So wie die Tomatensuppe, die Lydia als Kind so gern gemocht hatte, nur tausend Mal besser. „Ernsthaft jetzt." Lydia wedelte mit dem Löffel durch die Luft. „Das ist das Beste, das ich je gegessen habe."

Angel lächelte nicht, aber um ihre Augen legte sich ein sanfter Glanz. „Es ist nur Suppe."

„Ich brauche Geld", sagte Lydia. „Damit ich die Wohnung ein bisschen einrichten kann."

Angel wandte sich ab und holte eine Zwiebel aus einem Korb. „Da musst du mit deinem Onkel sprechen."

Lydia schob die Tür zum Café auf. Sie öffnete die Kasse und nahm vier Fünfziger heraus.

Angel stand – mit der Zwiebel in der Hand – direkt hinter ihr. „Ich muss es ihm sagen", meinte sie.

„Kein Problem", antwortete Lydia. Onkel Charlie hatte gesagt, sie solle sich sicher fühlen. Lydia wusste genau, was sie dafür brauchte. „Ich hebe die Rechnungen auf."

Am nächsten Morgen wachte Lydia auf und trank von ihrem Wasser. Es ging ihr gut, was der Vorteil war, wenn man sich tagsüber und nicht abends betrank. Die Fünfziger aus dem Café lagen auf ihrem Nachttisch, daneben stand ein halbvolles großes Wasserglas.

Sie duschte, zog sich an und schob den Gedanken zur Seite, dass sie Karen noch nicht geantwortet hatte. Als ihr Handy klingelte und Karens Nummer anzeigte, drehte sie das Display um. Ohne groß darüber nachzudenken, ging Lydia nach unten in das verlassene Büro. Der Schreibtisch und der Stuhl waren von IKEA, aber immerhin war der Stuhl gepolstert und somit eine bequemere Sitzgelegenheit als ihr Bett. Sie schraubte die Beine des Tisches ab, um ihn einfacher bewegen zu können, und trug beide Möbelstücke hinauf in ihre Wohnung. Nachdem sie den Tisch wieder zusammengebaut hatte, stellte sie ihn so in den Raum, dass sie zur Tür sah und mit dem Rücken zum Fenster saß. Es sah nicht schön aus, erfüllte aber seinen Zweck. Und da das Ganze ja nur vorübergehend war, reichte Zweckmäßigkeit vollkommen aus. Insgeheim wusste sie, dass sie nicht ehrlich zu sich war, aber die Zweifel ertränkte sie mit einer großen Tasse Kaffee. Danach ging sie einkaufen.

Drei Stunden später bewunderte Lydia ihr Werk. Kameraattrappen im Café und im Korridor zu den Gästetoiletten, die waren nur zur Vorsicht gedacht. Kabellose High-End-Kameras auf den Treppen und vor ihrer Tür und am hinteren Eingang zum Café bei den Mülltonnen, samt Live-Verbindung zu ihrem Laptop. Charlie mochte die Aufnahmen stören, wenn er in der Nähe war, aber hoffentlich richtete er an den Geräten selbst keinen Schaden an.

Zurück in ihrem frisch eingerichteten Büro checkte Lydia ihre E-Mails und fand eine Antwort von Verity. Sie bestätigte, dass sie sich mit Maddie am 15. getroffen hatte, und schickte ihr eine Kontaktnummer. Lydia rief sofort an.

„Hallo?"

„Hier spricht Lydia Crow, ich rufe wegen Madeleine an."

Verity war durch den Verkehrslärm im Hintergrund schwer zu verstehen. „Klar." Sie klang außer Atem, sie hatte es offenbar eilig.

„Du hast geschrieben, dass du Madeleine seit dem 15. nicht mehr gesehen hast. Hast du danach noch von ihr gehört?"

„Nein", sagte Verity. „Das habe ich schon deinem Onkel gesagt. Ich habe mich mit Maddie am Dienstagnachmittag auf einen Kaffee getroffen. Ihr hat die Sache überhaupt nicht leidgetan und ich war sauer auf sie. Ich blieb nicht lange und wir sind nicht gerade freundschaftlich auseinandergegangen."

„Habt ihr euch gestritten?"

„Ein bisschen." Plötzlich war Verity besser zu verstehen, so als ob sie in eine ruhigere Gegend eingebogen wäre. „Ehrlich gesagt habe ich mich mit ihr getroffen, weil ich wissen wollte, ob es ihr gutgeht. Ivan kann eine echte Plage sein und ich wollte wissen, ob er sie drangsaliert hatte. Maddie hat mich nur ausgelacht."

„Ausgelacht?"

„Ja, sie war nicht sehr nett", sagte Verity.

„Wie würdest du ihre Stimmung an dem Tag beschreiben?"

Nach einem kurzen Schweigen sagte Verity: „Aufgeregt. So als ob sie gerade im Lotto gewonnen hätte."

Lydia dankte ihr, legte auf und machte sich auf den Weg zu Charlies Haus. Sie könnte ihn auch anrufen, aber sie wollte ihm in die Augen sehen, wenn sie ihm ihre Fragen stellte.

CHARLIE WOHNTE IN DER GROVE LANE IN EINEM unter Denkmalschutz stehenden dreigeschossigen Georgianischen Reihenhaus, das sich mit einem eindrucksvoll langen Vorgarten von der Straße absetzte. Der Garten war üppig mit Bäumen und Büschen bepflanzt, was für noch mehr Privatsphäre sorgte. In den Blättern zwitscherten Vögel und Lydia ging die Einfahrt hinauf. Der harsche Warnruf eines Raben erklang über ihnen und Lydia erblickte drei Elstern am Kupferbecken zu ihrer Linken. „Guten Morgen", sagte sie höflich. Weitere vier flatterten herab und reihten sich an der Einfahrt auf. Sie waren merkwürdig ruhig. Und beobachteten sie.

Lydia hatte den Finger an der Klingel, doch die Tür wurde bereits geöffnet. Charlie stand in Jeans und weißem T-Shirt vor ihr, in der Hand hielt er eine Scheibe Toast. „Schön, dich zu sehen, Lydia", sagte er kauend.

„Ich werde nicht draußen stehenbleiben", sagte Lydia und ging durch den Korridor mit seinem originalen Deckenbalken und dem gläsernen Oberlicht ins Wohnzimmer. Die Wände waren nackt und weiß, das Eichenparkett war mit einem handgeknüpften Teppich belegt und drei riesige holzgerahmte Fenster zierten eine Wand. Einige gemütliche Sessel sowie ein wackeliger Bücherstapel waren die einzigen Möbelstücke. Charlie empfing hier wohl kaum Gäste.

Er setzte sich nicht, stattdessen ging er zu dem leeren Kamin und lehnte sich an die Wand daneben. „Wie komme ich zu diesem Vergnügen?"

„Du hast mir nicht gesagt, dass du mit Verity gesprochen hast. Wie hast du sie gefunden?"

„Ich wusste von Maddies Job bei Minty PR. Ihr Chef hat mir freundlicherweise verraten, mit wem sie sich dort gut verstanden hat."

„Gibt es einen besonderen Grund, warum du mir nichts davon gesagt hast?"

Charlie lächelte. „Nur ein kleiner Test", sagte er. „Ich wollte wissen, wie weit du kommst." Er aß das letzte Stück Toast auf und wischte sich die Hände an den Jeans ab.

Lydia unterdrückte nur mit Mühe ihren Ärger. „Du wusstest also, dass sie ihren Job bei der PR-Agentur verloren hatte. Weißt du, wo sie stattdessen hingegangen ist? Sie hat das Haus jeden Morgen verlassen, ihre Eltern wussten von nichts."

Charlie zuckte mit den Schultern. „Keine Ahnung."

Nur der Hauch eines Zuckens war zu erkennen. Kaum bemerkbar, aber Lydia spürte das untrügliche Gefühl der Gewissheit. Er log.

Sie wartete und bot ihm die Gelegenheit zu reden. Doch

er schwieg. Schließlich sagte sie: „Ich dachte, du möchtest, dass Maddie gefunden wird?"

„Komm schon, Lydia. Natürlich will ich das."

„Dann spiel keine Spielchen." Lydia kniff die Augen zusammen.

Charlie lächelte. Freundlich wie ein Hai. „Hast du Neuigkeiten für mich?"

„Der Mann, der mich angegriffen hat, war Russe." Sie suchte wieder nach einem Zucken, fand aber keines. „Was du vermutlich herausgefunden hast, bevor du ihn umgebracht hast."

Noch immer nichts. Charlie war gut.

„Was interessant ist, nachdem es zwischen Maddie und einem russischen Geschäftsmann namens Ivan Gorin zu einem Zwischenfall gekommen ist. Wäre er nicht schwer verletzt gewesen und Maddie ohne jeden Kratzer geblieben, hätte ich schwören können, eine russische Gang hätte es auf die Familie abgesehen. Zumindest vermute ich, dass Maddie nicht verletzt wurde. Daisy und John haben nichts in die Richtung erwähnt."

„Es sollte allgemein bekannt sein, dass man sich nicht mit den Crows anlegt", sagte Charlie mit einer gewissen Zufriedenheit in der Stimme. „Ist sonst jemand auf deinem Radar? Irgendwelche Spuren?"

Lydia beschloss, ihm nichts von Paul Fox zu verraten. Nicht, solange ihr Bauchgefühl lautstark schrie, dass sie etwas Wichtiges übersah oder nicht richtig verstand. „Warum machst du dir nicht mehr Sorgen um Maddie? Was weißt du noch?"

„Nichts, ich schwöre es."

„Dein Wort wird immer weniger wert", sagte Lydia und ging, bevor sie noch mehr Schaden anrichtete. Ein Streit mit dem mächtigsten Crow war keine gute Idee – nicht einmal, wenn er ihr Onkel war.

ALS LYDIA AUFWACHTE, FÜHLTE SICH IHR Gesicht an, als hätte sich eine Eisschicht über Wangen und Nase gelegt. Erst als sie bei vollem Bewusstsein war, registrierte ihr Gehirn, dass sie die Luft eines Wintertages einatmete. In Schottland. Auf einem Berg. Vergrabene Instinkte aus ihrer Kindheit, tief verborgen im Unterbewusstsein, schritten zur Tat. Daher schaffte sie es, nicht allzu überrascht dreinzusehen, als sie die Augen öffnete. Jason schwebte über ihr und sah sie besorgt an. „Du hast im Schlaf gesprochen", sagte er.

„Guten Morgen", sagte Lydia. Es gelang ihr, ruhig zu sprechen. „Würde es dir vielleicht etwas ausmachen, nicht über mir zu schweben, während ich schlafe? Oder noch besser, hättest du die Güte, meine Privatsphäre zu respektieren und mein Schlafzimmer überhaupt nicht zu betreten?"

„Und wenn du mich einlädst?"

„Das wäre etwas anderes." Und würde nie geschehen.

„Also", sagte Jason nach einer Pause. „Willst du wissen, was du gesagt hast?"

Lydia setzte sich auf und zog ihre Decke an ihre Brust. „Was?"

„Es ging um Fleet." Jason schwebte ans Ende des Bettes und setzte sich. „Ich denke, da gibt es ein paar unterdrückte Gefühle in dir."

„Hör auf." Lydia schloss die Augen. „Lauschen ist schon schlimm genug, aber dann hält man zumindest die Klappe. Du brauchst es nicht noch kommentieren."

„Ich bin nur ehrlich", sagte Jason und zuckte mit den Schultern. Es war eine merkwürdige Bewegung.

Lydia fuhr sich mit der Hand über das Gesicht und versuchte richtig wachzuwerden, bevor sie sich weiter mit dem Geist befasste. „Ernsthaft. Du kannst nicht so aus dem Nichts auftauchen. Das macht mich fertig."

„Sorry." Jason wirkte aufrichtig betrübt. „Ich hörte dich schreien und dachte, es sei wieder jemand eingebrochen."

„Ach so." Vielleicht zeigte es nur, wie armselig Lydias Leben war, aber sie freute sich ernsthaft darüber, dass sich der Geist um ihr Wohlergehen sorgte.

„Ich wünschte, ich könnte dir helfen", sagte Jason. „Ich würde so gern etwas tun. Den Kerl umzuhauen, das war ein richtiger Rausch. Ich hatte dabei furchtbare Angst, aber zumindest habe ich etwas getan. Etwas bewirkt. Verstehst du? Die Welt im Kleinen verändert."

Auch wenn es merkwürdig klang, Lydia verstand ihn genau. Als sie zum ersten Mal einen Fall für Karen gelöst hatte, hatte sich das so angefühlt, als hätte sie etwas bewirkt. Es war nichts Glamouröses gewesen, aber sie hatte Beweise dafür gefunden, dass ein Ehemann fremdging, und die Frau konnte endlich mit der Sache abschließen und weitermachen.

Jason neigte seinen Kopf und starrte sie an.

„Was?" Lydia wischte sich über das Kinn. Hatte sie etwa im Schlaf gesabbert?

„Irgendetwas ist anders an dir."

„Das denke ich nicht."

„Doch, auf jeden Fall."

„Jason. Ernsthaft. Ich will nicht unhöflich sein, aber ich bin eben erst aufgewacht."

„Verstanden", sagte Jason. Dann schwieg er und sah sie verwirrt an.

„Was ist?" Lydia streckte sich und spürte das Knacken ihrer Wirbelsäule.

„Wenn ich verschwinden will, verschwinde ich einfach. Das ist wie das Teleportieren bei Star Trek und so ziemlich das einzig Coole an dieser Sache hier."

Lydia winkte ihm zu. „Na dann, teleportier dich. Du bist entlassen."

Er verzog das Gesicht. „Sehr witzig. Ich kann nicht."

„Vielleicht versuchst du es noch einmal?" Lydia wollte aufstehen, duschen und mindestens einen Liter Kaffee trinken.

„Okay." Jason stand auf und stellte sich an die Wand. Er legte beide Hände dagegen und drückte. „Siehst du?" Er drehte sich zu ihr. „Ich komme nicht durch."

„Es tut mir leid?", versuchte es Lydia.

„Nein, nein, das muss es nicht. Bevor du hier warst, konnte ich nichts anfassen. Ich konnte mich nur durch ein Augenzwinkern in einen anderen Raum befördern, ich konnte durch Wände gehen, als wären sie Rauch. Aber ich konnte nichts berühren. Ich konnte nichts aufheben. Nicht einmal einen Bleistift."

„Okay."

„Und als du kamst, konnte ich plötzlich diesen Pflanzentopf hochheben. Ich habe mit dem Kerl gerungen. Ich musste mich wirklich konzentrieren und spürte, wie meine Hände durch ihn durchgehen wollten, aber ich habe es geschafft. Ich habe diesen Topf aufgehoben und den Mann geschubst. Ich konnte es spüren."

„Dafür bin ich dir sehr dankbar", sagte Lydia. Auf Jasons blassem Gesicht zeichneten sich zwei rote Flecken auf den Wangen ab und sein Blick wurde hektisch. Er schwebte unruhig durch den Raum und warf seine Arme herum.

„Ich dachte, das wäre das Adrenalin, was dumm ist, weil ich kein Adrenalin mehr habe. Ich habe ja keinen Körper mehr. Anfangs dachte ich, dass es aus der Situation heraus passiert ist. Aber das war es nicht. Es liegt an dir." Er sah Lydia an. „Wenn ich in deiner Nähe bin, muss ich mich nicht mehr daran erinnern, dass Dinge fest sind. Jetzt fühle ich es selbst. Sieh nur." Er schlug mit der flachen Hand gegen die Wand.

„Das liegt nicht an mir", sagte Lydia. „Ich tue nichts, das schwöre ich."

Jason lächelte. „Schon gut. Ich mag das. Ich werde dir Kaffee bringen."

„Oh, Gott sei Dank", sagte Lydia und rang sich ein Lächeln ab.

Der Geist öffnete die Tür und mit einem letzten verrückt wirkenden Grinsen verschwand er aus dem Zimmer.

LYDIAS HANDY VIBRIERTE, ALS EINE Kurznachricht einging. Es war Fleet, der fragte, ob sie ihn für ein kurzes Gespräch im Park treffen könnte. Lydia schrieb *Brücke ins Nirgendwo in 30 min* und schickte die Nachricht ab, bevor sie es sich anders überlegte.

Fleet wartete an den schmiedeeisernen Stufen und war heute entweder außer Dienst oder wollte zumindest den Eindruck vermitteln. „So leger?", fragte Lydia. „Casual Friday?"

„Ich bin nicht im Dienst."

„Sie sind Polizist", entgegnete Lydia. „Sie sind immer im Dienst."

„Auch wieder wahr." Fleet lächelte. „Dasselbe gilt wohl für Sie?"

Lydia antwortete nicht sofort. Es kostete sie all ihre Energie, ihre Finger von ihm zu lassen. Seine Sportsachen waren also nicht nur Show und er war offensichtlich ins Schwitzen gekommen. Was eklig sein sollte, aber Lydia hätte sich am liebsten auf ihre Zehenspitzen gestellt und die Nase in seinem Nacken vergraben, seine Haut abgeleckt und vermutlich etwas getan, was ihnen beiden eine Anzeige wegen Erregung öffentlichen Ärgernisses einge-handelt hätte. Daher war ihr Tonfall etwas schärfer als beabsichtigt. „Ich sollte mich nicht mit Ihnen unterhalten."

„Dann tun Sie es nicht", antwortete Fleet und wandte seinen warmen Blick nicht von ihr ab.

„Das sollten Sie nicht sagen", entgegnete Lydia und sah zur Seite.

„Weil ich Polizist bin?"

Lydia nickte. „Wenn Sie sagen, dass ich mit Ihnen reden muss, bleibt mir keine andere Wahl." Die Worte waren gesagt, sie würde sie am liebsten zurücknehmen. Die Familie kam an erster Stelle.

„Ich möchte Sie in Sicherheit wissen."

„Werden Sie mir jetzt Polizeischutz anbieten?"

Nun war es Fleet, der nickte, sein Gesichtsausdruck war ernst.

Sie lächelte schwach. „Wir wissen beide, wie viel das bringen würde."

„Das hängt von der Bedrohung ab", sagte Fleet. „Es gibt Grenzen."

Lydia stieß einen langen Atemzug aus und versuchte,

die Anspannung aus ihrem Körper zu bekommen. „Ich wünschte, wir könnten uns ordentlich unterhalten."

„Time-out? Ja."

In schweigendem Einverständnis gingen sie die Stufen hinauf und bis zur Mitte der Brücke. Fleet lehnte sich an das Geländer und sah Lydia an, als wolle er etwas sagen.

„Sie erwähnten Druck", sagte Lydia. „Kommt er von meiner Familie oder von woanders her?"

„Die genaue Quelle ist schwer zu lokalisieren."

„Aber Sie haben einen Verdacht?"

„Ja." Fleet wartete, bis ein Jogger vorbeigelaufen kam, mit Kopfhörern in den Ohren und nicht empfänglich für seine Umgebung. „Die Sache ist die ..."

„Was ist? Sagen Sie es mir." Lydia trat näher heran. „Bitte."

„Vor etwa sechs Monaten gab es Probleme. Ein nettes, reiches Mädchen fiel wiederholt unangenehm auf. Trunkenheit, Ruhestörung, riskantes Fahren, Sachbeschädigung."

„Frauen werden viel häufiger wegen Trunkenheit und Ruhestörung angezeigt als Männer."

„Ach ja?" Fleet schüttelte sanft den Kopf. „Das kann ich nicht bestätigen. Wie dem auch sei, dieses Mädchen fuhr einem anderen Wagen hinten rein. Dieses Mal hatte sie ein Problem, weil sie während des Fahrens ihr Handy benutzt hatte. Das ging klar aus den Handydaten hervor, aber sie kam mit einer Verwarnung davon."

„Ist das üblich?"

„Bei einem reichen, weißen Mädchen, das bei ihrer ersten wirklichen Straftat gefasst wird und niemanden ernsthaft verletzt hat? Klar."

„Lassen Sie mich raten", sagte Lydia mit einer bösen Vorahnung. „Die Verwarnung hat nichts gebracht."

„Korrekt", antwortete Fleet. „Die Sache ist die, niemand, der in die kleineren Vorfälle verwickelt war, wollte Anzeige erstatten. Genauer gesagt, gaben alle Betroffenen an, es wäre ihre eigene Schuld gewesen."

Mist. Das klang nach Einschüchterung. Im Grunde so wie früher, in den schlechten alten Zeiten der Crows.

„Später trieb sie ihr Unwesen in der Stadt und zerstörte einen Kronleuchter im Dorchester. Diese Art von Vorfällen bleibt nicht unbemerkt und zusammen mit der ersten Verhaftung hätte der Staatsanwalt gute Chancen gehabt, eine Verurteilung zu erreichen. Und ich wäre sie auch los gewesen."

„Was Sie gefreut hätte."

Fleets Schulterzucken war beinahe nicht bemerkbar. „Mir war es egal, es ist nur ein Job. Aber ja, ein abgeschlossener Fall ist mir lieber als ein laufender."

„Gut für die Statistik."

„Natürlich. Ich bin ein moderner Polizist, es geht nur um Zahlen."

„Was ist also passiert?"

„Die Oberen meinten, das wäre nicht das erwünschte Ergebnis."

„Also keine Strafverfolgung?"

„Nein." Fleet nahm einen Schluck aus seiner Wasserflasche. „Was sind schon fünfzehn Stunden Polizeiarbeit unter Freunden? Ein Tropfen auf dem heißen Stein."

„Sie sind nicht verbittert?"

Sein Lächeln war umwerfend. „Nie."

Lydia wusste, dass es nur einen Grund dafür geben konnte, dass Fleet ihr von diesem unbefriedigenden Fall erzählte. „Das reiche Mädchen war eine Crow." Es war eine Aussage, keine Frage.

Er nickte und das Lächeln war genauso schnell verschwunden, wie es gekommen war.

„Und Sie vermuten, mein Onkel hat Einfluss auf Ihre Vorgesetzten genommen?"

Fleet zuckte mit den Schultern. „Das wäre eine Erklärung."

„Wie heißt das Mädchen?"

„Madeleine Crow."

KAPITEL FÜNFZEHN

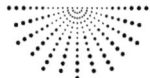

Tante Daisy kam über den Parkplatz ihres Fitnessstudios gelaufen, die Schlüssel in der Hand und eine glänzende blaue Tasche über ihrer Schulter. Sie trug Yogahosen und makellose Sportschuhe, ihr Haar war frisch frisiert. Lydia stieg aus ihrem Auto und rief nach Daisy.

Die drehte sich um und blieb nur mit offensichtlichem Widerwillen stehen. „Ich bin spät dran", sagte Daisy. „Kann das warten?"

„Nicht wirklich", antwortete Lydia, überrascht von Daisys unbeteiligter Art. Wo war die Frau, die sich vor drei Tagen die Augen ausgeheult hatte?

Daisy sah auf ihre Uhr. „Worum geht es?"

„Du warst in Bezug auf Madeleine nicht ehrlich zu mir."

„Wie bitte?"

Lydia blickte auf einen muskelbepackten Mann in einem viel zu engen Lycra-Shirt, der zum Studio eilte. „Wollen wir uns in meinem Auto unterhalten?"

Daisy sah sich um. „Also schön."

Lydia schob die Fast-Food-Schachteln vom Beifahrersitz und genoss den Anblick ihrer Tante Daisy, die vergeblich versuchte, sich ihren Ekel über den Zustand des Wagens nicht ansehen zu lassen. Neben leeren Chips-Packungen, von denen einige verschimmelte Apfelbutzen enthielten, lagen darin halb ausgetrunkene Flaschen Wasser, Saft und koffeinhaltige Buzz-Limonade, eine Fleecedecke samt Kissen und eine Rolle Küchentücher. Sie hatte viele Observierungsstunden in diesem Auto verbracht und das war deutlich zu sehen.

„Wie oft wurde sie verhaftet?"

Daisys Mundwinkel wanderten nach unten. „Das hat sie nicht getan."

„Was hat sie nicht getan?"

„Sie war nur dumm. Sie hat sich mit den falschen Leuten eingelassen."

„Mit wem?"

Daisy sah zur Seite. „Ich weiß nicht, wie sie heißen."

„Sie ist einem anderen Auto hinten reingefahren. Niemand hat Anzeige erstattet, aber sie war wegen Handynutzung am Steuer dran."

„Maddie würde so etwas nie tun. Sie weiß, wie gefährlich das ist. Sie hat ihre Theorieprüfung mit voller Punktzahl bestanden."

„Die Handydaten zeigen, dass sie eine Minute vor dem Unfall eine Kurznachricht verschickt hat." Lydia öffnete ihr Notizbuch. „Kannst du mir jetzt bitte erklären, was passiert ist? Warum hat sie nicht einmal ein Bußgeld bekommen? Sie ist in einen Wagen reingefahren und der andere Fahrer hatte ein Schleudertrauma. Sie hatte Glück, dass sie nicht wegen riskanten Fahrens angeklagt wurde.

Zusammen mit den anderen Vergehen hätte sie ins Gefängnis gehen können."

Daisy presste die Lippen zu einer dünnen Linie, sie sah Lydia nicht an.

„Wenn du mir nicht die ganze Geschichte erzählst, kann ich dir nicht helfen. Ich verurteile Madeleine nicht, wir alle machen Fehler."

„Das weiß ich doch", entgegnete Daisy. „Niemand verurteilt Madeleine. Jeder gibt nur mir die Schuld."

„Mich interessiert es nicht, wer schuld daran hat", sagte Lydia. „Ich will nur Maddie finden. Das ist alles."

Schließlich sah Daisy zu ihr. Lydia glaubte, dass sie etwas versöhnlicher aussah, aber ihre Worte spritzten vor Gift: „Charlie benutzt dich, um mich daran zu erinnern, dass ich ihm etwas schulde. Um ein Auge auf mich zu haben. Du kannst ihm gern ausrichten, dass ich seine Botschaft verstanden habe."

„Ich bin nicht …" Lydia hielt inne. „Warte. Was? Hat sich Charlie nach dem Unfall um die Angelegenheit gekümmert?"

„Spiel nicht die Dumme." Daisy drückte ihre Sporttasche näher an sich und umarmte sie wie ein Kuscheltier. „Wer hätte sonst solchen Einfluss?"

„Tristan Fox."

Daisys Kinnlade klappte nach unten. „Bist du total verrückt geworden?"

„Maddie traf sich mit Paul Fox. Möglicherweise hat sein Vater die Sache in die Hand genommen und sich um alles gekümmert."

„Nein. Nein. Nein." Daisy schüttelte den Kopf so heftig, dass Lydia schon fürchtete, er schlüge gegen das Fenster. „Das tat sie nicht. Das würde sie nie tun."

„Ich tat es", sagte Lydia. „Als ich in Madeleines Alter war. Er kann sehr überzeugend sein."

Daisy schniefte und öffnete die Autotür. Bevor sie ausstieg, äußerte sie noch einen letzten Gedanken zu dem Thema. Verächtlich sagte sie: „Das warst du. Meine Madeleine hat mehr Verstand."

Lydia trat die Vordertür mit dem Fuss zu und warf sich in den Drehstuhl hinter ihrem Schreibtisch. Sie zog ihre Goldmünze hervor und schnippte sie in die Luft, solange bis sie ruhiger geworden war und Daisys verächtliche Stimme nicht mehr in ihrem Kopf widerhallte.

Lydia checkte Maddies Social-Media-Profile, jedoch ohne große Hoffnung, und fragte sich, was sie sonst tun könnte. Sie wusste nicht, warum Daisys schlechte Meinung von ihr sie so verletzte, aber dass sie in der Ermittlung feststeckte, war bestimmt nicht förderlich. Frustriert überlegte sie, dem Lockruf der halbleeren Flasche Bourbon auf der Küchentheke nachzugeben, da hörte sie Schritte vor der Tür und sah einen Schatten vor der Milchglasscheibe stehen. „Geh weg", rief sie, bevor der Besucher überhaupt anklopfen konnte.

Die Tür wurde geöffnet, es war Fleet. Er sah sich mit diesem nervtötenden suchenden Blick um.

„Ich bin nicht in der Stimmung für eine Befragung", sagte Lydia und schenkte ihm ihr bestes „Verzieh dich!"-Gesicht. „Wie sind Sie überhaupt hochgekommen?"

„Angel hat mich reingelassen. Sie meinte, dass Sie neuerdings Kunden annehmen und ich mich vermutlich anstellen müsste." Er sah sich in dem leeren Zimmer um. „Offensichtlich hat sie übertrieben."

„Beim Höllenfalken!" Lydia stand auf. „Verzeihen Sie, Fleet, ich muss kurz runtergehen und die Köchin anschreien."

„Warum tun Sie das?"

Lydia hielt inne. Sie war bereits halb hinter dem Tisch hervorgekommen, fand aber plötzlich, dass er besser zwischen ihnen bleiben sollte. „Was?"

„Mich Fleet nennen."

„Ich habe Ihnen doch gesagt, dass Ignatius ein lächerlicher Name ist. Außerdem sorgt es für Ausgleich."

„Wie das?"

„Sie denken bei mir auch immer zuerst an Crow, bevor Sie an Lydia denken."

„Das stimmt nicht", sagte Fleet und kam einen Schritt näher.

Lydia hatte geglaubt, das Zimmer wäre groß und leer. Aber tatsächlich fühlte es sich plötzlich sehr klein an.

„Ich denke zuerst an Lydia", sagte Fleet. Dann lächelte er. „Knapp gefolgt von Nervensäge. Besser?"

„Wie freundlich." Lydia zwang sich zur Ruhe. Er sollte nicht sehen, welche Wirkung er auf sie hatte. Da war etwas an ihm und sie fing ernsthaft an zu überlegen, ob der sanfte Schimmer rund um seinen Körper stärker geworden war. Vielleicht lag Bacchus in seiner Erblinie, nicht nur eine der Familien. Sie runzelte die Stirn, der Gedanke überrumpelte sie. „Wie lautet der Mädchenname Ihrer Mutter?"

„Kamara." Er kam noch einen Schritt näher und hielt ihr eine Hand hin. „Kommen Sie jetzt rüber auf meine Seite?"

„Wie bitte?"

Er klopfte auf den Schreibtisch. „Da steht etwas zwischen uns und das gefällt mir nicht."

„Das ist ziemlich merkwürdig", sagte Lydia. Ihr Herz raste und jedes Nervenende kribbelte, aber nicht länger vor Frust oder Wut. Ohne es zu wollen, griff sie nach seiner Hand und genoss das Gefühl seiner Finger. Ihre Hand verschwand praktisch in seiner und sie starrte einen Moment auf sein wohlgeformtes Handgelenk, bevor sie nach oben in sein Gesicht sah. „Ich habe keine Ahnung, was in Sie gefahren ist, aber ..."

„Ich auch nicht." Fleet schüttelte den Kopf. „So mache ich das normalerweise nicht."

„Machen Sie das öfter?" Sie hielten noch immer Händchen und Lydia keuchte beinahe auf, als er seinen Daumen in ihre Handfläche drückte.

„Nie", antwortete Fleet. „Ich weiß nicht einmal, warum ich es jetzt tue. Dieses eine Mal höre ich auf mein Bauchgefühl."

„Das ist nicht immer klug", sagte Lydia.

Er ließ ihre Hand sofort los. „Wollen Sie, dass ich verschwinde?"

„Ich weiß nicht, was ich will", log Lydia.

Sein Lächeln verriet, dass er genau wusste, was er wollte, und dass er sie davon überzeugen würde, es ebenfalls zu wollen, wenn sie ihm nur die Gelegenheit dazu bot. Was redete sie da? Sie wollte es doch schon. Sie wollte ihn.

„Komm her." Er beugte seinen Kopf hinunter, seine Stimme klang tief und sehr sanft. Das musste der erotischste Moment in Lydias Leben sein. Auf jeden Fall der letzten paar Jahre.

„Was dich angeht, habe ich beschlossen, auf meinen Instinkt zu hören", sagte er.

Sie kam um den Schreibtisch herum, eine Hand ließ sie

auf der Oberfläche, um Halt zu finden. „Ist das eine Tatsache?"

Sobald sie auf seine Seite getreten war, legte Fleet seine Hände um ihre Taille und hob sie auf den Schreibtisch, sodass sie auf dem Rand saß und er zwischen ihren Beinen stand.

„Auf keinen Fall", sagte Lydia und bemühte sich um Coolness und einen überdrüssigen Blick. „Viel zu klischeehaft."

Fleet lächelte und küsste sie, bis ihr Gehirn zu explodieren drohte. Augenblicke später kam sie zu sich und realisierte, dass sie sich gierig an ihn klammerte und mit der Hand gegen seinen Nacken drückte, damit er sich nicht von ihr lösen konnte. „Fuck", flüsterte sie, gerötet vor Lust und Scham über ihre Reaktion. Die Lust aber gewann die Oberhand.

„Mehr hast du nicht zu bieten, Klischeemädchen? Ich hatte auf ein, zwei Verse Keats gehofft."

„Halt die Klappe, Fleet", sagte Lydia und zog ihn für die zweite Runde zu sich.

KAPITEL SECHZEHN

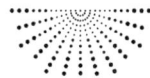

Lydia schickte Fleet nach Hause und schlief den tiefen, zufriedenen Schlaf einer Frau, die gerade atemberaubend guten Sex gehabt hatte. Als sie von Stimmen, knallenden Türen und lautem Radio geweckt wurde, war der Schimmer noch so stark zu spüren, dass es eine Sekunde dauerte, bis sie wütend wurde.

Lydia zog ihre Jeans und ein schwarzes Stretchtop mit breiten Trägern an, band ihr zerzaustes Haar zu einem Pferdeschwanz hoch und stapfte hinunter in das Café. Dort waren mindestens acht Personen, nur eine davon kannte sie. „Angel! Was zur Hölle geht hier vor?"

Angel hatte die Arme vollgeladen mit Warmhalteboxen. „Gerade ein bisschen stressig", sagte sie.

Ein Mann mit einem Werkzeuggürtel und einem Schraubenschlüssel in der Hand sagte: „Ich habe das Leck in der Herrentoilette repariert, das alte Pissoir ausgetauscht und die Wasserhähne festgezogen."

„Dann komm mit." Angel zeigte in Richtung Küche. „Das neue Waschbecken ist da."

Lydia schaltete das dröhnende Radio aus. „Halt! Alle sofort aufhören!"

„Was?" Angel stemmte die Hände in die Hüften. „Wenn du ein Problem hast, klär das mit deinem Onkel."

„Von einem Umbau war keine Rede. Unauffällig, das hat Charlie gesagt. Dass ich nur das Schild ab und zu umdrehen muss, um den Laden echt aussehen zu lassen." Lydia fuchtelte mit den Armen. „Echt *aussehen*. Von einem richtigen Café war nie die Rede."

Angel schüttelte den Kopf. „Dann bist du dümmer, als du aussiehst." Sie wandte sich an den Klempner. „Waschbecken, hier drin. Ich habe nicht den ganzen Tag Zeit."

„Ich wohne hier!", rief Lydia. „Das läuft so nicht."

Angel war bereits halb durch die Tür, hielt aber lange genug inne, um Lydia einen geringschätzigen Blick zuzuwerfen. „Ist das so?"

„Ich führe kein Café."

„Das stimmt", sagte Angel. „*Ich* tue das. Wenn du nicht über einem wohnen willst, sprich mit deinem Vermieter."

Oben legte sich Lydia auf ihr Bett und starrte an die Decke. Sollte sie noch einmal versuchen einzuschlafen oder besser frühstücken gehen? Ein Toast wäre gut, aber die Versuchung, sich die Decke über den Kopf zu ziehen und sich den ganzen Tag über zu verkriechen, war zu verlockend. Ihr Handy klingelte. The White Stripes. Unbekannte Nummer. „Hallo?"

„Hör mir zu."

„Paul." Lydia schloss die Augen.

„Ich habe einen Job für dich."

„Ich habe auch was für dich", sagte Lydia und dachte dabei an einen weiteren Besuch ihres Knies in seiner Weichteilregion.

„Klingt verlockend." Paul Fox' Stimme klang plötzlich warm und sie konnte ihn grinsen hören. Das Bild des lächelnden Paul am Tisch des Italieners, in den er sie einmal ausgeführt hatte, tauchte vor ihr auf. Die Farben waren hell, sie vernahm die feine Knoblauchnote in der Luft sowie das sanfte Klirren von Besteck. Ein wohliges Gefühl umhüllte Lydia, so als ob sie sich in eine Fleecedecke kuschelte. Verdammt! Paul Fox war gut. Lydia streckte ihre Hand aus und ließ aus dem Nichts eine Goldmünze erscheinen. Sofort presste sie ihre Finger um deren kalte Oberfläche. Das Restaurant verschwand und Lydia spürte, wie das Gefühl der Ruhe und des Trostes versickerte.

„Ist es ein Geschenk?"

Pauls Stimme klang sexy und Lydia konnte praktisch dabei zusehen, wie sein Charme durch die Leitung und aus ihrem Handy floss. Sie umklammerte die Münze fester und sagte: „Der Mittelfinger meiner rechten Hand."

Schweigen. Dann sagte Paul: „Ich brauche deine Hilfe. Keinen Gefallen, ich zahle. Ich schicke dir die Unterlagen."

„Ich nehme keine Aufträge an. Du brauchst nichts zu schicken."

„Das ist keine gute Geschäftseinstellung. Die meisten Firmen scheitern innerhalb der ersten drei Jahre. Als Startup solltest du jeden Klienten nehmen, den du kriegen kannst."

„Ich habe schon einen Job", sagte Lydia. „Ich gründe keine eigene Firma."

„Deine neue Tür sagt etwas anderes."

Lydia fragte sich, ob es zu früh für einen Drink war.

Sɪᴇ ᴛʀᴀf ᴅɪᴇ ɢᴇsüɴᴅᴇʀᴇ Wᴀʜʟ ᴜɴᴅ ʀɪᴇf stattdessen Emma an. Die meldete sich atemlos. „Ich laufe gerade zur Schule, kann ich dich zurückrufen?"

„Im wahrsten Sinne des Wortes", meinte Lydia. „Kannst du denn nicht einfach gehen?"

„Sehr witzig. Alles okay?"

„Ja, alles in Ordnung. Ich rufe dich später an."

Lydia starrte auf ihr Handy. Sie hatte sich über Paul Fox und seine Arroganz beschweren und sich darüber auslassen wollen, dass er sie nicht einfach anrufen und sich mit der neuen Tür brüsten konnte. Er würde ihr keine Fragen über Madeleine beantworten. Vermutlich hatte er etwas mit ihrem Verschwinden zu tun, aber er war sich seiner geschützten Position innerhalb der Familie gewiss. Er wusste, dass sie ihm nichts anhaben konnte. Lydia hielt inne. Er hatte sie angerufen. Zwei Mal. Von seinem Handy.

Paul Fox hatte sie zwei Mal angerufen und sie, Lydia Crow, war eine Vollidiotin.

Sie machte den Anruf, bevor sie es sich anders überlegen konnte. „Du musst mir einen Gefallen tun."

KAPITEL SIEBZEHN

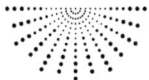

„Ich bin bei der Arbeit", sagte Fleet.

„Das ist praktisch." Lydia eilte über den Bürgersteig und wich Fußgängern aus. „Ich bin auf dem Weg zu dir."

„Das klingt ernst. Ich warte draußen auf dich."

Lydia sah auf die Uhr. Es war fast zwölf. „Treffen wir uns im Hare, ich gebe einen aus."

Eine Pause entstand und Lydia drückte sich innerlich die Daumen.

„Interessant", sagte Fleet. Seine Stimme gab seine Gedanken nicht preis. „Bin in einer Viertelstunde dort."

Fünfundvierzig Minuten später hatte Lydia eine halbe Flasche Bier getrunken und zwei Typen erklärt, dass sie keine Lust auf ein gemeinsames Mittagessen hatte. Oder einen Drink. Oder eine sonstige gemeinsame Aktivität.

Die Tür wurde geöffnet und endlich kam Fleet herein. „Du bist spät dran", meinte sie.

„Hast nicht du angerufen und wolltest einen Gefallen von mir?"

„Also?" Lydia stand auf. „Keine Entschuldigung für die Unpünktlichkeit?"

„Unpünktlichkeit?" Er lächelte.

„Willst du jetzt einen Drink oder nicht?"

„Schon gut." Fleet setzte sich. „Ich muss in zehn Minuten zurück."

„Ermittlung?"

Fleet verzog das Gesicht. „Budgetgespräch."

„Oh, wie glamourös." Lydia setzte sich und bot Fleet ihr Bier an. Er trank einen Schluck und reichte ihr die Flasche zurück.

„Ich brauche die Telefondaten einer Handynummer."

„Das ist der Gefallen?"

Lydia nickte. „Ich würde dich nicht darum bitten, wenn es nicht wichtig wäre."

„Ich vermute, das hat mit der Sache zu tun, von der du mir wegen deines dummen Familienkodex nichts erzählen kannst."

„Vielleicht."

Fleet seufzte und griff nach ihrer Hand. „Lydia."

„Ich weiß, ich verlange viel. Aber ich bitte dich, mir zu vertrauen."

„Heutzutage wird alles gespeichert. Ich kann keine Datenbankabfrage machen, ohne sie einer Untersuchung zuzuordnen oder zu erklären, warum."

„Du bist doch DCI."

Er lächelte und wirkte müde. „Seit kurzem. Und ich darf das nicht versauen. Meine Mutter würde mich umbringen."

„Der Druck der Familie." Lydia rang sich ein Lächeln ab. „Das verstehe ich." Sie blickte ihn an und genoss das Gefühl seiner Hand auf ihrer. Dann schloss sie die Augen und ließ ihre Sinne arbeiten. Sie nahm einen sanften Schimmer wahr. Jedoch keine Warnung. Nichts in ihr sagte ihr, sie solle sich von ihm fernhalten, auf der Hut sein. Und er hatte bislang nichts anderes getan, als auf sie aufzupassen. Ja, er war ein Bulle und ja, sie kannte ihn erst seit kurzem, aber sie vertraute ihm. Charlie hatte sie hingegen angelogen, sie auf die Probe gestellt und ihr Informationen vorenthalten. Außerdem war er Charlie Crow. Beim Höllenfalken! Lydia lehnte sich nach vorne und senkte ihre Stimme. „Kann ich dir vertrauen?"

Fleet nickte und sah ihr direkt in die Augen.

„Ich möchte dir etwas erzählen, aber du darfst das nirgendwo aufschreiben oder abspeichern. Du dachtest, dass der Druck in Sachen Madeleine Crow von einer höheren Stelle kam. Das könnte bedeuten, dass eine der Familien Einfluss auf die Metropolitan Police oder sogar Leute eingeschleust hat. Wenn herauskommt, dass ich mit der Polizei über die Sache gesprochen habe, kann das hässlich für mich werden." Lydia hielt inne. „Ziemlich hässlich."

„Ich verstehe", sagte Fleet. „Im Moment bin ich nicht im Dienst und nicht als Polizist hier. Ich würde dich niemals in Gefahr bringen."

Lydia glaubte ihm. Sie wusste nicht, ob es der atemberaubende Sex oder ihre eigene Schwäche war. Vermutlich machte sie sich lächerlich, so wie all die dummen verknallten Hühner, aber sie brauchte seine Hilfe. Sie holte tief Luft. „Madeleine Crow ist seit letzter Woche verschwunden. Mein Onkel hat mich beauftragt, sie zu suchen. Das habe ich die letzten Tage über getan."

„Wo wurde sie zuletzt gesehen?"

„Vor ihrem Haus, als sie so tat, als ginge sie zur Arbeit. Sie ist ein paar Wochen vorher gefeuert worden."

Fleet nickte. „Okay."

Er fragte nicht, warum die Familie Maddie nicht als vermisst gemeldet hatte, und Lydia war ihm dankbar dafür.

„Ich habe eine Verbindung zwischen Madeleine und Paul Fox hergestellt und ich habe seine Handynummer." Sie tippte auf ihr Telefon.

„Eine solide Verbindung?", fragte Fleet.

„Ja. Und das sind echt schlechte Nachrichten, aber Charlie kann ich nichts davon sagen. Er könnte überreagieren."

„Eine Untertreibung", meinte Fleet. „Ich habe verstanden."

„Niemand in der Familie darf erfahren, dass Paul Fox etwas damit zu tun hat."

„Wenn es denn so ist", sagte Fleet. „Bis jetzt ist es nur eine Vermutung."

„Ich spüre es." Sie schüttelte den Kopf. „Aber wenn ich recht habe ..."

„Das wäre schlecht", sagte Fleet.

„Wenn ich seine Telefondaten der vergangenen Wochen haben könnte, finde ich darin vielleicht etwas. Wenn er Maddie angerufen hat, hätte ich einen Beweis dafür."

„Einen Beweis, den du unter Verschluss halten wirst?", fragte Fleet.

„Für den Moment", antwortete Lydia. „Ich muss noch herausfinden, wie ich das Dilemma lösen kann, ohne etwas

Großes loszutreten. Aber zuerst muss ich Madeleine finden."

Fleet streckte die Hand nach ihrem Handy aus. „Gib mir die Nummer."

„Du machst es also?"

Fleet sah sie ruhig an. „Würde ich den Fall einer vermissten Person aufnehmen ..." Er hielt die Hand hoch. „Was ich nicht tun darf, ich weiß. Aber stell dir nur mal vor, ich wäre die Polizei und würde das Prozedere einhalten. Kannst du mir versichern, dass es mehr als nur ein Gefühl ist? Dann hätte ich nämlich einen guten Grund dafür, mir die privaten Telefondaten dieses Mannes zu besorgen."

„Ja", sagte Lydia. „Er wurde gesehen, wie er den Foxy-Club mit Madeleine verlassen hat und ..."

„Ich brauche keine Details, nur dein Wort."

„Danke", sagte Lydia.

„Darf ich dich zuerst etwas fragen?"

„Alles", sagte sie, ohne darüber nachzudenken.

„Bist du mit mir ins Bett gestiegen, um mich um den Gefallen bitten zu können?"

Lydia wich zurück. „Ist das dein Ernst?"

Fleet lächelte. „Schon okay, wenn es so ist. Das war es wert. Aber ich würde es gern wissen."

„Nein", sagte Lydia. „Ich bin mit dir ins Bett gestiegen, weil ich es wollte, und ich bitte dich um den Gefallen, weil ich Hilfe brauche und dir aus irgendeinem Grund vertraue."

„Also schön", sagte Fleet. Dann fügte er hinzu. „Hör auf mich so böse anzusehen. Das war eine berechtigte Frage."

„Das war es nicht."

„Konzentrier dich auf das Positive", sagte Fleet. „Ich

kann dich vielleicht wütend machen, aber du kannst mir auch immer vertrauen."

„Hol mir die Daten und alles ist verziehen." Dann lehnte sie sich über den Tisch und küsste ihn. Weil er da war und sie es konnte.

KAPITEL ACHTZEHN

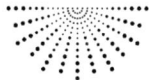

F leet hielt Wort. Am nächsten Tag überreichte er Lydia einen braunen Umschlag, der einen Ausdruck mit Paul Fox' Telefondaten der vergangenen zwei Wochen enthielt.

„Das ging schnell", meinte Lydia.

„Eine Frau ist verschwunden", sagte Fleet. „Und ich bin mit jemandem aus der Firma befreundet."

„Befreundet?" Eifersucht stieg in Lydia hoch. Was lächerlich war.

Fleet lächelte, er schien zu verstehen. „Nur befreundet."

„Es geht mich ja nichts an", sagte Lydia, was sein Lächeln intensivierte. „Vielen Dank", fügte sie hinzu und deutete auf den Umschlag.

„Gib mir Bescheid, ob es zu etwas führt", sagte Fleet und sein Lächeln verschwand. „Unternimm nichts auf eigene Faust. Wenn du glaubst, der Kerl hat deine Cousine entführt, hol dir Unterstützung."

„Natürlich", sagte Lydia.

Fleet legte ihr eine Hand auf die Wange. „Ich meine es ernst. Ruf mich an. Das ist mein Job."

„Das werde ich", sagte Lydia. Sie wollte unbedingt die Daten durchsehen, aber allein. Mit der Bitte um Hilfe, selbst diese informelle, hatte sie eine Grenze überschritten. Doch sie würde in ihrem Verrat nicht so weit gehen, einen der feinsten Vertreter der Met Police Paul Fox vorzustellen.

Fleet machte keine Anstalten zu gehen, aber Lydia scheuchte ihn davon. „Hast du keine Arbeit? Kriminelle jagen? Budgets planen?"

Mit einem Kuss, der Lydia für einen Moment taumeln ließ, und einem letzten warnenden Blick war Fleet fort. Lydia setzte sich an einen der Tische am Fenster und ging die Aufzeichnungen durch. Nach ein paar Minuten tanzten die schwarzen Buchstaben vor ihren Augen und sie nahm überhaupt nichts auf. Sie zwang sich, es langsamer anzugehen. Eine lange Liste aus Nummern und Anrufdauern. Ohne die Namen dazu hatten die Ziffernreihen nichts zu bedeuten und sie erkannte keine einzige wieder. Außer ihrer eigenen natürlich. Da waren die beiden Anrufe, die sie angenommen hatte. Sie suchte nach Nummern, die öfter vorkamen, und fand eine, für die alle paar Tage Gespräche über zwanzig Minuten verzeichnet waren. Familie, Freunde oder Arbeitskollegen? Es war eine Handynummer und gab daher keinen Aufschluss über den Standort. Sie könnte die Nummer einfach anrufen. Sie griff zum Handy und tippte sie ein. Dann hielt sie inne. Da war noch eine andere Nummer, die wiederholt auftauchte. An den vergangenen drei Abenden hatte Paul zwischen sechs und acht stets dieselbe Festnetznummer angerufen. Die Gespräche dauerten nie lange.

Lydia legte ihr Handy beiseite und googelte stattdessen die Nummer. Sie gehörte einem türkischen Bestellimbiss in Maida Vale. Die Fox' lebten in Whitechapel. Warum bestellte Paul Fox dort Essen, warum wählte er keinen Laden, der näher an seinem Haus lag? Außer natürlich, er war bei jemandem in Maida Vale zu Besuch. Jemandem, der gegen seinen Willen festgehalten wurde oder sich dort versteckt hielt.

L YDIA   KANNTE   SICH   AUF   DER   RECHTEN Flussseite nicht besonders gut aus. Die Crows lebten seit jeher in Camberwell, seit die Stadt aus lediglich ein paar Bauernhöfen entlang der staubigen Straße nach Londinium bestanden hatte. Beim Überqueren des Flusses fühlte sich Lydia beinahe wie eine Touristin, wie sie so die Sehenswürdigkeiten bewunderte. In der Warwick Avenue stieg sie aus der U-Bahn, es war ein mild-feuchter Tag.

Der Kerl im türkischen Laden zeigte sich kooperativ. Lydia wäre bereit gewesen, ihre Goldmünze zu schnippen, aber der Typ hinter der Theke schob ihr nur gelangweilt seinen Bestellblock rüber, als sie danach fragte. Dann band er seinen Haarknoten neu und sah sich ein YouTube-Video auf seinem Handy an. Auf dem Block standen Telefonnummern und Adressen samt den Nummern der bestellten Gerichte. Beim Durchblättern dachte Lydia, es würde ewig dauern, die Nummer zu finden, aber am Ende war es ganz einfach. Eine Adresse, die gar keine war, stach ihr ins Auge: Blomfield Road, Kanalstufen. „Dahin haben Sie gestern geliefert?"

„Ich nicht. Ich liefere nicht aus."

„Aber jemand hat Essen an die Kanalstufen geliefert?

Braucht man denn keine Wohnung, um beliefert zu werden?"

„Sie zahlen, wir liefern."

Lydia ging zur Blomfield Road. Hier wurde Maida Vale zu einem richtigen Klein-Venedig. Paul hatte Essen für zwei bestellt, war aber so umsichtig gewesen, seine genaue Adresse nicht zu verraten. Aufgeregt betrachtete sie die Mehrfamilienhäuser. Es würde eine Weile dauern, von Tür zu Tür zu ziehen. An den Kanalstufen hielt sie inne. Es könnte einen weiteren Grund geben, warum Paul den Lieferanten hier treffen wollte. Vielleicht war seine Wohnung nicht leicht zu finden. Oder sie war beweglich.

Auf den Stufen zum Kanal hinunter lief ein Jogger rechts an ihr vorbei und am Ende wartete eine Mutter mit einem Kleinkind geduldig darauf, dass die Treppe frei wurde.

Die Wolken rissen auf und ein Sonnenstrahl ließ den feuchten Boden glänzen und verwandelte die Pfützen in kleine Spiegel. Binnen Sekunden zogen die Wolken jedoch weiter, warfen einen Schleier über das Bild und verwandelten das funkelnde Wasser in blasses Grau. Lydia spürte feuchte Tropfen auf ihrer Stirn und an den Ohrenspitzen. Unten am Fluss schien es kühler zu sein. Einige bunt bemalte Kanalboote waren mit Planen abgedeckt und bereits winterfest gemacht worden, andere waren noch in Verwendung. Auf einem stand sogar ein Sonnenstuhl auf dem Dach, daneben eine Thermoskanne, so als ob der Besitzer nur für einen Moment nach drinnen gegangen wäre.

Der Anblick war unbestritten malerisch, selbst an einem grauen Tag wie diesem. Ein Hinweis darauf, wie der Surrey-Kanal hätte aussehen können, wenn das Stadtplanungskomittee ihn nicht vernachlässigt und zwischen den zerfallenen Industriegebäuden verrotten lassen hätte. Grandpa Crow war wegen des Kanals noch immer verbittert. Er hatte Lydia Schwarz-Weiß-Fotos gezeigt und ihr von den alten Schleppwegen vorgeschwärmt.

Lydia betrachtete die Boote und bewunderte eines, das frisch rot angestrichen war, bis ihr etwas ins Auge stach. Aus einem Boot, einige Meter entfernt am gegenüberliegenden Ufer, trat Rauch aus dem Kamin. Lydia hatte das vage Gefühl, dass das nicht gestattet war. Dass es eine Art rauchfreie Zone gab. Wie dem auch war, grauer Rauch stieg in die Luft.

Lydia spazierte bis zu einer Brücke, überquerte sie und marschierte zurück zu ihrem Ziel. Auf dieser Seite war es ruhiger und die überhängenden Bäume, deren Äste das stille Wasser des Kanals erreichten, konnten einen beinahe vergessen lassen, dass man sich inmitten einer Weltstadt befand. Beinahe.

Draußen gab es keinen weiteren Hinweis darauf, dass das Boot in Verwendung war. Die Vorhänge waren zugezogen und aus einem solch dicken Material, dass Lydia nicht einmal sagen konnte, ob drinnen Licht brannte. Eine vage Vorahnung breitete sich auf ihren Armen aus. Sie begann an ihren Händen, dann wanderte sie ihre Arme und ihren Nacken hinauf, bis es an ihrer Kopfhaut zu kribbeln begann. Das Gefühl, das sich stets einstellte, wenn sie sich in der Nähe eines unruhigen Geistes aufhielt. Oder Jason ihr zum Spaß auf die Schulter tippte. Lydia sah sich um, doch es waren keine Geister aufgetaucht. Die Vögel zwitscherten in den Bäumen und ein Mann ging trotz des Wetters in Shorts und Flip-Flops vorbei und sprach in das Handy an seinem Ohr.

Lydia wartete ein paar Minuten und betrat dann das schmale Deck am hinteren Ende des Bootes. Das Kribbeln verstärkte sich und plötzlich wusste Lydia nicht nur, dass sich hinter den geschlossenen Vorhängen jemand befand, sondern dass von diesem Jemand auch Macht ausging. Es war kaum bemerkbar, aber sie konnte es spüren. Als sie den Mund öffnete und einatmete, nahm sie den Geschmack der Macht mit ihrer Zunge wahr. Eine Crow. Sie hielt inne, die Hand an die Tür zur Kabine gelegt, und versuchte, noch mehr zu fühlen und den Ort nach anderen Familien abzusuchen. Sie nahm weder Silver, Pearl noch – zum Glück – Fox wahr, aber da sie nicht-magische Wesen nicht spürte, konnten sich auch solche auf dem Boot aufhalten. Wie viele Personen hätten in dem kleinen Innenraum wohl Platz? Ob sie sich bereits für einen Angriff wappneten? Lydia schob das Bild von schwer bewaffneten Männern, die sich in der Kabine stapelten wie in einem Clownsauto, zur Seite. Es ist alles in Ordnung, sagte sie sich. Ihr Handy war bereit, das GPS war an und sie hatte Fleets Nummer auf Schnellwahl. Es wäre vernünftig, ihm ihren Standort zu schicken, vielleicht auch auf Verstärkung zu warten. Doch sie wusste nicht, was sie finden würde, und die Familie ging vor.

Die Türklinke ließ sich sanft nach unten drücken und Lydia öffnete die Tür einen Spalt. Sie wollte nicht hineinstürmen und jemanden in dem Schrecken auf dumme Gedanken bringen. Daher fragte sie in heiterem, freundlichem Tonfall: „Madeleine?"

„Wer ist da?" Die Stimme war weiblich und klang nicht erschrocken. Vielmehr selbstbewusst und ein wenig ungeduldig.

Lydia öffnete die Tür und trat in den Bauch des Bootes.

Madeleine, gesund und munter, saß mit überkreuzten

Beinen auf einer schmalen gepolsterten Bank. Ihr seidenbraunes Haar war zu einem losen Dutt hochgebunden, die Augen waren gekonnt mit Eyeliner umrahmt, samt kleinen Tupfern in den Augenwinkeln.

„Wer zum Geier bist du?"

„Lydia, deine Cousine. Aber ich bin als Freundin hier." Es wäre zwecklos, ihre Identität zu verschleiern. Selbst wenn Madeleine nicht spürte, dass sie eine Crow war, so war die Chance doch recht hoch, dass sie sie von den Familienfeiern und den Fotos wiedererkannte. Sie öffnete die Tür weiter und ließ ihren Augen Zeit, sich an das fahle Licht im Boot anzupassen.

„Schließ die Tür hinter dir", sagte Madeleine. Der Eingang führte zu einer kleinen Küche und einem Wohnraum. Madeleine machte keine Anstalten aufzustehen und Lydia hatte wohl keine andere Wahl, als weiterzugehen. Das gefiel ihr gar nicht. Der einzige Eingang war zugleich der einzige Ausgang.

Der Innenraum war mit Holz ausgekleidet, rote Vorhänge hingen vor den Fenstern und bunte Papierlaternen baumelten von der Decke und verliehen dem Raum einen gemütlichen Schimmer. Lydia unterdrückte den Drang, die Vorhänge aufzureißen und das Tageslicht hereinfließen zu lassen. Der Crow-Geruch war drinnen stärker, Lydia spürte trockene Federn an ihrer Kehle kratzen und den Geschmack von frischem Blut an ihrer Zunge.

„Ich komme nicht mit nach Hause", erklärte Madeleine. „Versuch es erst gar nicht."

„Okay", sagte Lydia. „Kann ich dann deinen Eltern sagen, dass du noch lebst? Sie machen sich wirklich Sorgen."

Madeleine reckte ihr Kinn in die Höhe. „Nein."

„Darf ich fragen warum?"

„Darfst du", sagte Madeleine, ohne zu lächeln. „Warum suchst du nach mir?"

„Onkel Charlie hat mich darum gebeten." Lydia konnte spüren, dass mit Madeleine etwas nicht stimmte, aber sie wusste nicht was. Am besten versuchte sie es mit Ehrlichkeit. „Das ist mein Job. Ich bin Privatermittlerin."

„Nicht in London."

Lydia fragte sich, warum sie sich dessen so sicher war. „Normalerweise nicht. Ich arbeite in Aberdeen."

„Du bist davongelaufen", sagte Madeleine. „Das habe ich gehört." Sie lächelte zum ersten Mal und sprach nun schneller. Mit jedem Wort wurde sie lebhafter. „Mum sagt, du hast deinem Vater das Herz gebrochen. Und Charlies. Aber du bist weggekommen und nur das zählt. Du wirst es verstehen."

Lydia wollte entgegnen, dass sie ihre Eltern wenigstens nicht in dem Gedanken gelassen hatte, dass sie entführt oder umgebracht worden war, aber Madeleine sprach noch immer und gestikulierte dabei wild mit den Armen.

„Ständig liegen sie mir in den Ohren. Sagen mir, was ich tun darf und was nicht. Du bist eine Crow. Die Familie kommt an erster Stelle. Verdammt nochmal, das tut sie nicht. Ich komme an erster Stelle. Ich!"

„Was haben sie dir denn verboten?", fragte Lydia und hoffte, dass Madeleine weitersprach, bis sie einen Plan hatte, wie sie die ganze Situation lösen konnte. Die Erleichterung darüber, Maddie lebend gefunden zu haben, wurde überschattet von dem Bauchgefühl, dass hier etwas nicht stimmte.

Madeleine schüttelte den Kopf. „So viel. Sie haben mich

wie in einem Käfig gehalten. Du hast ja keine Ahnung und warst zu wertvoll, aber wir anderen, wir mussten alle mitanpacken." Sie brach abrupt ab, legte den Kopf zur Seite und lauschte. Auf dem Fußweg vor dem Boot ertönten Schritte und Stimmen.

Sobald die unsichtbaren Fußgänger vorbeigegangen waren, fuhr Madeleine fort: „Wenn Onkel Charlie sagt ‚Springt!', springen alle. Alle. Ich weiß nicht, wie dein Dad es geschafft hat auszusteigen, aber niemandem sonst wurde es je erlaubt. Also musste ich davonlaufen. Und sie müssen denken, dass ich tot bin, sonst werde ich wieder zurückgeholt."

„Ich helfe dir", sagte Lydia. „Ich gehöre nicht dazu. Ich tue der Familie einen Gefallen, dann kehre ich zurück in mein altes Leben. Ich werde dich unterstützen und mit Charlie sprechen. Wenn du nicht Teil des Familienunternehmens sein willst, musst du das auch nicht. Alle tun so, als wäre das so ein Mafiading, aber das ist vorbei. Die Zeiten haben sich geändert. Die Familien haben sich in London integriert und sind ruhiger geworden. Es ist nicht mehr wie früher."

Madeleine prustete vor Lachen. „Haben dir das deine Eltern erzählt?"

Lydia ignorierte das Lachen. „Ja", sagte sie ruhig. „Und Charlie."

„Alles Lügen."

Lydia zögerte.

„Die Macht ist weniger geworden, das stimmt." Maddie zog mit der Hand einen Kreis. „Die Familien sind schwach und ihre Kräfte sind kaum noch oder nicht mehr spürbar, aber das heißt nicht, dass irgendwer ruhiger geworden ist. Vielmehr sehnt sich jeder nach der Macht. Die Familien haben einen richtigen Hunger danach entwickelt. Und du weißt doch, was Hunger mit den Menschen anstellt. Er macht sie skrupellos." Madeleine lehnte sich nach vorne und Lydia versteifte sich instinktiv. Sie wollte einen Schritt zurücktreten, die Energie, die von Madeleine ausging, ließ die Luft dicker werden. Lydia versuchte, tief einzuatmen, musste aber auf halbem Wege innehalten, so als ob ihre Lunge rebellierte.

„Weißt du überhaupt, welches Geschäft die Crows betreiben? Hast du auch nur die leiseste Ahnung, wozu wir in der Lage sind?"

„Es ist eine Vereinigung lokaler Unternehmen", sagte Lydia. „Die Leute zahlen einen Mitgliedsbeitrag und Charlie sorgt dafür, dass sie keine Probleme haben. Eine Art Gewerkschaft."

„Eher eine Art Schutzgelderpressung."

Lydia schüttelte den Kopf. „Nein, so ist das nicht mehr."

„Woher willst du das wissen? Du bist doch die teure Prinzessin. Henry Crows Erbin. Viel zu wertvoll, um sich die Hände schmutzig zu machen."

„Ich bin nichts Besonderes", sagte Lydia. „Ganz im Gegenteil."

„Jedenfalls", Madeleine lehnte sich zurück und die Energie verschwand so schnell, wie sie gekommen war, „hat mir der gute alte Charlie befohlen, jemandem wehzutun, und das wollte ich nicht. Er meinte, ich bekäme gehörige Schwierigkeiten, wenn ich seine Anweisungen nicht befolge. Also bin ich abgetaucht. Und ich werde nicht zurückkehren."

„Das war bestimmt ein Missverständnis", sagte Lydia. Ihr war schwindelig geworden. „Und falls nicht, helfe ich dir, die Sache zu lösen. Und zwar ordentlich. Ich helfe dir, irgendwo neu anzufangen."

Madeleine zog eine Augenbraue nach oben. „Wie?"

„Na ja, ich habe kein Geld, aber deine Eltern schon und ich kann sehr überzeugend sein. Bestimmt kann ich sie überreden, dir Geld zu geben, damit du ein neues Leben anfangen kannst. Okay?"

Madeleine starrte sie einen Moment lang an und Lydia hatte keine Ahnung, was sie dachte. Schließlich sagte sie: „Okay."

„Gehen wir?" Lydia deutete auf die Tür und etwas huschte über Madeleines Gesicht. Angst, Unsicherheit oder etwas anderes. Lydia konnte es nicht sagen.

„Nicht sofort. Ich fühle mich noch nicht bereit dazu. Ich gehe morgen zu ihnen."

„Allein?"

„Nein, mit dir", sagte Madeleine. „Wir treffen uns an der Ecke und gehen gemeinsam ins Haus. Sie werden vor Wut explodieren."

„Nicht wirklich", sagte Lydia. „Sie werden sich freuen, dich zu sehen."

„Vielleicht." Madeleine zuckte mit den Schultern.

„Also gut, pack deine Sachen", sagte Lydia und klatschte in die Hände.

„Morgen", entgegnete Madeleine.

Lydia bedachte sie mit einem skeptischen Blick. „Als ob ich dich hierlassen würde, damit du erneut verschwinden kannst. Du kommst mit mir."

„Ich habe dir doch gesagt, ich bin noch nicht bereit dafür."

„Schön. Du kannst heute Nacht bei mir bleiben. Pack deine Tasche." Wenn sie Maddie von diesem Boot runterbringen konnte, war das immerhin ein Anfang. Sie konnte später noch auf sie einwirken und sie vielleicht zumindest überreden, ihre Eltern anzurufen.

„Du vertraust mir nicht", sagte Maddie.

„Ich kenne dich nicht", sagte Lydia. „Das ist nichts Persönliches."

Während Madeleine ewig brauchte, um ein paar Klamotten in eine große gestreifte Umhängetasche sowie einen Berg Kosmetikartikel in ein silbernes Köfferchen zu packen, stand Lydia an der Tür und beobachtete sie nachdenklich. Es gab immer noch etwas, das sie nicht recht einordnen konnte, und sie würde es Madeleine zutrauen, einfach abzuhauen. „Wem gehört das Boot überhaupt? Bist du eingebrochen?"

Madeleine setzte Make-up-Pinsel in verschiedenen Größen mit der Sorgfalt eines Wissenschaftlers in dafür vorgefertigte Löcher und sah nicht auf. „Paul."

„Paul Fox", sagte Lydia.

Maddie sah auf. „Du kennst ihn?"

„Ja", antwortete Lydia, ohne sich weiter zu erklären. „Erwartest du ihn?"

Madeleine zuckte mit den Schultern und wandte sich wieder ihren Pinseln zu. Lydia hätte sie am liebsten geohrfeigt und verspürte für einen hauchdünnen Moment Mitleid mit Daisy und John.

Als Madeleine endlich fertig war, schob Lydia sie zur Tür hinaus.

KAPITEL NEUNZEHN

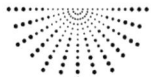

Das Café lag im Dunkeln und Lydia bemüßigte sich nicht, das Licht einzuschalten. Von den Straßenlaternen fiel genug Schein durch die Scheiben, um die Tür zur Wohnung zu finden, und Lydia wollte Madeleine einfach nur hinter eine verschlossene Tür bringen. Sie war nervös und schreckhaft, so als ob sich jemand in den Schatten herumtreiben und jeden Moment herausspringen könnte. Lydia wusste nicht, wie viel Glauben sie Madeleines Geschichte schenken konnte, aber ihre Cousine war auf jeden Fall verzweifelt genug gewesen, um vor einem sehr komfortablen Leben davonzulaufen.

Madeleine beklagte sich über die Treppe und den fehlenden Aufzug, warf einen angewiderten Blick in das leere Wohnzimmer und ging dann in Jasons Zimmer. „Ich kann hier nicht bleiben", sagte sie.

„Es ist nur für eine Nacht", antwortete Lydia, deren Geduld langsam zu Ende ging. „Und du schläfst nicht hier drin."

„Gott sei Dank", sagte Madeleine und musterte verächtlich die spartanische Einrichtung. Jason saß auf seinem Bett, die Beine überschlagen und mit einem wütenden Gesichtsausdruck. Lydia war froh, dass Madeleine ihn nicht sehen konnte. Vor allem da er jetzt auch noch anfing, unhöfliche Gesten zu machen.

„Na komm", sagte Lydia und schob Madeleine aus dem Zimmer in den Korridor. „Hier entlang."

Lydias Zimmer fand nicht mehr Zustimmung als Jasons, aber Lydia ignorierte Madeleines Beschwerden. „Du kannst hier oder auf dem Sofa schlafen. Das sind die Optionen und jetzt hör auf zu jammern."

„Ich nehme das Bett", sagte Madeleine beleidigt. „Aber warum schläfst du nicht im kleinen Zimmer?"

„Mir ist das Sofa lieber", log Lydia.

„Du kannst mein Zimmer gern haben", sagte Jason, der plötzlich hinter Lydias rechter Schulter auftauchte und sie zusammenzucken ließ. „Nein, danke", antwortete sie, ohne sich umzudrehen.

„Was?", fragte Madeleine.

„Nichts", antwortete Lydia.

„Freak." Madeleine schob die Decke zurück und inspizierte skeptisch die Bettwäsche.

Lydia ließ Madeleine sich einrichten. Sie hatte keine übrige Bettdecke, lieh sich aber eine Wolldecke von Jason.

„Du kannst wirklich hier schlafen, mir macht das nichts aus", sagte Jason. „Ich bleibe im Wohnzimmer."

„Nein, ich habe sie hergebracht, damit will ich dich nicht belästigen", sagte Lydia. „Aber danke für das Angebot."

„Ich nutze das Bett eigentlich gar nicht. Ich muss nicht schlafen."

„Es ist wirklich in Ordnung." Die Vorstellung, in Jasons Zimmer zu schlafen, war zu gruselig. Stattdessen machte sie es sich auf dem Sofa gemütlich und las, bis sie schläfrig wurde. Sie wollte am liebsten ihre Eltern anrufen und sich dafür bedanken, dass sie sie von der Familie ferngehalten hatten, gleichzeitig wollte sie mit Charlie sprechen, um sich von ihm versichern zu lassen, dass Madeleines Anschuldigungen nicht stimmten. Wie dem auch war, sie hatte ihre Cousine gefunden. Gesund und munter. Nur das zählte.

Lydias Augenlider wurden schwer, also legte sie ihr Buch auf den Boden und schaltete die Lampe aus. Das Sofa war zwar nicht gemütlich, aber sie hatte schon schlechter geschlafen. Ihr letzter Gedanke vor dem Einschlafen galt Fleet.

LYDIA ERWACHTE IN EINEM ADRENALINRAUSCH, der sie binnen eines verstörenden Augenblicks aus dem tiefen Schlaf in einen vollständigen Wachzustand katapultierte. Ihre Augen schossen auf, während ihr Verstand nach dem Grund für die Reaktion suchte. Sie blinzelte, als sie die schlanke Gestalt eines riesigen Raben neben sich im Dunkeln stehen sah. Tiefschwarz wie er war, wirkte er im gedämpften Licht wie ein Loch im Universum. Lydia war zu verängstigt, um zu schreien, doch vor Schrecken entkam ihr ein kleines, ersticktes Keuchen.

Der große, gekrümmte Schnabel bewegte sich, als die Gestalt sich umdrehte, und Lydia wusste, dass wenn sie in sein Gesicht sehen würde, sie dort keine Augen, sondern nur Höhlen finden würde. Es ergab keinen Sinn, es konnte nicht wahr sein, aber der Nachtrabe stand vor ihr. Noch nie in ihrem Leben hatte sie solche Angst gehabt. Sie schloss ihre Augen, um ja nicht in das Gesicht des Vogels zu blicken. Der Geschmack der Federn war so dick, dass es an ihrer Kehle kratzte und Lydia den Atem anhielt. Das machte die vollständige Dunkelheit nur noch furchteinflö-ßender. Sie öffnete ihre Augen einen Spalt.

Der Schnabel war verschwunden. Die Gestalt richtete sich auf und ging zusammen, aus Flügeln wurden Arme. Sie lehnte sich nach vorne, Haare fielen nach unten und kitzelten Lydias Wange. Erst jetzt erkannte sie Madeleine. Sie hatte fantasiert. Es war ein Albtraum gewesen. Ein böser Albtraum.

Bevor Lydia Madeleine fragen konnte, warum zur Hölle sie sie beim Schlafen beobachtete und ihr beinahe einen Herzinfarkt bescherte, spürte sie etwas Schweres auf ihrer Brust. Das Gefühl war unangenehm, aber nicht schmerz-haft. Doch als sie sprechen wollte, drang nur Atem aus ihrem Mund. Sie atmete ein, um es erneut zu versuchen, aber der Druck war unerbittlich und sie konnte ihre Lunge nicht füllen.

„Hallo, Cousinchen." Madeleines Atem war süßlich und Lydia konnte Parfum und teures Shampoo riechen. „Ver-such nicht zu sprechen, das wird dir nur wehtun."

Ihre Hände lagen auf Lydias Brust und so riss Lydia die Augen auf und zog die Augenbrauen zusammen, um sie mit ihrer Mimik zu fragen: „Was zur Hölle geht hier vor?"

Madeleines Lachen wirkte in der Dunkelheit geisterhaft. „Ich habe keine Ahnung, wie du in diese Sache verwickelt bist. Vielleicht willst du tatsächlich nur helfen und die arme kleine Madeleine zurück zu ihren liebenden Eltern bringen." Sie machte eine Pause und pustete sich eine Haarsträhne aus dem Gesicht. „Hier ist eine gut gemeinte

Warnung: Du solltest dich besser entscheiden. Ansonsten wird die Entscheidung für einen getroffen."

Madeleine schien nicht zu drücken, ihre Arme und ihr Körper wirkten entspannt, so als ob sie nur ihre Hände auf Lydias Brust gelegt hätte. Aber als diese versuchte, ihre Hände wegzudrücken, rührten sie sich nicht. Es fühlte sich an, als läge ein Stapel Bücher auf ihr. Ein Stapel Bücher samt Bleigewichten, genauer gesagt. Lydia griff nach Madeleines Schultern und drückte so fest wie möglich dagegen, erzielte jedoch keine Reaktion. Madeleine saß fest wie eine Statue vor ihr und der Druck auf Lydias Brust wurde schmerzhafter. Kleine Feuerwerkskörper explodierten hinter Lydias Augen und ein dunkleres Dunkel eroberte aus den Augenwinkeln heraus ihr Blickfeld. Sie musste atmen, aber jeder Versuch schmerzte noch mehr. Panik stieg in ihr auf und ihre Gedanken rasten, so als ob sie gegen eine verschlossene Tür traten. Sie erinnerte sich an Harrys Worte, seine Beschreibung von Ivan, der mit blauen Lippen auf dem Boden der Toilette gelegen hatte. So als ob er keine Luft bekommen hätte oder erstickt worden wäre.

Die schwarzen Ränder umschlossen den letzten verbleibenden helleren Punkt in der Mitte. Dann war es dunkel.

Das war's also, dachte Lydia. Ich sollte trauriger darüber sein.

Die Schwärze war ruhig, still und leer. Für eine einzelne Sekunde fühlte es sich schön an, dass alles von ihr abfiel: keine Angst, kein Schmerz, kein Verlangen.

Dann brachte eine Stimme an ihrem Ohr den stechenden Schmerz zurück in ihren Körper. Jemand sagte ihren Namen. Sie erkannte die Stimme: „Lydia."

Lydia wollte schon antworten: „Hi, Jason." Aber natürlich konnte sie das nicht. Sie wollte ihre Augen öffnen, damit sie ihn sehen konnte, doch sie waren bereits geöffnet. Da erschienen stecknadelgroße Lichtpunkte in ihrem Blickfeld, kleine explodierende Sterne, die mit jeder Welle des Schmerzes größer wurden. Lydia wollte Jason sagen, dass er verschwinden sollte, dass es zu spät war und dass sie wieder in diesem herrlich ruhigen Schwarz versinken wollte. Sich in die Dunkelheit fallen lassen, allein und ohne Schmerz.

Dann nahm der Druck ab und sie war in der Lage, einen winzigen Atemzug zu machen. Ihre Brust brannte höllisch unter der Bewegung, aber als die Luft langsam in ihre Lunge drang, wurden ihre Gedanken klarer. Da war Jason, seine Arme fest um Madeleine geschlungen, er drückte sie so eng an sich, dass es aussah, als wäre er ein Teil von ihr. Er schimmerte ein wenig im Halbdunkel des Wohnzimmers und Madeleines Gesichtsausdruck spiegelte Überraschung und Verwirrung wider, als sie von einer unsichtbaren Kraft von Lydia weggezerrt wurde.

Lydia rollte sich vom Sofa und krabbelte zur Tür, mit jedem Atemzug brannten ihre Lunge und ihre Kehle wie Feuer. Wenn sie nur ihr Handy erreichen und Hilfe holen könnte. Sie spürte eine Bewegung hinter sich und wich zur Seite aus, gerade als Madeleine sich auf sie werfen wollte. Madeleine drehte sich, packte Lydia an den Haaren und riss sie zurück. Lydia wusste, dass sie sich nicht losreißen konnte, dafür war Madeleine zu stark. Stattdessen bewegte sie sich in Richtung ihrer Angreiferin.

Sie warf die Hände nach hinten und suchte Madeleines Gesicht. In ihrem Selbstverteidigungskurs hatte sie gelernt, nach Schwachstellen wie den Augen zu suchen. Lydia hatte gut aufgepasst, aber nie geglaubt, dass sie das Wissen wirklich einmal brauchen würde. Ihre Arme fühlten sich kraftlos an, ihre Finger waren taub von dem Sauerstoffmangel, doch sie versuchte, Madeleine zu fassen zu kriegen. Sie spürte, wie sich etwas Kopfhaut von ihrem Schädel löste, während Madeleine noch immer an ihren Haaren zog. Lydia schlug ihren Ellbogen nach hinten aus, direkt in Madeleines Solarplexus, und spürte, wie der Druck an ihrem Schädel nachließ. Sie drehte sich um die eigene Achse, schlug Maddie ins Gesicht und trat ihr mit dem Knie in den Bauch.

Dann war Jason wieder da, schlang seine Arme um Madeleine und seine Anwesenheit jagte beiden Frauen einen kalten Schauer durch den Körper. Sofort sackte Madeleine zusammen und Lydia entfernte sich keuchend von ihr. „Bitte schlag mich nicht", bettelte Madeleine mit der Stimme eines kleinen Mädchens.

Lydia band ihre Handgelenke und Knöchel mit Kabelbindern fest, sie ließ sich keine Sekunde von Maddie täuschen. Dann griff sie nach ihrem Handy, um Charlie anzurufen. Womöglich war er ein Krimineller und vielleicht hatte Maddie ihr die Wahrheit gesagt, aber gegenüber ihrer Cousine hatte er einen entscheidenden Vorteil: Er hatte nicht gerade versucht, sie umzubringen.

Bevor sie sich auf den Bildschirm konzentrieren konnte, keuchte Jason: „Ich kann nicht." Dann verschwand er. Als ob die Kabelbinder aus Papier bestünden, riss Madeleine sie auseinander und sprang auf.

AUGENBLICKE ODER MINUTEN SPÄTER, LYDIA konnte es nicht sagen, öffnete sie mühevoll ihre schweren Augenlider. In ihren Schläfen pochte es wild und selbst das wenige Licht im Zimmer schmerzte. Sie lag auf dem Sofa und Madeleine saß auf dem wackeligen Klappstuhl. Sie führte etwas an ihre Lippen und ihr Gesicht wurde von der orangefarbenen Flamme erhellt, als sie sich eine Zigarette anzündete. Ohne Feuerzeug. Ohne Streichhölzer. Lydias Gehirn arbeitete noch langsam, aber sie hatte bereits genug Energie, um sich erneut zu fürchten. Wie viel Macht besaß ihre kleine Cousine Maddie?

„Ich wollte dich nicht verletzen", sagte Maddie mit ruhiger Stimme.

Lydias Körper schmerzte von Kopf bis Fuß, ihr Schädel brannte und ihr Kopf pochte. Die Einsicht kam ein bisschen spät.

„Als ich noch klein war, warst du mein Vorbild. Ich war so aufgeregt, als ich hörte, dass du zurück in der Stadt bist."

Lydia setzte sich mit Mühe auf. Ihre Brust fühlte sich an, als hätte ihr der Hulk persönlich einen Schlag versetzt. Als sie einatmete, verspürte sie ein Stechen, und sie vermutete, dass diese dürre junge Frau ihr ein oder zwei Rippen gebrochen hatte.

„Es war wirklich ärgerlich, dass du zu ihm laufen wolltest, aber ich verstehe das." Maddies Stimme verriet eher das Gegenteil. Sie zuckte mit den Schultern und zog an ihrer Zigarette. „Er kann sehr überzeugend sein."

„Charlie?"

Sie ließ die Zigarette auf den Teppich fallen und trat sie mit dem Schuh aus. Erst jetzt bemerkte Lydia, dass Maddie vollständig angezogen war und gepackt hatte. Ihre Tasche stand neben dem Sofa. „Ich wollte dir nur sagen, dass du gut daran getan hast, davonzulaufen. Das nächste Mal solltest du aber noch weiter laufen."

„Was ist mit deinen Eltern? Sie machen sich große Sorgen."

Eine Pause entstand. Lydia konnte Madeleines Gestalt in dem wenigen Licht kaum ausmachen, aber sie verspürte Zorn. Sie schmeckte dicke Federn in ihrer Kehle und hustete, dabei wurde ihr vor Schmerzen schwarz vor Augen.

„Du könntest mit mir kommen", sagte Madeleine. „Wir sind die Einzigen in dieser Familie, die wirklich Macht haben. Wir könnten unsere eigene Sache aufziehen."

Lydia wollte klarstellen, dass sie selbst keine Macht hatte, aber das war wohl keine so gute Idee. Vielleicht hielt sie Madeleines Fehleinschätzung am Leben. „Danke", sagte sie stattdessen. „Aber ich halte mich an die eiserne Regel, keine Partnerschaften mit Menschen einzugehen, die versuchen, mich im Schlaf zu töten."

Madeleine lächelte. „Ich wollte dich nicht umbringen. Ich war nur neugierig."

„Wenn du mich testen willst, gibt es dafür bessere Wege."

„Das denke ich nicht. Todesangst löst einen wahren Adrenalinrausch aus."

„Und wenn schon", sagte Lydia. „Ich glaube, ich bleibe hier."

Wieder dieser Zorn. Federn, Klauen und der Geschmack von Blut. „Nicht, um für Charlie zu arbeiten", fügte Lydia daher rasch hinzu. „Um für mich selbst zu arbeiten. Ich wurde so lange von der Familie ferngehalten, jetzt will ich Antworten haben."

Madeleine stand auf. „Das ist schade."

Lydia wappnete sich für einen Angriff.

Madeleine schüttelte den Kopf. „Antworten werden

überschätzt. Ich bin mit der Familie durch. Ab jetzt gehe ich die Dinge auf meine Art an."

„Wohin wirst du gehen?" Lydia erwartete keine Antwort. Zumindest keine ehrliche.

„Das habe ich noch nicht entschieden." Madeleine zog den Reißverschluss ihrer Jacke hoch und griff nach ihrer Tasche. Sie blieb genau vor Lydia stehen und blickte auf sie hinab. „Folge mir ja nicht."

KAPITEL ZWANZIG

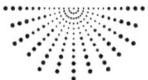

Lydia verspürte absolut kein Verlangen, ihrer gemeingefährlichen Cousine zu folgen. Schlaftrunken stand sie auf, verriegelte die Tür des Cafés hinter Madeleine, schleppte sich zurück in ihre Wohnung und setzte sich in das dunkle Wohnzimmer. Nach einigen Minuten fand sie ihr Handy und schickte Charlie eine SMS. Es war tief in der Nacht und vermutlich las er sie erst Stunden später, aber jetzt musste er sich auch nicht mehr beeilen. Madeleine war fort.

Die Müdigkeit holte sie ein und sie konnte kaum die Energie aufbringen, sich ins Schlafzimmer zu schleppen. Sie wollte jedoch nicht in diesem Zimmer schlafen. Und eine Sache musste sie noch erledigen, bevor sie ins Bett fiel. „Jason?" Sie sah sich nach dem Geist um und wartete darauf, dass er erschien. Das tat er nicht, aber der Vorhang bewegte sich wie in einem Windhauch, obwohl das Fenster geschlossen war. Lydia sah einige Augenblicke lang in die Richtung und wünschte, er würde sichtbar werden, damit sie ihm in die Augen sehen konnte. Als er das aber nicht tat, sah Lydia in die Höhe, auf der sich ungefähr sein Gesicht befinden würde, stünde er vor ihr. Dann sagte sie: „Danke, Jason. Vielen Dank. Mal wieder."

Lydia erwachte in ihrem Bett und schon bevor sie ihre Augen öffnete, wusste sie, dass Charlie in ihrem Zimmer stand. Und ihre Eltern. Der Geschmack von Crow war tröstlich, auch wenn er beinahe von dem dicken Duft frischer Blumen übertüncht wurde. Sie bereitete sich einen Moment lang geistig vor, bevor sie sich streckte und vorgab aufzuwachen.

„Hallo Schätzchen." Ihre Mum beugte sich zu ihr hinab und schon fand sich Lydia in einer mütterlichen Umarmung wieder, sog den Duft des vertrauten Parfums ein und fühlte sich wie eine Sechsjährige. Sie genoss die Geborgenheit und die Liebe für einen Moment. Egal, ob sie mit ihren Entscheidungen einverstanden waren, ihre Eltern liebten sie. Das hatte sie zwar stets gewusst, doch jetzt, als sie den grauen Schleier um das Gesicht ihrer Mutter wahrnahm, die Anspannung, die sich um den Mund und an den Augenwinkeln abzeichnete, wurde es ihr noch einmal auf ganz andere Weise bewusst.

„Sieh nur", sagte ihre Mum und richtete sich auf. „Dein Dad ist auch da."

Ihr Vater saß in einem Sessel, von dem Lydia nicht gewusst hatte, dass er sich in der Wohnung befand. Seine Füße hatte er zusammengestellt, die Hände ruhten auf seinem Mantel, den er sich über seinen Schoß gelegt hatte.

„Hi, Dad", sagte Lydia und setzte sich mühevoll auf.

„Ich bin nicht dein Dad, Liebes", sagte ihr Vater. Er sah

sich um. „Ich warte auf den Bus. Aber wenn du willst, helfe ich dir, deinen Daddy zu finden."

„Heute Morgen ging es ihm besser", flüsterte ihre Mum. „Ansonsten hätte ich ihn nicht mitgenommen."

„Das ist nur der Stress der unbekannten Umgebung", sagte Charlie und tätschelte ihrer Mum den Arm. „Zuhause wird es ihm gleich bessergehen."

Lydia beobachtete, wie sich ihre Mum für einen Moment an Charlie lehnte, um Kraft zu tanken. Es war merkwürdig, doch sie hatte sich nie Gedanken über die Beziehung der beiden gemacht. Dass Charlie der Schwager ihrer Mutter war, dass sie sich bereits seit jungen Jahren kannten, als ihr beider Leben noch vor ihnen gelegen hatte. Und nun standen sie hier, gemeinsam mit Charlies Bruder, der sich amüsiert im Zimmer seiner Tochter umsah.

„Wie fühlst du dich?"

Ihre Mum sah wieder zu ihr und Lydia bemühte sich zu lächeln. „Mir geht es gut."

„Natürlich tut es das", sagte Charlie. „Unsere Lydia ist zäh wie Gummi."

„Wie spät ist es?" Ihr Dad sah zu Charlie. „Sind wir zu spät?"

„Nein, Kumpel", sagte Charlie gelassen. „Es ist alles in Ordnung."

„Ich bringe ihn besser nach Hause." Lydias Mum beugte sich hinab und zog ihre Tochter in eine weitere innige Umarmung. Dann stand sie auf und zog ihre Jacke an, bevor sie ihrem Mann in den Mantel half.

„Auf Wiedersehen", sagte ihr Dad und lächelte freundlich. „Danke für die Einladung."

Sobald sie fort waren, wandte sich Charlie an Lydia. „Brauchst du etwas?"

„Eine Erklärung wäre nett", sagte Lydia. „Warum hast du mir nicht die Wahrheit über Madeleine erzählt? Du wusstest, dass sie mächtig ist. Und instabil. Du hättest mich warnen können."

„Ich habe einen Fehler gemacht", sagte Charlie. Lydia war froh, dass sie bereits lag. Ansonsten wäre sie womöglich ohnmächtig geworden. Der große Charlie Crow gestand sich doch glatt einen Fehler ein.

„Du musst dir keine Sorgen machen", fügte er hinzu. „Du hast geschrieben, dass sie fort ist. Ich kenne Madeleine. Sie wird nicht zurückkommen."

„Ich mache mir aber Sorgen", antwortete Lydia. „Sie hätte mich umbringen können."

„Das ist mir klar", sagte Charlie. Er sah grimmig drein.

„Ich habe versucht, ihr zu helfen." Madeleines Worte fielen ihr wieder ein. Das, was sie über Charlie gesagt hatte. Ihre Eltern hatten sie stets gewarnt, dass man Charlie nicht über den Weg trauen konnte, aber sie hätte nicht einen Moment lang gedacht, dass er sie absichtlich in Gefahr bringen würde. Er war ihr Onkel. Er gehörte zur Familie.

„Ich weiß", sagte Charlie. „Das ist alles meine Schuld."

Lydia sank wieder ins Bett zurück und gab sich müder, als sie sich wirklich fühlte. Sie brauchte Zeit, um das Geschehene zu verarbeiten und zu entscheiden, welche Version der Geschehnisse sie Charlie präsentieren sollte. Im Moment drängte er sie nicht, aber das würde nicht lange so bleiben.

„Es tut mir leid", sagte Charlie.

Lydia hatte ihren Onkel stets als riesigen, mindestens drei Meter großen Kerl in Erinnerung, der drei Mal lauter als jeder andere Mann war. Heute wirkte er kleiner als sonst, in sich zusammengefallen, seine Stimme klang sanft. „Ich wusste es nicht", sagte er. „Ich schwöre dir, dass ich es nicht wusste."

„Du hast alles vertuscht. Die betrunkenen Autofahrten und die anderen Sachen auch."

Eine Pause entstand. Lydia fragte sich, ob Charlie so tun würde, als wüsste er nicht, wovon sie sprach.

„Sie hat sich ausprobiert", sagte Charlie schließlich. „Sie hat herausgefunden, dass sie Dinge nur durch Gedankenkraft bewegen kann, und hat das Auto freihändig gelenkt."

„Und gleichzeitig Kurznachrichten verschickt."

Er zuckte mit den Schultern. „Ich habe nur gesagt, dass sie mächtig ist. Von klug war nie die Rede."

„Du hast mich losgeschickt, um sie zu suchen."

„Ich hätte nicht gedacht, dass du sie findest. Nicht lebend."

Der nüchterne Tonfall schockierte Lydia. Dann erkannte sie verwundert, dass er tatsächlich aufrichtig mit ihr sprach. Nun, so aufrichtig Charlie Crow eben sein konnte. Aber die Wertschätzung fühlte sich gut an. Zu wissen, dass er ihr vertraute. Sie schüttelte sich. Genau auf diese Art lullte er die Menschen ein, brachte sie dazu, seinem Willen zu gehorchen. Loyalität gegenüber der Familie, ja, aber es war dieses schmeichelhafte Gefühl, dazuzugehören. Der evolutionäre Drang, in der Höhle sitzen zu dürfen, ganz nah am Feuer. „Wissen John und Daisy Bescheid?"

Charlie nickte.

„Haben sie Angst vor ihr?", fragte Lydia.

„Vor allem verspüren sie Stolz, aber ja …", sagte Charlie. „Sie wussten nicht, wie stark ihre Fähigkeiten sind, und konnten sie nicht unter Kontrolle halten."

Vielleicht war das das Problem. Dass sie sie unter Kontrolle halten wollten.

Charlie sah müde aus. Er fuhr sich mit einer Hand über das Gesicht. „Wir haben alle falsch reagiert. Ich glaubte nicht … Ich dachte nicht …" Er brach ab. „Ich dachte nicht, dass sie fähig wäre, etwas wirklich Böses zu tun."

„Du hast nicht erkannt, wie stark sie war?", fragte Lydia. „Obwohl du sie jeden Tag nach ihrer Kündigung trainiert hast?"

Charlie verzog das Gesicht. „Sie hat es dir also erzählt."

Lydia antwortete nicht.

„Es war berauschend." Er zog eine Münze aus der Luft und ließ sie auf seinen Fingerknöcheln tanzen. „Ich konnte nicht mehr klar denken. Die ganze Aufregung, nach all der Zeit. Kennst du die Geschichten?"

„Dass wir uns in Krähen verwandeln und fliegen konnten? Dass wir meilenweit sehen, die sehnlichsten Wünsche von Menschen lesen, Wasser in Bier verwandeln und ohne Worte mit anderen sprechen konnten?"

Henry und Susan mochten sich geschworen haben, Lydia fernab des Familienunternehmens und weit weg von Camberwell aufzuziehen und ihr eine normale Kindheit zu bieten, aber Henry Crow hatte seine Herkunft nie verleugnet. Die Gutenachtgeschichten waren dieselben gewesen wie bei den anderen Crows.

„Du weißt es also." Charlie schnippte die Münze in die Luft und Lydia schnappte sie sich, bevor sie landen konnte.

„Aber das ist alles vorbei", sagte Lydia. „Warum ist das jetzt noch wichtig? Wir haben ein richtiges Unternehmen und haben Frieden mit den anderen Familien geschlossen. Mehr brauchen wir doch nicht."

„Brauchen? Vermutlich nicht", sagte Charlie. „Aber das Verlangen ist nicht verschwunden. Sieh mich an."

Also sah Lydia ihn an. Sie hielt immer noch Charlies Münze in der Hand, die plötzlich glühend heiß wurde. Die Tattoos auf seinen Armen schienen sich zu bewegen, seine Augen waren ganz schwarz. Sie wirkten wie Löcher in seinem Gesicht, die nur eines ausdrückten: Verlangen. „Du vermisst die guten alten Tage", sagte Lydia. Da verstand sie. „Deshalb wolltest du das Café eröffnen."

„Unter anderem." Charlie streckte die Hand aus und Lydia gab ihm seine Münze zurück. „Ich wollte dir eine Aufgabe geben. Und eine Art Zuhause, damit du bleibst."

„Du weißt, dass ich das Café nicht eröffnen will. Ich will keine Leute um mich herumhaben und auch nicht den ganzen Tag Kaffee kochen und Sandwiches toasten."

Charlie lächelte reumütig. „Schon gut, ich habe mich geirrt."

„Ganz genau", sagte Lydia.

„Aber bei einer Sache hatte ich recht. Du brauchst eine Aufgabe. Ansonsten wäre es nur einer deiner Kurzbesuche geworden. Der Pflichtbesuch bei der Familie, ein paar Abende mit deinen Eltern, Kaffee mit dieser netten Freundin von dir und tschüss. So wie die letzten Male."

Typisch Charlie, immer glaubte er zu wissen, was das Beste für einen war. Immer wollte er die Geschicke lenken. „Ich will kein Café führen."

„Ich hab's verstanden", sagte Charlie. „Ich habe deine Tür gesehen."

„Die ist nicht von mir", antwortete Lydia. „Die war einfach da."

„Ein anonymes Geschenk?" Charlie runzelte die Stirn. „Dann kennt dich jemand besser als ich."

Lydia erwähnte Paul Fox nicht. Charlie war gerade sehr vernünftig. Ihn daran zu erinnern, dass sie sich einmal mit dem Feind zusammengetan hatte, war keine gute Idee. „Ich habe schon ein Zuhause. Und einen Job. In Schottland."

„Es klingt eigentlich ganz gut", sagte Charlie. „Crow Investigations. Was hältst du davon, länger zu bleiben? Mietfrei."

Eine Stimme in Lydias Kopf schrie lautstark: „Ja!" Doch ihr Verstand fragte: „Was ist der Haken an der Sache? Warum willst du unbedingt, dass ich bleibe?"

„Es gibt keinen", sagte Charlie, aber seine Augen glitten nach links. „Die Familie steht an erster Stelle, das weißt du doch. Außerdem schulde ich dir was."

„Weil ich beinahe umgebracht worden wäre?"

Charlie stand auf, jetzt sah er wieder groß und furcht-einflößend aus. Lydia fragte sich, ob sie jetzt die Seite an ihm zu sehen bekommen würde, die Daisy so hasste. Statt-dessen sagte er einfach nur: „Ja."

Nachdem Charlie verschwunden war, nahm Lydia eine lange heiße Dusche und zog sich an. Sie schminkte sich in Ruhe und räumte ihr Büro auf, wobei sie absichtlich nicht zur Wohnungstür blickte. Crow Investiga-tions. Ihre eigene Firma. Sie rief Emma an. „Worauf warte ich eigentlich?"

„Was meinst du?", fragte Emma, verständlicherweise verwirrt.

„Charlie will mir die Wohnung mietfrei überlassen, was mir dabei helfen würde, meine eigene Detektei aufzubauen. Am Anfang ist es mit Cashflow immer schwierig."

„Überlegst du zu bleiben?" Die Hoffnung und Aufregung in Emmas Stimme legten in Lydia einen Schalter um. Ja, Paul Fox war ein Arschloch, der seine Spielchen mit ihr trieb. Ja, Charlie Crow manipulierte sie zweifelsohne nach Belieben. Ja, ihre Eltern hatten auf jeden Fall gut daran getan, sie von Camberwell fernzuhalten. Aber jetzt ging es um sie. Darum, was sie wollte. „Ich denke darüber nach", sagte Lydia. „Ich denke ernsthaft darüber nach."

„Denk nicht nach", sagte Emma. „Tu es einfach. Bleib."

KAPITEL EINUNDZWANZIG

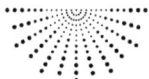

Lydia setzte sich an ihren Schreibtisch und klappte den Laptop auf. Sie verfasste eine Kündigungsmail an Karen, in der sie sich für die Ausbildung bedankte und anbot, jederzeit auszuhelfen, falls Karen einen Kontakt in England brauchte. Ihre Finger kreisten über der Senden-Taste und als es an der Wohnzimmertür klopfte, war sie dankbar für die Unterbrechung. „Ja?"

Jason kam mit einer Tasse in der Hand herein. Er stellte sie auf den Tisch und blickte sie triumphierend an. Er wirkte so zufrieden, dass er mit einem Mal ganz jung aussah. Dann erinnerte sie sich daran, wie er sich an Maddie geklammert hatte, in dem Versuch, sie zu beschützen und ihr zu helfen. Wieder einmal. Ein Kloß formte sich in ihrer Kehle. „Jason …"

„Schon okay", sagte Jason. „Ist ja alles in Ordnung. Trink deinen Tee."

„Ich mag lieber Kaffee", sagte sie, trank aber einen

Schluck. Er war lauwarm und sie fragte sich, wie lange er dafür gebraucht hatte, ihn aus der Küche herüberzutragen.

„Ich habe Zucker hineingetan", sagte Jason. „Gegen den Schock."

„Danke."

„Du siehst wie deine Mum aus", meinte Jason.

Die Ereignisse des Vormittags fielen ihr wieder ein. „Meinem Dad ging es richtig schlecht", sagte Lydia und blinzelte die plötzlich aufsteigenden Tränen fort.

„Ich glaube, es ist wegen dir", sagte Jason.

Es fühlte sich an, als hätte er ihr einen Schlag in die Magengrube versetzt. Sie lehnte sich in ihrem Stuhl zurück. „Warum sagst du so etwas?"

„Das sollte nicht gemein sein", sagte er und hielt die Hände in die Höhe. „Aber überleg doch. Bevor du kamst, konnte ich nichts tun. Dreißig Jahre lang habe ich mit keiner Menschenseele gesprochen."

„Ja", sagte Lydia. „Ich hatte schon immer ein Gespür für Geister. Und für Magie. Ich habe dir ja erklärt, ich kann die Familien und ihre Macht spüren. Ich bin wie ein Metalldetektor für Magie."

„Nicht nur das", warf Jason ein. „Ich konnte nichts anfassen und definitiv nichts hochheben. Ich hätte nie Tee kochen können."

„Dann bist du stärker geworden."

„Seit du eingezogen bist."

Lydia ließ die Worte sacken. „Du denkst, das liegt an mir?"

„Vielleicht. Und ich denke, bei deinem Dad ist es ähnlich. Woran leidet er? Alzheimer?"

„So etwas Ähnliches", sagte Lydia. „Charlie glaubt, es liegt daran, dass er seine magischen Kräfte in all den Jahren unterdrückt hat. Er hat sie nicht genug eingesetzt und nun stellen sie sich gegen ihn. Die Crows sind zwar nicht mehr das, was sie einmal waren, aber vermutlich ist noch genug Kraft da, um Schaden anzurichten."

„Wenn du also seine Kräfte verstärkst, so wie du es bei mir tust, ist es dann nicht verständlich, dass seine Symptome schlimmer werden, wenn er in deiner Nähe ist?"

LYDIA BRAUCHTE ZEIT, UM ÜBER JASONS THEORIE nachzudenken. Sie brauchte Zeit, Raum und Ruhe, um herauszufinden, ob Jason recht hatte, und falls ja, was sie davon halten sollte. Währenddessen war Charlie jedoch weiterhin entschlossen, das Fork zu öffnen. Seine Reue ging also nicht so weit, seine Pläne zu ändern.

Immerhin schaffte es Lydia, eine Eröffnungsfeier zu verhindern. Sie sagte Charlie, dass wenn sie auch nur einen einzigen Reporter hier sähe, sie in den nächsten Zug nach Aberdeen steigen würde. Kaum waren die Worte gesprochen, bereute sie sie. Charlie wüsste sofort, dass es eine leere Drohung war, und man sollte einem Crow niemals etwas androhen, das man nicht durchziehen wollte. Trotzdem, Charlie nickte resigniert. „Wenn du unbedingt willst, dass der Laden nicht läuft und dein Onkel ruiniert wird. Aber du hast bestimmt deine Gründe dafür."

Lydia durchsuchte die örtliche Presse sowie das Internet und hielt Ausschau nach Plakaten und Flyern. Doch sie fand nichts und als Angel das Schild an der Tür umdrehte und sich hinter den Tresen stellte, setzte sich Lydia mit ihrer geliebten Ausgabe von *Praktische Magie* an einen Ecktisch. Jetzt war sie sich sicher, dass es ein ruhiger Tag werden und das Fork binnen eines Monats wieder seine Pforten schließen würde.

Stattdessen kamen nur fünf Minuten später vorbeilaufende Arbeiter herein, um Kaffee und Bacon Rolls mitzunehmen. Sie blickten sich anerkennend um und einer zeigte mit dem Daumen nach oben in Lydias Richtung. „Bis morgen", rief er fröhlich.

Lydia reagierte nicht darauf.

Dann, als ob ein Damm gebrochen wäre, ging die Tür erneut auf und eine Frau in Hosenanzug und beigem Trenchcoat trat herein. „Haben Sie wieder geöffnet?"

„Natürlich", sagte Angel und lächelte freundlich. „Zum Mitnehmen oder wollen Sie sich setzen?"

Die Frau sah sich um und entschied sich für das Hierbleiben, bevor sie ganz hereintrat und die Tür hinter sich schloss. Doch da stand schon eine weitere Frau in Daunenjacke und mit einem hohen Pferdeschwanz. So ging es weiter. In der ersten Stunde riss der Strom an Kunden nie ab. Hauptsächlich wurden Tee und Kaffee sowie Angels Selbstgebackenes zum Mitnehmen bestellt, aber einige Gäste setzten sich und so erfüllten schon bald Besteckklappern und Zeitungsrascheln das Café.

Lydia gab ihre Lektüre auf und fragte Angel, ob sie Hilfe brauchte. „Nur dieses eine Mal", fügte sie hinzu.

„Schon gut", sagte Angel. „Es wird bald ruhiger werden und dann kommt Leon für den Mittagsansturm."

„Was ist das?" Eine Frau mit schlafendem Baby im Tragetuch trat an die Theke und zeigte auf ein Puddingcremetörtchen. Lydia bediente die Kundin, während sich Angel um die Kaffeemaschine kümmerte. Für etwa zehn Minuten machte es tatsächlich Spaß. Die Einfachheit der Handlung, das gute Gefühl, jemanden mit einem Teller süßer Leckereien zu entlassen, der freudige Glanz in den Augen der Kunden.

Wie versprochen riss der Ansturm gegen zehn ab und Angel setzte sich zwischendurch immer wieder hin. Lydia erblickte durch die kleine runde Scheibe der Küchentür ein Gesicht. Sie drückte sie auf und spürte sofort einen eisigen Hauch auf ihrer Hand. Im nächsten Moment stand Jason vor ihr, der sehnsüchtig in das geschäftige Café schielte.

Lydia wartete, bis die Tür wieder geschlossen war, bevor sie sprach. Sie wollte vermeiden, dass Angel sie für gänzlich verrückt hielt. „Alles in Ordnung?" Jason sah angespannt aus, seine Augen waren dunkler als sonst.

„Ja, ja, es ist nur …"

Lydia wartete, bis Jason wieder an seine Position an der Tür zurückgeschwebt war, wo er durch das kleine Loch hinausstarrte. Sie wollte ihm schon sagen, dass ihn ja jemand sehen könnte, doch dann fiel ihr ein, dass das nicht stimmte. „Unglaublich, wie viele Gäste wir schon hier hatten", sagte sie stattdessen.

Jason sah sie nicht an.

„Die Leute sind wohl neugierig. Sobald sie merken, dass es ein stinknormaler Laden ist, wird es weniger werden. Dann eröffnet schon irgendwo das nächste große Ding." Sie erhielt keine Antwort. „Oder?", fragte sie.

Jason rührte sich nicht und Lydia wurde unruhig. „Was ist los?"

„Es sieht so anders aus", sagte Jason. „Aber doch irgendwie gleich."

„Es wurde gründlich gereinigt", sagte Lydia lächelnd.

„Alles geht weiter. Jeder macht weiter. Alles verändert sich. Ich meine, sieh nur dich an." Er drehte sich um und sein Gesichtsausdruck wirkte verzweifelt. „Du siehst glücklich aus."

„Das bin ich nicht", entgegnete Lydia.

„Doch, das bist du. Als du gekommen bist ..." Er winkte ab. „Einfach tragisch. Jetzt siehst du entschlossen aus."

„Das ist aber nicht das Gleiche wie Glück."

„Ich weiß nicht", sagte Jason und schüttelte den Kopf. „Aber du siehst anders aus."

„Und ist das nicht gut?" Lydia konnte ihm kaum folgen, aber Jason sprach schnell, seine Stimme war unstet und vibrierte stellenweise, so als ob er aufgeregt oder traurig wäre.

„Alle verändern sich, nur ich stecke fest."

„Es tut mir leid", sagte Lydia und ärgerte sich über ihre hohlen Worte. „Aber du hast dich auch verändert. Du bist jetzt stärker als vorher."

„Amy hat das Fork geliebt. Ihre Eltern wollten die Feier im Paco's abhalten ..." Er brach ab. „Gibt es das Paco's noch? Die Tacos dort waren fantastisch."

„Ich weiß es nicht", antwortete Lydia.

„Wie dem auch sei, Amy hat sich durchgesetzt. Sie sagte, es wäre ihr egal, dass es zu wenig Platz zum Tanzen gab und dass es den Crows gehörte."

„Sie wusste es?"

„Jeder wusste es", sagte Jason. „Aber Amy war das egal. Sie wollte das Fork. Sie sagte, dass es ihr etwas bedeute." Er sah sie mit großen dunklen Augen an. „Was hat es ihr bedeutet?"

Lydia antwortete nicht. Sie wusste es nicht.

„Ich bin seit über dreißig Jahren hier und habe jeden Quadratzentimeter abgesucht, aber ich verstehe es immer noch nicht. Warum war dieser Ort wichtig für sie? Und warum muss es ..." Er brach abrupt ab, seine Schultern bebten, so als ob er verzweifelt nach Luft rang.

Lydia rührte sich nicht. Sie war noch nie gut darin gewesen, mit offen zur Schau gestellten Gefühlen umzugehen, und wusste nicht, wie sie reagieren sollte. Sie neigte zu einem missmutigen Gesichtsausdruck und so bemühte sie sich, teilnahmsvoll dreinzuschauen. Es fiel ihr mit jeder Sekunde schwerer.

Jason hörte auf zu weinen. „Was machst du da?" Seine Stimme klang fahl.

„Ich höre dir zu", sagte Lydia. „Ich will dir eine Schulter zum Ausheulen bieten."

Jason neigte den Kopf zur Seite. „Wirklich? Du siehst aus, als hättest du eine Verstopfung."

„Wie reizend." Lydia beendete ihre Bemühungen.

Jason lächelte schwach. „Ich weiß deine Mühe zu schätzen."

„Danke", sagte Lydia.

Jetzt vibrierte Jason nicht mehr, er wirkte körperlicher, jede Falte seines Jacketts und jeder Stoppel an seinem Kinn war deutlich sichtbar. „Ich weiß einfach nicht, was das bedeutet. Für mich."

„Ich kann versuchen, es herauszufinden", sagte Lydia. „Nicht, um dich loszuwerden, nur damit das klar ist."

„Du nimmst mich als Klienten?" Jason schüttelte den Kopf. „Du weißt, dass ich dich nicht bezahlen kann."

„Du hast mir zwei Mal das Leben gerettet. Du hast was gut bei mir."

Jasons Miene erhellte sich. „Das stimmt. Und ich kann dir helfen. Ich kann dein Assistent sein."

„Ich brauche keinen Assistenten", sagte Lydia, was ein wenig freundlicher klang als: „Du bist tot."

„Das wird großartig", rief Jason und verschwand.

Na toll.

Lydia wollte Fleet nicht in ihrem Büro treffen. Es lag viel zu nah an ihrem Schlafzimmer und das Gespräch sollte professionell bleiben. Sie blieb in London und das bedeutete, dass Fleet soeben von einem Flirt zu einem offiziellen Polizeikontakt befördert wurde. Sie brauchte eine gute Quelle bei der Met Police und das hieß auch, dass sie sich ihm nicht jedes Mal an den Hals werfen konnte, nur weil sie den Drang danach verspürte. Egal, wie verführerisch sein Lächeln, seine Stimme oder seine wohl-geformten Hände waren.

Sie sah ihn die Straße zur Tower Bridge entlangkommen und zum Glück hatte er nicht dieses Lächeln aufgesetzt. Stattdessen funkelte er sie an, als hätte sie ihn persönlich beleidigt. Leider, erkannte Lydia niedergeschlagen, ließ ihn das nicht weniger attraktiv wirken. Genau genommen steigerte der wütende Blick ihr Verlangen ... Verdammt!

„Stimmungsvoll", sagte Fleet zur Begrüßung. „Warum nicht unser üblicher Treffpunkt? Die Brücke ins Nirgendwo ist deutlich näher."

„Die Lage hat sich geändert."

„Ich weiß", sagte Fleet und beugte sich hinab, so als wollte er Lydia auf die Wange küssen. Sie dachte zwar nicht, dass sie sich sichtlich angespannt hätte, aber Fleet hielt trotzdem inne.

„Tut mir leid", sagte Lydia gequält. „Ich hätte nicht ... Wir hätten nicht."

„Ach, ich weiß nicht", sagte Fleet. Er ließ seine Schultern kreisen. „Das hilft gegen Stress. Gut für den Herzkreislauf. Sehr gesund."

Lydia lächelte und war dankbar, dass er es ihr nicht schwer machte. „Nun, ab sofort musst du dir andere Herzkreislaufübungen ausdenken."

„Ach so?" Fleet lehnte sich zurück und stützte sich mit den Ellbogen an der Mauer ab. „Und da dachte ich, du bist einfach nur dramatisch." Hinter ihm erstreckte sich die Themse, die Sonne stand tief am Horizont. Lydia spürte, wie sich ihr Magen zusammenzog. Es war schmerzlich schön, wieder zuhause zu sein.

„Das ist also kein privates Treffen?", unterbrach Fleet das unangenehme Schweigen.

„Nicht ganz", antwortete Lydia. „Ich wollte dir sagen, dass ich meinen Job in Aberdeen gekündigt habe."

„Du bleibst in London?"

„Für den Moment", sagte Lydia. „Und ich wollte dir sagen, dass Madeleine Crow dir keine Probleme mehr machen wird."

„Sicher?"

„Zumindest glaube ich es", antwortete Lydia. „Ich bin mir ziemlich sicher."

„Ich sollte mich darüber freuen", sagte er. Es klang nicht wie eine Aussage, aber auch nicht wie eine Frage. So als ob er nicht fragen wollte, weil er sonst eine Antwort bekäme.

„Es ist ein Ergebnis." Lydia spürte ihn neben sich, seinen Arm an ihrem. Sie riskierte einen Blick und erwischte ihn dabei, wie er sie mit seinen warmen Augen anstarrte. „Zumindest ist sie nicht mehr dein Problem."

Er nickte, wirkte aber nicht glücklich. „Du hast mich nicht nach Bortnik gefragt."

Lydia sah hinab auf das Wasser. Am Horizont war ein Schimmer zu sehen. Sie wusste, dass der Anblick in Aberdeen fantastisch wäre, das klare Licht Schottlands ließ hunderte Schattierungen von Rot und Orange zu, ganz im Gegensatz zu diesem monotonen smogverhangenen Geschmiere. Trotzdem gefiel es ihr. „Gibt es Neuigkeiten über Bortnik?"

Fleet antwortete nicht und Lydia riskierte noch einen Blick auf ihn. Er musterte sie. „Keine neuen Spuren", sagte er schließlich.

Lydia zwang sich, ihren Gesichtsausdruck nicht zu verändern. Sie wollte ihn nicht anlügen, aber nachdem sie blieb, war jetzt alles anders. Sie war zwar nicht Teil des Familienunternehmens, doch sie gehörte zur Familie. Sie wusste, wem ihre Loyalität zu gelten hatte, wo sie ihre Grenze ziehen musste.

„Ich will dich in Sicherheit wissen", sagte er schließlich.

„Das bin ich", sagte Lydia. Dann, bevor ihr Verstand sie aufhalten konnte, sagte sie: „Ich mache mir keine Sorgen wegen Bortnik oder seinen Verbündeten."

Jetzt lächelte er aufrichtig und schien sich zu entspannen. „Das ist gut. Darauf sollten wir anstoßen."

Lydia stellte sich vor, wie sie neben diesem Mann im Halbdunkel eines Pubs saß, vielleicht in einer ruhigen Ecke an einem kleinen Tisch mit einem wärmenden Getränk. Wie die kleine Flamme zu einem großen brennenden Feuer heranwuchs. Das ist eine verdammt schlechte Idee, Lydia, dachte sie. Lass die Finger davon.

„Klar", sagte sie. „Die Drinks gehen auf mich."

KAPITEL ZWEIUNDZWANZIG

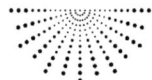

E inige Tage waren vergangen und Lydia war zu der Erkenntnis gekommen, dass sie es nicht länger hinauszögern konnte. Es war ein Anschlag auf das Leben einer Crow verübt worden und wenn Lydia die Sache nicht regelte, würde es Charlie tun. Und wer wusste schon, wohin das führte?

Lydia schnippte ihre Goldmünze in die Höhe, wünschte sich Glück und drückte die Klingel am unauffälligen Eingang zum Dean Street House. Die Gegensprechanlage knackte und sie nannte ihren Namen. „Ich will mit Ivan sprechen."

„Er ist nicht hier", antwortete die weibliche Stimme.

„Schon gut, ich warte", sagte Lydia und setzte sich auf die Stufe.

Sie scrollte durch ihr Handy und tat ab und an so, als würde sie ein Selfie schießen, bis schließlich die Tür hinter ihr geöffnet wurde.

Der Korridor sah aus wie beim letzten Mal und Lydia

war nicht überrascht, dieselbe Frau zu sehen. Sie sah aus, als würde sie sie am liebsten zum Teufel jagen, wäre es ihr nur gestattet. „Sie dürfen hier nicht fotografieren", sagte sie. „Unsere Mitglieder legen Wert auf ihre Privatsphäre."

Lydia hatte keine Zeit für Höflichkeiten. Sie ging um die Frau herum und nahm zwei Stufen auf einmal, wobei sie die schrillen Rufe von unten ignorierte.

Die Treppe wand sich nach oben und endete in einem breiten Korridor, von dem mehrere Türen abgingen. Nur eine stand offen und Lydia vertraute auf ihren Instinkt und schob sie auf. Sie führte zu einem gemütlichen Wohnzimmer im Stil eines alten Herrenclubs. Alte Ledersessel, niedrige Tische, dicke Teppiche. Im Kamin lagen Holzscheite, er war jedoch nicht entzündet. Die Fenster waren durch Jalousien verdunkelt, was die Klientel vor der Außenwelt schützte – oder umgekehrt.

„Gorin", sagte Lydia und ein Gesicht tauchte in einem Ohrensessel auf. Es war ein pummeliges Gesicht, es wirkte blass und krank, umrahmt von dem mit Gel zurückgekämmten, unnatürlich schwarzen Haar, das sie typisch für einen Mafiaboss fand.

„Wer sind Sie?"

Lydia setzte sich in den Sessel ihm gegenüber, woraufhin er die Augenbraue hochzog. Er hatte eine Zeitung in seinem Schoß gefaltet, darauf lag eine Lesebrille. Auf einem Tischchen neben dem Sessel stand ein halbleeres Glas mit einer klaren Flüssigkeit. „Wodka?" Lydia konnte nicht widerstehen zu fragen.

Sein Blick sprühte vor Hass. „Wasser."

„Anweisung des Arztes?"

„Nochmal. Wer sind Sie?"

„Lydia Crow", sagte Lydia und lehnte sich zurück. Die

dürre Frau trat ein und jetzt wusste Lydia, warum sie so lange gebraucht hatte. An jeder Seite stand ein bulliger Kerl, beide sahen aus, als würden sie ihr Mittagessen am liebsten bei einer ordentlichen Prügelei verdauen.

„Lasst uns allein", sagte Ivan, ohne seinen Blick von Lydia abzuwenden.

Die Frau hatte bereits den Mund geöffnet, vermutlich für eine Entschuldigung oder Erklärung, aber sie schloss ihn wieder und verließ das Zimmer mit den Schlägertypen im Schlepptau.

„Sie haben versucht, Madeleine Crow umzubringen", sagte Lydia und kam auf den Punkt. „Aber ihr Mann hat versehentlich mich erwischt."

Ivan blinzelte. „Davon weiß ich nichts. Vielleicht verwechseln Sie mich mit jemandem."

„Das denke ich nicht", sagte Lydia. „Keine Sorge. Charlie Crow weiß nichts von diesem bedauerlichen Missverständnis und ich hege keine Absicht, ihn darüber in Kenntnis zu setzen."

„Für den Moment, nehme ich an."

„Das wird keine Erpressung", sagte Lydia. „Es ist ein Höflichkeitsbesuch. Ich wollte Sie wissen lassen, dass Madeleines Taten von niemandem in der Familie beauftragt wurden und dass Charlie Crow jeglichen angerichteten Schaden mit Bedauern zur Kenntnis nimmt."

„Das ist alles schön und gut, aber ich verstehe noch immer nicht, was das mit mir zu tun haben soll. Ich führe ein ruhiges Leben, all diese Namen sagen mir nichts."

„Ich bin nicht im Namen der Familie hier und auch nicht im Auftrag einer offiziellen Stelle", sagte Lydia. „Aber ich hätte gern Ihr Wort, dass Sie zukünftig keine Rache mehr an Madeleine oder sonst einem Mitglied meiner Familie nehmen wollen."

Ivan schwieg und Lydia kam nicht umhin, seine Coolness zu bewundern. Hoffentlich würde sie den Besuch bei ihm nicht bereuen, aber jetzt war es zu spät für einen Rückzieher. Sie hatte ihre Entscheidung getroffen.

Nach einer unendlich langen Pause nickte Ivan. „Ich bedauere jegliche Unannehmlichkeit, die möglicherweise entstanden ist."

Karen sagte immer, dass ein guter Ermittler bereit sein musste, seine Feinde nahe bei sich zu halten. „Wissen ist in diesem Spiel alles und wenn das bedeutet, dass man dem Teufel höchstpersönlich gegenüber freundlich sein muss, dann ist es eben so." Ivan war zwar nicht der Teufel, aber auch nicht weit davon entfernt und Lydia kämpfte gegen den Impuls an, aus seinem stickigen Zimmer zu rennen und schnellstmöglich zu verschwinden. „Gut", sagte sie. „Und nun zum zweiten Grund für meinen Besuch." Lydia hielt ihm ihre frisch gedruckte Visitenkarte hin. „Sollten Sie jemals eine gute Privatermittlerin benötigen, ich suche aktuell nach Klienten."

Ivan nahm die Karte und las. „Crow Investigations?" Er zog eine Augenbraue nach oben.

„Diskret und effektiv." Lydia stand auf. „Ich würde mich freuen, wenn Sie bei Bedarf an uns denken."

„Sie wollen für mich arbeiten?" Ivan lehnte sich nach vorne. „Ich verstehe nicht. Warum sollten Sie das tun?"

Lydia rang sich ein breites Lächeln ab. „Nachdem Sie meiner Cousine einen Auftragskiller an den Hals gejagt haben, meinen Sie? Das war doch etwas Persönliches, das war nur zwischen Ihnen beiden. Und das will ich Ihnen damit beweisen. Sie sollen sich dessen sicher sein, dass kein böses Blut zurückbleibt und keine Vergeltungsaktion geplant ist. So etwas kann schnell eskalieren." Sie machte eine Pause. „Sie kennen meine Familie und vermutlich auch die anderen. Weshalb Sie auch wissen, warum ein Waffenstillstand wichtig ist."

Ivan schluckte und Lydia sah die Angst in seinen Augen. „Ich bin nicht auf Streit aus. Nicht mit Ihnen und nicht mit Ihrem Onkel."

„Gut." Lydia stand auf. „Dann überlasse ich Sie Ihrem Vormittagswodka."

Sie war schon beinahe an der Tür, als Ivan sagte: „Sie haben *wir* gesagt. Ich dachte, Sie handeln nicht im Auftrag Ihrer Familie?"

Lydia zuckte mit den Schultern. „Das tue ich nicht. Aber das heißt nicht, dass ich allein arbeite. Es wäre ein Fehler zu glauben, ich hätte keine Freunde."

„Dann stimmt es also?" Er hielt die Karte in die Höhe. „Es ist Ihnen Ernst?"

„Oh ja", sagte Lydia mit so viel Selbstvertrauen, wie sie nur aufbringen konnte. „Todernst."

ENDE

SO GEHT ES WEITER

Der Silberschein – Crow Investigations #2

London ist nun Lydia Crows Revier und dass ein Mann erhängt an der Blackfriars Bridge gefunden wird, nimmt sie persönlich.

Getrieben von ihrem Gerechtigkeitssinn – und der zähen Auftragslage ihrer neu gegründeten Privatdetektei – nimmt Lydia die Ermittlungen auf. Selbst als es den Anschein macht, als wären die Silvers in die Sache verwickelt, schreckt Lydia nicht zurück. Im Gegenteil!

Die Silvers führen eine der renommiertesten Anwaltskanzleien Londons und können sehr überzeugend sein. In den schlechten alten Tagen, so erzählt man sich, konnten sie einen Mann dazu bringen, vom Dach zu springen, weil sie ihn glauben machten, er könne fliegen. Doch all das gehört der Vergangenheit an … oder etwa nicht?

Jeder will etwas von Lydia: Onkel Charlie will sie in das berüchtigte Familienunternehmen hineinziehen, ihr untoter Mitbewohner will ihre Kräfte testen, DCI Fleet will eine Beziehung und die Silvers … nun, die wollen, dass Lydia ihre Nase nicht in ihre Angelegenheiten steckt.

Das Problem ist nur: Lydia hat noch nie getan, was andere von ihr wollten. Und London in einer Hitzewelle kann ein sehr gefährlicher Ort sein.

ÜBER DEN AUTOR

Bevor Sarah Painter mit dem Schreiben von Romanen begann, war sie als Journalistin, Bloggerin und Lektorin tätig – neben ihrer Karriere als „Löwenbändigerin" (auch bekannt als: Mama).

Sarah lebt mit ihren Kindern und ihrem Mann in Schottland auf dem Land. Sie trinkt viel zu viel Tee, mag die Arbeit von Joss Whedon und ist stolze Besitzerin einer Schreibhütte.

facebook.com/SarahPainterBooks
twitter.com/SarahRPainter
instagram.com/SarahPainterBooks